永恒的经典

慷慨激昂的 80 篇 名人演讲

刘晓树 ◎ 编著

天津出版传媒集团
天津科学技术出版社

图书在版编目（CIP）数据

慷慨激昂的 80 篇名人演讲 / 刘晓树编著 . -- 天津：天津科学技术出版社，2008.12（2024.5 重印）

（永恒的经典）

ISBN 978-7-5308-4956-9

Ⅰ.①慷… Ⅱ.①刘… Ⅲ.①演讲 – 世界 – 选集 Ⅳ.① I16

中国版本图书馆 CIP 数据核字（2008）第 212644 号

慷慨激昂的 80 篇名人演讲

KANGKAIJIANG DE 80PIAN MINGREN YANJIANG

责任编辑：王　璐

责任印制：刘　彤

出　　版：	天津出版传媒集团
	天津科学技术出版社

地　　址：天津市西康路 35 号

邮　　编：300051

电　　话：（022）23332399

网　　址：www.tjkjcbs.com.cn

发　　行：新华书店经销

印　　刷：三河市同力彩印有限公司

开本 710×1000　1/16　印张 12　字数 200 000

2024 年 5 月第 1 版第 5 次印刷

定价：49.00 元

前言
Preface

演讲是人类文明长河那奔腾的激流所涌起的簇簇浪花，它伴随着人类文明的萌动而萌动，人类文明的发展而发展，人类文明的兴盛而兴盛。而演讲词则是人类智慧的总结，是沟通心灵的桥梁。品读这些演讲词，犹如跌入万紫千红的大观园，一睹群星灿烂的壮丽景观。政治家的热忱、科学家的缜密、文艺家的机敏与睿智……一篇篇祈祷与祝福的圣文，无不显露出演讲者的智慧与才情，奔放热烈，娓娓动人。

一篇好的演讲词同时又是一件优秀的艺术品，它演讲结构的巧妙安排和对各种修辞手段的娴熟运用及大胆创造，它对公众思想上心理上产生的奇妙影响，一直牢牢吸引着语言学家、文艺评论家和心理学家的目光，诱使他们为它投入大量的精力和心血，探索其宝贵的经验和成功的法门。许多研究演讲词论著的出现，正是说明演讲在人类思想文化研究领域中的重要地位。

我们深信这丰富多彩的演讲精品，能成为一部演讲词经典。对我们这个时代的人们，树立科学的人生观、世界观，追求美的目标起到一定的指引或参考作用。

本书的显著特点是涉及面广，精选了古今中外著名的政治家、军事家、科学家、艺术家及社会活动家的80篇演讲名篇，按时间顺序排列，这样便于读者阅读或检索、查找。另外为方便广大的读者阅读欣赏，我们给每篇文章都附加了作者简介以及演讲背景。从这些既具经典性和时代性，又具有可读性和实用性的演讲词中，我们能领略到人类语言的魅力，感受语言的美和生活的真的完美结合，并在阅读的同时拓展自己的知识面，提高自己的表达能力。

编 者

目录
CONTENTS

慷慨激昂的 80 篇名人演讲

论雅典之所以伟大	伯里克利	//2
在雅典五百公民法庭上的答辩	苏格拉底	//7
告众士兵	汉尼拔	//13
对卡提利那的第一次控告	西塞罗	//16
论惩处阴谋家	恺撒	//20
在安葬恺撒时的演说	安东尼	//23
第二次十字军东征	贝尔纳	//26
在沃姆斯国会上的讲话	马丁·路德	//28
在接受宗教裁判所审判时的演说	布鲁诺	//31
地球在转动	伽利略	//33
论出版自由	约翰·弥尔顿	//36
论与北美的和解	埃德蒙·伯克	//38
不自由，毋宁死！	帕特里克·亨利	//41
论无权向北美征税	威廉·皮特	//44
论美利坚的独立	塞缪尔·亚当斯	//46
就任美国首任总统时的演说	乔治·华盛顿	//48
路易应当死，因为祖国必须生！	罗伯斯庇尔	//51

目录
CONTENTS
Kang kai ji ang de 80 pian ming ren yan jiang

告别演说	乔治·华盛顿 //55
开进米兰	拿破仑·波拿巴 //63
我要拥抱鹰旗	拿破仑·波拿巴 //65
独立宣言永存	丹尼尔·韦伯斯特 //66
巴黎的自由之树	雨果 //69
谴责奴隶制	弗雷德里克·道格拉斯 //71
在葛底斯堡的演讲	林肯 //76
一个普通美国人的伟大之处	拉尔夫·爱默生 //78
论妇女选举权	苏珊·安东尼 //82
我们丧失的诚实	乔治·萧伯纳 //84
金十字架演说	威廉·詹宁斯·布莱恩 //89
我也是义和团	马克·吐温 //95
镭的发现和对镭的担忧	皮埃尔·居里 //97
最后的演说	让·饶勒斯 //101
一张废纸	劳合·乔治 //103
庶民的胜利	李大钊 //106
共和的真谛	孙中山 //109

目录
CONTENTS
慷慨激昂的80篇名人演讲

探索的动机	爱因斯坦 //113
论不合作	甘地 //116
我们不向别人借贷历史	泰戈尔 //120
无声的中国	鲁迅 //123
论北大之精神	马寅初 //127
公学十八年级毕业赠言	胡适 //130
我们唯一不得不害怕的就是害怕本身	富兰克林·罗斯福 //132
人类的基本自由	富兰克林·罗斯福 //135
遗臭万年之日	富兰克林·罗斯福 //137
论读书	林语堂 //139
法兰西不会灭亡	保罗·雷诺 //146
谁说败局已定	夏尔·戴高乐 //148
没有胜利就没有一切	温斯顿·丘吉尔 //150
关于希特勒入侵苏联的广播演说	温斯顿·丘吉尔 //152
告别军队的演说	贝纳德·洛·蒙哥马利 //155
真正的男子汉都喜欢打仗	乔治·S.巴顿 //157
在日本投降时发表的广播演说	哈里·S.杜鲁门 //161

目 录
CONTENTS

Kang kai ji ang de 80 pian ming ren yan jiang

最后一次讲演	闻一多 //163
接受诺贝尔文学奖时的演说	威廉·福克纳 //166
就职演说	约翰·肯尼迪 //168
责任—荣誉—国家	道格拉斯·麦克阿瑟 //172
我有一个梦	马丁·路德·金 //176
广播演说	斯大林 //180

慷慨激昂的80篇名人演讲
Kangkaijiang de 80 pian mingren yanjiang

论雅典之所以伟大

伯里克利

■ 公元前431年

伯里克利（约前495—前429），古雅典政治家、战略家，出身名门，24岁从政，善于思辨。公元前444年当选将军，连续15年执掌军权，成为雅典的实际统治者。

为称雄希腊地区，公元前431年伯里克利率兵迎战斯巴达，史称"伯罗奔尼撒战争"。初期互有胜负，但战局发展对雅典不利。公元前430年在攻讦声中落选将军，并被课以巨额罚金。次年再度当选。不料瘟疫席卷雅典，他染疾而终。

　　过去许多在此地说过话的人，总是赞美我们在葬礼将完时发表演说的这种制度，在他们看来，对于阵亡将士发表演说似乎是对阵亡战士一种光荣的表示。这一点，我不同意。我认为，这些在行动中表现自己勇敢的人，他们的行动就充分宣布了他们的光荣，正如你们刚才从这次国葬典礼中所看见的一样。我们相信，许多人的勇敢和英雄气概毫不因为一个人对他们说好或说歹而有所变更。

　　首先我要说到我们的祖先们。因为在这样的典礼上，回忆他们的作为，以表示对他们的敬意，这是适当的。在我们这块土地上，同一个民族的人世世代代住在这里，直到现在；因为他们的勇敢和美德，他们把这块土地当做一个自由国家传给了我们。他们无疑是值得我们歌颂的。尤其是我们的父辈，更加值得我们歌颂，因为除了他们所继承的土地之外，他们还扩展了国家的领土，他们把这个国家传给我们这一代，不是没有经过流血和辛勤劳动的。今天我们在这里集合的人，绝大多数正当盛年，我们已经在各方面扩充了我们国家的势力，我们无论在平时或战时，都完全能够照顾自己。

我不想作一篇冗长的演说来评述一些你们都很熟悉的问题,所以我不谈我们用以取得我们的势力的一些军事行动,也不谈我们的父辈英勇地抵抗我们希腊内部和外部敌人的战役。我所要说的,首先是讨论我们曾经受到考验的精神,我们的宪法和使我们伟大的生活方式。说了这些之后,我想歌颂阵亡战士。我认为这种演说,在目前情况下,不会是不适当的;同时,在这里集会的全体人员,包括公民和外国人在内,听了这篇演说,也会感到有意义。

我要说,我们的政治制度不是从我们邻人的制度中模仿得来的。我们的制度是别人的模范,而不是我们模仿任何其他人。我们的制度之所以被称为民主政治,是因为政权在全体公民手中,而不是在少数人手中。解决私人争执的时候,每个人在法律上都是平等的;让一个人担任公职优先于他人的时候,所考虑的不是某一个特殊阶级的成员,而是他具有真正的才能。任何人,只要他能够对国家有所贡献,就绝对不会因为贫穷而在政治上湮没无闻。正因为我们的政治生活是自由而公开的,我们彼此间的日常生活也是这样。当我们隔壁邻人为所欲为的时候我们不至于因此而生气;我们也不会因此而给他以难看的眼色以伤他的情感,尽管这种眼色对他没有实际的损害。在我们私人生活中,我们是自由而宽容的;但是在公家的事务中,我们遵守法律。这是因为这种法律使我们心悦诚服。

另外还有一点。当我们工作完毕的时候,我们可以享受各种娱乐,以提高我们的情趣。整个一年之中,有各种定期的赛会和祭祀;在我们的家庭中,我们有华丽而风雅的设备,每天怡娱心目,使我们忘记了我们的忧虑。我们的城邦这样伟大,它充分地给予我们世界各地一切美好的东西,使我们享受外国的东西,就好像是我们本地出的产品一样。

我们是自愿地以轻松的情绪来应付危险的,而不是用那种艰苦的训练。我们的勇敢是从我们的生活方式中自然产生的,而不是因为国家法律的强迫;我认为这些是我们的优点。我们不花费时间来训练自己忍受那些尚未到来的痛苦,但是当我们真的遇到痛苦的时候,我们表现出我们自己正和那些经常受到严格训练的人一样勇敢。我认为这是我们的城邦值得崇拜之处。当然还有其他的优点。

我们喜欢美好的东西,但是没有因此而变得奢侈;我们爱好智慧,但是没有因此而变得柔弱。我们把财富当做可以适当利用的东西,而没有把它当做可以夸耀自己的本钱。至于贫穷,谁也不必以承认自己的贫穷为耻,真正的耻辱是为避免贫穷而不择手段。在我们这里，每一个人所关心的，不仅是他自己的事务，而且也关心国家的事务；就是那些最忙于他们自己的事务的人，对于一般政治也很熟悉——这是我们的特点：一个不关心政治的人，我们不说他是一个只注重自己事务的人，而说他根本没有事务。我们公民们自己决定我们的政策，我们的政策也将得到广泛的讨论。我们认为言论和行动之间是没有矛盾的，最坏的事情就是没有经过讨论，就贸然开始行动；这一点又是我们和其他地方的人民不同的地方。我们敢于冒险，同时又能够在进行这一冒险之前深思熟虑。他人的勇敢，是由于无知；当他们停下来思考的时候，他们就开始疑惧了。但是真正算得上勇敢的人是那个最了解人生的幸福和灾患，然后勇往直前，担当起将来会发生的事变之结果的人。

　　再者，在关于友谊的问题上，我们和其他大多数人也形成一个明显的对比。我们结交朋友的方法是给他人以好处，而不是从他们那里得到好处。这就使我们的友谊更为可靠，因为我们要继续对他们表示好意，使受惠于我们的人永远感激我们。但是，一些受了我们恩惠的人，在感情上缺少同样的热忱；因为他们觉得，在他们报答我们的时候，就好像是在偿还一笔债务，而不是在自觉地给予恩惠。在这方面，我们是独特的。当我们真正给予他人以恩惠时，我们不是因为考虑我们的得失才这样做的，而是由于我们的慷慨，我们不会因为这样做而后悔。因此，如果把一切都联系起来考虑的话，我可以断言，我们的城邦是全希腊的学校；我可以断言，我们每个公民，在生活的各个方面，都能够独立自主；并且在表现独立自主的时候，能够特别地表现温文尔雅和多才多艺。为了说明这并不是在这个典礼上的空洞的自我吹嘘，而是真正的具体事实，你们只要考虑一下：正因为我在上面所说的优良品质，我们的城邦才获得了它现在的势力。我们所知道的国家中，只有雅典在遇到战争的时候，可以证明它比一般人所想象的更为伟大。在雅典，也只有在雅典，入侵的敌人不以战败为耻辱；受它统治的属民也不因统治者不够格而抱怨。我们祖先所遗留下来的国家标志和纪念物是巨大的，不但现在，而且后世也会对我们表示赞叹。我们不需要荷马的歌颂，因为他们的歌颂只能使我们娱乐一时，而他们对于事实的估计也不足以代表真实的情况。因为我们的冒险精神充溢着每个海洋和每块陆地；我们到处对我们的朋友施以恩德，对我们的敌人给予回击；关于这些事情，我们将留下永久的纪念于后世。

这就是这些烈士为它慷慨而战、慷慨而死的一个城邦,因为他们只要想到丧失了这个城邦,就会不寒而栗。十分自然,我们生于他们之后的人,每个人都应当忍受一切痛苦为它服务。因为这个缘故,我说了这么多话来讨论我们的城邦,因为我要很清楚地说明,我们所争取的目标比起其他那些没有我们优点的人所争取的目标要远大。因此,我想用实证来更清楚地表达我对阵亡将士们的歌颂。现在对于他们歌颂的最重要的部分,我已经说完了。我已经歌颂了我们的城邦,但是,使我们的城邦光明灿烂的是这些人

雅典卫城,希腊语为"阿克罗波利斯",原意为"高处的城市"或"高丘上的城邦",距今已有3000年的历史。作为古希腊建筑的代表作,雅典卫城达到了古希腊圣地建筑群、庙宇、柱式和雕刻的最高水平。图为帕特农神庙,是供奉雅典娜女神的最大神殿,帕特农原意为贞女,是雅典娜的别名。

和类似他们的人的勇敢和英雄气概。同时,你们也会发现,言辞是不能够公允地表达他们的行为的。在所有的希腊人中间,有他们这种勇气的人也不会很多。

在我看来,他们的那种壮烈献身,向我们表现了非凡的英雄气概,不管它是初次表现的也好,或者是最后证实的也好,他们中间有些人无疑是有缺点的,但是我们所应当记着的,首先是他们抵抗敌人、捍卫祖国的英勇行为。他们的优点抵消了他们的缺点,他们对国家的贡献多于他们在私人生活中所做的危害。他们这些人中间,没有人因为想继续享受他们的财富而变为懦夫,也没有人逃避这个危难的日子,以图偷生脱离穷困而获得富裕。他们所需要的不是这些东西,而是要挫败敌人的骄气。在他们看来,这是最光荣的冒险。他们担当了这个冒险,愿意击溃敌人,而放弃了其他一切。至于成败,他们让它留在不可预测的希望女神手中。当他们真的面临战斗的时候,他们信赖自己。在战斗中,他们认为坚守自己的岗位而战死比屈服逃生更为光荣,所以他们没有受到别人的责难,而是以自己的血肉之躯阻挡了敌人的冲锋。顷刻间,在他们生命的顶点,也是

光荣的顶点，而又是恐惧的顶点，他们就离开我们而长逝了。

他们的行为是这样的勇敢，这些人无愧于他们的城邦。我们这些尚还生存的人们可以希望不会遭遇和他们同样的命运，但是在抵抗敌人的时候，我们一定要有同样的勇敢精神。这不是单纯从理论上估计优点的问题。关于击败敌人的好处，我可以说得很多（这些，你们和我一样都是知道的）。我宁愿你们每天把目光集中到雅典的伟大上。它真正是伟大的，你们应当热爱它。当你们认识到它的伟大时，再回忆一下，使它伟大的是有冒险精神的人们，知道他们的责任的人们，深为不达到某种目标为耻辱的人们。如果他们在一项事业上失败了，他们也会下定决心，不让他们的城邦发现他们缺乏勇敢，他们尽可能把最好的东西贡献给了国家。他们贡献了他们的生命给国家和我们全体，至于他们自己，则获得了永远的赞美，最光辉灿烂的坟墓——不是他们遗体所安葬的坟墓，而是他们的光荣永远留在人们的心中，每到适当的时机，总会激励着他人的言论或行动。整个地球其实都是他们的纪念物；他们的纪念物不仅是在自己的祖国，而且也在外国；他们的英名已经生根在人们的心中，而不是凿刻在有形的石碑上。你们应该努力学习他们。你们要下定决心：要自由，才能有幸福；要勇敢，才能有自由。

现在依照法律上的要求，我已经说了我所应当说的话。刚才我们已对死者作了祭献。将来他们的儿女们将由公费抚养，直到他们达到成年为止。这是国家给予死者和他们的儿女们的花冠和奖品，作为他们经得住考验的酬谢。凡是对于勇敢而有最高奖赏的地方，就可以找到人民中间最优秀和最勇敢的精神。

他们将永垂不朽！

演讲背景

伯罗奔尼撒战争是以雅典为首的提洛同盟与以斯巴达为首的伯罗奔尼撒联盟之间的一场战争。这场战争从公元前431年一直持续到公元前404年，其中双方几度停战，最后斯巴达获胜。这场战争结束了雅典的经典时代，结束了希腊的民主时代，强烈地改变了希腊的国家。几乎所有希腊的城邦参加了这场战争，其战场几乎涉及了整个当时希腊语世界。本篇是伯里克利为悼念在伯罗奔尼撒战争中阵亡的将士而作，被认为是描述雅典奴隶主民主政治的范文。

在雅典五百公民法庭上的答辩

——苏格拉底

■ 公元前 399 年

苏格拉底（约前469—前399），古希腊唯心主义哲学家。生于雅典。早年随父学雕刻，后专事伦理哲学探索。同柏拉图、亚里士多德共同奠定西方文化的哲学基础，对以后的哲学发展影响巨大。其学说具有神秘主义色彩。认为天地万物，生存毁灭，皆出于神意。哲学的目的不在于认识自然，而在于"认识自己"，在于教导人们过道德的生活，认识普遍的道德规范。倡导"知德合一"说，认为"美德即知识""作恶即无知"，鼓吹灵魂不灭和灵魂轮回。公元前399年以"传播异端"和"腐蚀青年"罪被判处死刑，从容饮鸩而亡。

雅典的人们：

原告们的话虽然说得好像头头是道，可是没有一句是真的。假话里最使我吃惊的就是，他们叫大家小心不要为我绝顶的雄辩所欺骗；其实，除非把说明纯粹真理叫做雄辩的话，我根本就不会什么雄辩。现在请听我用不加修饰、随口说出的日常语言来向大家说明。

我已经70岁了，但是在法庭上受审还是头一次，对于打官司完全是门外汉。我唯一的要求就是请大家仔细听一听我说的话是不是有道理。我应当对很早就攻击我的那些人先提出答辩，而对阿尼圈斯和后来攻击我的那些人的答辩则将放在后面。因为后来攻击我的这些人虽然攻击得很巧妙，但是从前攻击我的那些人更使我害怕——他们从诸位年轻的时候起就毫无根据地警告大家，不要上苏格拉底的当，说他是一个哲学家，不管天上地下的事都要追根问底，而且要颠倒黑白，把坏的说成好的。他们的攻击的确是更狠毒些，因为一个人的行为如果真像他们所说的那样，大家便一定会认为他根本不信神了。我不能把这些人的姓名一一明确地指出来，只能说其中有一个是喜剧作家。

我也没法子和他们一个一个地辩驳，但是我一定要简括地答辩一下。我想我已经知道自己将会在什么地方碰到难关；但是事情总会由神来决定的。

梅勒图斯一帮人攻击我的根据究竟是什么呢？他们说："苏格拉底是一个为非作歹的人，爱管闲事，天上和地下的事都要追根问底，而且还教别人也这样做。"各位已经在阿里斯托芬的喜剧里看到那个专门追寻这些事情的苏格拉底了。查问这些事我个人倒并不反对，但是我绝不能让梅勒图斯拿这些事情来攻击我，因为这些事都是与我无关的。诸位当中有很多人都听我的谈话，但是没有一个人听见我谈过这一类的问题。从这一点上诸位就能够看出其他攻击我的话是真是假了。还有人攻击我给别人讲学是为了拿钱，这同样也是假的。如果有人能够像哥期亚、普罗蒂克和喜皮亚他们那样把知识传授给别人，像他们那样从一个城市走到另一个城市，引得许多青年人都来和他们谈话，使青年们宁愿出钱来享受这种特权而不愿和自己的不用花钱的伙伴们在一起，这倒也是一件好事。我还听说有一个巴罗人名叫爱文纳斯，现在也这样做，他收的学费是5敏纳。如果他们真有宝贵的知识，而又能传授给别人，倒是一件可喜的事情。我自己也想这样做，可是我没有这种知识。

大家也许会问："那么，苏格拉底，问题到底是出在什么地方呢？你既然没有做什么特别的事情，怎么会有这些谣言和诽谤呢？"现在我要对大家作出我的解释。问题在于我似乎有某种天赋的智慧，不过并不是说上面的那几位先生所具有的那种超人的智慧，这并不是我自己吹嘘，而是根据特尔斐的神巫对大家都认识的奇勒芬说的话，他说世界上没有比苏格拉底智慧更高的人。我倒不觉得自己有什么智慧，但是神是不会说假话的。那么神的意思究竟是什么呢？

于是我便去探寻神的意思，我找到一个以智慧出名的人，想证明还有许多比我智慧更高的人存在。但是我发现他虽然自命有智慧，其实根本没有智慧。我想把这事向他说明，但是结果只是使他生了很大的气。最后我得出的结论是，在这一方面我到底比他智慧高，因为我没有他那样的幻觉，以为自己很有知识。我把所有以智慧出名的人一一都试了一下，结果总是一样，以致弄得我很招人讨厌。我问政治家，问诗人，问手艺人，所得的答复完全相同。诗人对他们自己的那种艺术的确是知道一些的，所以他们便以为自己无所不知了。

我继续这样干下去，抓住每一个机会，想弄清楚那些以智慧出名而且本人也自以为有智慧的人，到底是不是真的有智慧，结果总是发现他们并没有智慧。

因为我这样揭发别人的无知，以致使我自己凭空得到了一个有知识的名声，同时也变成了许多毁谤中伤的对象。一些有地位的青年听过我的谈话后也都学着我的样，去揭露别人的无知，因而得罪了他们。这一切现在便都归罪于我一人身上，说我是一个败坏青年的坏人。为了要证实这点，毁谤我的人便不得不拿着我"对天上和地下的事情都要追根问底"等罪名来控告我。

以上所说的便是我对诸位久已听惯了的那些攻击的答复。现在让我对高尚的爱国者梅勒图斯和其他一些人后来所提出的控诉做一下答辩。他们说我是个为非作歹之人，败坏青年不敬城邦尊奉的神明而信邪魔。其实为非作歹的人不是我而正是梅勒图斯。他竟然把控诉当儿戏，他还对自己从来不关心的事情装出非常重视的样子。梅勒图斯，请答复我：你是不是认为尽量使我们的青年变好是一件极重要的事情？

梅勒图斯：当然。

苏格拉底：那么你说，到底是谁使青年们变好的，这人你当然知道。你不说话吗？你说是法律吗？我问的是"谁"？

梅：是法官，全体的法官。

苏：换一句话说，是除我以外的全体雅典人，对吗？只有我一个人是败坏青年的，是吗？的确，我现在倒霉了！但是，拿别的动物来说，就说马吧，只有少数人有本领把马驯养好。你这话说明你对青年人的教养从来没有注意过。其次，请你告诉我，一个人是和好市民住在一起好呢，还是和坏市民住在一起好呢？当然是和好市民住在一起好，因为坏市民对他有害。这样说来，我就不可能特意到处使人变坏了。我的朋友，谁也不愿意让自己受害。假如我败坏了他们，那一定是出于无意，对于这一点，你本应该告诫我、指教我，可是你并没有这样做；你本不应该到法庭来告我，可是你偏偏来告我！究竟你是不是说我教他们不敬城邦尊奉的神明而信邪魔，因此便败坏了他们呢？我到底是教他们说有神明存在，还是根本没有神明存在呢？

梅：我说的是你根本不信神。你说太阳是石头，月亮是土。

苏：好个梅勒图斯，人人都知道只有安那萨哥拉斯才这样说，你花一个银币就能买到这份材料。你是不是真的认为我根本不信神呢？

梅：是，你根本不信神。

苏：这话就没法让人相信了！你这种胡说无疑是捏造出来的，因为你的诉状就说我是敬神的。一个人能相信有人的、马的或者工具的事而不相信有人、马或工具的存在吗？你明明白白地说我有信魔鬼的事，自然就是说我相信有魔鬼，可是魔鬼就是神的一种，或者说是神的子孙。这么说，你就不能认为我不信神了，老实说一句，我已经完全驳倒了你的控诉。假如我被判罪的话，也绝不是因为梅勒图斯的诉状，而是因为公众的诽谤，在我以前已经有不少善良的人因为这种诽谤而被判罪，我相信在我以后还会有人会因此被判罪。

也许有人会认为我应当对自己这些招致杀身之祸的行为感到羞耻。其实真正有意义的行动是不应当考虑生命危险的。如果生命危险必须考虑，那么特洛伊城前的英雄便都是坏人了！每个人都应当不顾生死地坚守自己的岗位。我在波替底亚从军的时候既然不曾怕死，坚持职守，现在当神让我做某一件事情的时候，难道我会怕死而退缩吗？虽然有许多人自以为知道死是不好的，但是我却不知道死是好还是坏。我只知道违背神或人间的权威意旨是不好的。我决不会干出我自己确实知道是坏的事情来逃避可能实际上是好的事情。假如诸位说只要我以后不再从事哲学的研究便可以释放我，再犯就处死的话，那我就会回答说："雅典人：我爱你们，我尊敬你们，但我要服从神而不服从你们。只要我还活着，还有力气，我就决不会放弃哲学的研究。我还是和以往一样劝诫大家，不要过分贪求财富而不为自己的灵魂修好，这是神的吩咐。"假如这样说就算是败坏青年，那便是我败坏了他们。但是谁要说我还讲了旁的东西，那便是胡说八道。这些事，我将不辞万死地干下去。

安静，听我讲下去，这对大家是有好处的。你们要是杀了我，你们自己所受的害比我所受的害恐怕还要大，因为冤屈别人的人比受冤屈的人更难受。以往我是受神之托做一个马虻来刺激一匹高贵的马，再找我这样一个人是不容易的。我做这种工作自己并没有得到任何好处，这只要看一下我的贫穷的家境就可以知道。如果认为我只是这样爱管私人的闲事，而不管公众的事似乎很奇怪，那就是因为我刚才说过的、也就是梅勒图斯的诉状里用嘲笑的口吻提到过的那种神或魔鬼的驱使。这是一种暗中阻止我而从来没有鼓励我去干的声音。老实说，假如我过问政治的话，大概早就没命了。可是我从来没有以教师自居，也没有借讲学收过钱。任何人只要愿意，都可以来问问我，听我说些什么。许多人高兴和我交往是因为他们爱听我的揭发，我揭发了某些自以为有智慧而实在没有智慧的人，这种揭发是神在神谕、梦征和其他各种默示中交给我的任务。假如我正在败坏青年，或者已经败坏了青年，那么为什么他们或者他们的父兄或其他亲属不出来为这个罪状作证呢？假如我这个罪状是真的，在我周围所见到的人中，就该有很多人出来作证了。但是他们却都愿意帮助我。

我在辩护中所要说的就是这一些。各位当中，也许有人会想到当他处在像我这种情况而没有这么严重的时候，也会流着眼泪，带着自己的孩子家属向法庭求情，现在看到我虽然有三个儿子，却不这么做，心里也许有些气愤。我所以不这样做，决不是因为不敬重你们，而是认为那样做对我说来有些不适合。这种把死看做似乎非常可怕的做法，在我看来是很奇怪的，而且被外人看到也有辱我们的城邦，有辱于处处以优越出名（正和我在某些方面认为比寻常人高一筹一样）的人们。

就是撇开信誉不谈，我认为我们也只应当向法官解释说明，而不要用求情的方式来打动他们，让他们可以依法秉公处理，而不要感情用事。被梅勒图斯控告为不敬神的我，怎么还能来破坏你们的誓言呢？如果那样做我便是劝你们不要信神，那岂不正好犯了这个被控的罪名吗？我希望我将得到对你们和我自己都最适当的判决，我已经把这事全部交给你们和神明了。

你们判我有罪我并没有感到难受，这有很多原因，其中有一个是我早就预料到这个判决了。使我感到惊讶的倒是通过这个判决的只是这样微弱的多数。显然，要是只让梅勒图斯自己单独来搞的话，他一定无法得到使他免处罚金的那几票。判断的内容是死刑。我自己也要提出大致上应得的判决，我抛却了对己对人都没有好处的世俗事务和野心，为的是要通过私人交谈的方式使每个人都得到益处，劝他首先注意自己，注意如何使自己变得最优秀、最聪明，然后再来注意那些世俗事务。我也想用同样的方式来奉劝整个城邦：对我最恰当的报酬是把我当做大恩人供养在迎宾馆。你们也许会认为这不过是一种傲慢无礼的说法，可是事实并不是这样。我认为我自己并没有错待过任何人。时间已经不允许我来证明我的问题，我也不用说自己应当判处罚金来承认自己有罪。我还有什么可怕的呢？死是好是坏我还不知道，我对梅勒图斯给我的死刑有什么可怕呢？我是不是要逃避这个而选择肯定是坏的途径呢？受监禁，做埃利温的奴隶吗？判处罚金，在未缴纳之前去坐监牢吗？最后还是一样，因为我根本就付不起。放逐吗？连我的同胞都容不得我，怎能希望异邦人容纳我呢？大家也许会问，你为什么不能闭上自己的嘴，一走了事呢？这却是我不能做的事。这是违反神意的，要是像那样活着，生命也就没有意义了，这话也许大家是不会相信的。我本来准备付出1敏纳罚款，但是柏拉图、克里托和阿坡罗德卢斯劝我缴付30敏纳，他们愿意作保，因此我便缴30敏纳。雅典人们：你们把我苏格拉底这样一个哲学家处死，你们的敌人也会谴责你们的。即使你们愿意等待的话，日子也不会长了，因为我已经老了。我对于判我罪的人要说几句话：我所以被判罪，不是因为我没有理由可说，而是因为我没有用逢迎谄媚诸位而污辱我自己品格的方法来求饶。

对于投票主张释放我的公正法官们，在我们能谈话的时候我也要说几句话。我必须告诉诸位，我的保护神绝没有阻挡我所走的道路，原因肯定是由于我所做的是最好的事情，这样便获得了神的保佑，死完全不是什么坏事情，因为死就像进入了无梦的睡乡，一切感觉都终止了，这算不了什么损失，要不然就是进入和死去的人共聚的地方，古时的诗人、英雄和哲人都在那里，和他们交谈问题，是多么可贵的美事啊！

各位对于死应当满怀希望，因为一个善良的人无论是活着还是死去，都没有任何东西能够伤害他。至于对我自己来说，我相信死去比活着好。因此，我对那些置我于死地的人一点也不怨恨。现在我们分手了，我走向死，诸位走向生。但是究竟谁好，那只有神知道了。

演讲背景

公元前399年，苏格拉底被雅典的统治者以"不敬神""腐蚀青年"为罪名判处死刑。他的学生和朋友们多次劝他逃离雅典，并为他安排了万无一失的逃跑计划。但他坚决拒绝。他认为，尽管加给他的罪名纯属诬陷，但他既是雅典的公民，就应该遵守雅典的法律。行刑的那天，来看望他的学生和亲友都十分悲痛，而他却镇定自若，谈笑依旧，最后从行刑官手里接过毒酒，一饮而尽，从容赴死。本文是他在宣判他死刑的法庭上的答辩词。

告众士兵

— 汉尼拔

■ 公元前218年

士兵们：

你们在考虑自己的命运时，如果能记住前不久在看到被我们征服的人溃败时的心情，那就好了；因为那不仅是一种壮观的场面，还可以说是你们的处境的某种写照。我不知道命运是否已给你们戴上了更沉重的锁链，使你们处于更紧迫的形势。你们的左面和右面都被大海封锁着，可用于逃遁的船只连一艘都没有。环绕着你们的是波河，它比罗纳河更宽，水流更急；后面包围着你们的则有阿尔卑斯山，那是你们在未经战斗消耗、精力充沛时，历经艰辛才翻越过来的。

士兵们，你们已在这里同敌人初次交锋，你们必须战胜，否则便是死亡；命运使你们不得不投身战斗，它现在又站在你们面前。如果你们战胜，你们就能得到即使从永生的众神那儿也不敢指望得到的最大报酬。我们只要依靠勇敢去收复敌人从我们先辈手里强夺去的西西里和萨迪尼亚，我们就会得到足够的补偿；罗马人通过多次胜利的战斗所取得和积聚起来的财富，连同这些财富的主人，都将属于你们。在众神的庇护下，赶快拿起武器去赢得这笔丰

汉尼拔（前247年—约前182），迦太基军事统帅。公元前218年春，率大军征战高卢南境，翻越阿尔卑斯山，同年秋进入意大利，是为第二次布匿战争之始。在波河支流特来比亚河附近初战告捷。公元前217年，特拉西米诺湖战役重创罗马军。次年坎尼战役又获大胜，"同盟"城市相继归附，罗马陷于困境。但长期转战，军力耗竭；罗马人积蓄力量，派兵占据新迦太基。虽挥师驰援，但公元前202年扎马战役终遭失败。战后与统治集团不和，公元前196年逃亡叙利亚，并在叙利亚与罗马开战时受命指挥一支舰队，因不谙海战，被击败。后赴小亚细亚，因害怕被引渡，服毒自杀。

迦太基是北非的著名古国，其中心在今突尼斯境内，约在公元前814年，由腓尼基城邦推罗移民所建。是腓尼基人在北非的奴隶制国家的首都。

厚的报酬吧！

你们在荒凉的卢西塔尼亚和塞尔蒂韦里亚群山中追逐敌人为时已久，历经如许艰辛危难却一无所获；你们跋山涉水，转战数国，长途劳顿，现在是打响夺取丰富收获的战役，为你们的劳苦取得巨大报酬的时候了。这里命运允许你们结束辛苦的努力，这里她将赐予与你们的贡献相称的报酬。你们不要按照这场战争表面上的巨大规模，而担心难于取胜。敌对双方受藐视的一方往往坚持浴血抗争，而一些著名的国家和国王却常被人并不费力地征服。

因为，撇开罗马徒有其责的显赫名声，它还有什么可与你们相比的？默默地回顾你们20年来以勇敢和成功而著称的战绩吧，你们从赫拉克勒斯支柱，从大洋和世界最遥远的角落来到这里，一路上征服了高卢和西班牙的许多最凶悍的民族；如今你们将同一支缺乏经验的军队作战，它就在今年夏天曾被高卢人击败、征服和包围过，至今它的统帅还不熟悉他的军队，而军队也不知道它的统帅。要把我同他作一比较吗？我的父亲是最杰出的指挥官，我在他的营帐中出生、长大，我荡平了西班牙和高卢，我不仅征服了阿尔卑斯山诸国，还征服了阿尔卑斯山本身；而那个就任仅6个月的统帅是他的军队里的逃兵。如果把迦太基人和罗马人的军旗拿掉，我敢肯定他不知道自己是哪一支军队的指挥官。

你们中每一个人都看到了我的累累战功，同样，我作为你们英雄气概的目击者，能列举每一个人勇敢作战的具体时间和地点。士兵们，我认为这一点很重要。我在成为你们的指挥官以前是你们大家的学生，我将率领曾千百次地受过我表彰和犒赏的士兵，阵容威武地阔步迎击那支官兵互不熟悉的军队。不论我把眼光转向何处，我看到的都是斗志旺盛、精神饱满的士兵，一支由各个最英勇的民族组成的久经战阵的步兵和骑兵。——你们，我们最可靠、最勇敢的盟军；你们，迦太基人，即将为你们的国家并出于最正义的愤恨而出征。我们是战争中的攻击者，高举仇恨的旗帜进入意大利，将以远远超出敌方的胆量和勇气发起进攻，因为攻击者的信心和骁勇总是大于防卫者。此外，我们所受的痛苦、损伤和侮辱燃烧着我们的心：它们首先要求我——你们的领袖，其次要求曾围攻过萨贡托的你们大家去惩罚敌人；如果我们畏缩怯战，它们将使我们受到最严厉的折磨。

那个最为残暴、狂妄的民族认为，一切都应归它所有，听它摆布；应当由它决定我们该同谁交战、同谁媾和；它划定界限，以我们不得逾越的山脉河流把我们封锁起来，而它却不遵守自己规定的界限。它还说，不得越过伊比利亚半岛，不得干预萨贡托人；萨贡托在伊比利亚半岛，你们不得朝任何方向跨出一步！拿走我们最古老的省份——西西里和萨迪尼亚是件小事吗？你们还要拿走西班牙吗？让我从那里撤走，以便你们横渡大海进入阿非利加吗？

我说他们要横渡大海，是不是？他们已经派出本年度的两位执政官，一个派往阿非利加，一个派往西班牙。除了我们用武器保住的地方外，他们什么地方都没有给我们留下。有后路的人可能成为懦夫，他们可以通过安全的道路逃跑，回到自己的国土家园请求收容，但你们必须勇敢无畏。你们在胜利和覆灭之间绝无回旋余地，或者战胜，或者死亡。如果命运未卜，与其死于逃亡，毋宁死于沙场。如果这就是你们大家确定不变的决心，我再说一遍，你们就已经战胜了；这是永生的众神在人们夺取胜利时所赐予的最有力的鼓励。

演讲背景

本文是汉尼拔在公元前218年进攻意大利前的一次战前动员演讲。汉尼拔率军翻越阿尔卑斯山后，准备向意大利出击。一开始，汉尼拔就明确指出当时的形势是背水一战，他以巨大的热情和坚定的意志，鼓励将士们奋勇作战，演说完毕后，将士们齐声高呼，"要么胜利，要么死亡。"汉尼拔作为古代最伟大的军事统帅之一，虽不以辩才闻名于世，但此篇演说，以鲜明的对比显示睥睨敌人的无畏气概和必胜信心，是战前鼓动演说中颇为成功的典范之作。

对卡提利那的第一次控告

——西塞罗

■ 公元前63年11月8日

西塞罗（前106—公元前43），古罗马著名政治家、演说家、雄辩家、法学家和哲学家。生于罗马的一个骑士家庭。曾赴希腊求学，受柏拉图、亚里士多德和斯多葛派思想的影响颇深。公元前77年，回罗马担任律师。公元前63年当选为罗马执政官，后为元老院元老。公元前51年赴小亚细亚任奇里乞亚总督。他反对独裁，维护贵族共和制。在第二次"三头同盟"成立后，他被三头之一的M.安东尼的部下于公元前43年12月7日杀害。他一生著述甚丰，在政治方面的著述主要有《共和国》《国家论》《论法律》等。

　　卡提利那，你打算什么时候停止愚弄我们的耐心？你那种狂妄行为还得嘲弄我们多久？你所吹嘘的那种放肆的无耻行径何时才能结束？部署在帕拉廷山上的重兵、遍布全城的岗哨、人民的惊恐不安、一切善良人们的联合，此次在这戒备森严的地方召集元老院会议所显示的警觉、各位可敬的元老的神色，这一切难道对你全无影响？难道你不觉得你的计划已被察觉？难道你没看到你的阴谋已为今日与会者人所共知而难以得逞？昨夜和前夜你在哪里？做了什么？应你之召与你会面者都有谁？你采取了什么计谋？你居然以为我们中间无人了解这些情况。

　　为这个时代和它的节操感到羞耻吧！元老院知道这些情况，执政官了解这些情况，可是这人仍然活着。他还活着！甚至参加了元老会议。他参与公众事务的审议；他注视着我们，记下了他想杀害的每一个人。而我们这些勇敢的人却以为，只要置身于他的疯狂攻击之处，就是履行了我们对共和国的职责！

　　卡提利那，你本来早就该由执政官下令处死。你长期策划要强加于我们的毁灭早就应该落在你自己头上。怎么？我们最杰出的大祭司庇索里乌斯·斯奇皮奥，不是以一个公民的个人身份，把对国家体制稍有损害的蒂伯里乌斯·格拉库斯处死了吗？我们这些执政官难道能容忍卡提利那公然企图以火焰和杀戮毁灭整个世界吗？诸如凯伊乌斯·塞尔维利乌斯·阿哈拉亲手杀死阴谋作乱的斯普里乌斯·马利乌斯。

这类更早的事例，我就省略不提了。这个共和国有过这样值得称颂的先例：勇敢的人以比用于最凶恶的敌人身上更严厉的惩罚来镇压危害国家的公民。卡提利那，我们有元老院的决议，那是针对你的权威性的严厉法令；共和国的智者是没有过错的，元老院的长者也是无可指责的。我坦率地说，我们，只是我们这些执政官未能恪尽职责。

元老院曾通过法令，授权执政官卢西乌斯·奥皮米乌斯保护共和国不受损害。他连一个晚上也没耽误就把涉嫌对国家不忠的凯伊乌斯·格拉库斯处死，尽管后者的家庭世代以来名声清白。被处死的还有当过执政官的马尔库斯·孚尔维乌斯及其后人。根据元老院同样的法令，由执政官凯伊乌斯·马里乌斯和卢西乌斯·伐累里乌斯维护共和国的安全。后来共和国对护民官卢西马斯·萨图尔尼努斯和地方行政官凯伊乌斯·塞尔维利乌斯的惩罚、对他们所判的死刑不是连一天也没耽搁就执行了吗？但是我们这20天来却使元老院权威的锋芒变钝了，我们虽有元老院同样的法令，却使它停留在纸上，可以说，把利刃收进了刀鞘。根据这项法令，你卡提利那必须即刻伏法。可你还活着，活着继续作恶，犯罪活动并未稍见收敛。

各位元老，我希望自己待人宽厚，我希望自己不会忽视国家所面临的危险，但我现在责备自己的懈怠和迟钝。与共和国为敌的人已在意大利，在伊特鲁里亚入口处安营扎寨，敌人的数量与日俱增。我们看到这个阵营的统帅、这些敌人的首领就在城内，甚至就在元老院内，每天策划着从内部损害共和国。

卡提利那，即使我现在就下令将你逮捕处死，我想我也应该担心一切善良的人会说我行动迟缓，而不会有人认为我做事残忍。尽管这早就该做到，但我有充分的理由不那么做；只有在像你这样恶毒无耻的人不再说那样做是不对的时候，我才会将你处死。只要有一个人敢于为你辩护，你就能活着；但你得像现在这样活着，由我的许多可靠的卫兵包围着，使你不能稍有反对共和国的动作。许多眼睛和耳朵会像以往那样监视你、注意你，而不被你发现。

情况既已如此，如果你不能安静地留在这里，那么，卡提利那，你是否还不愿意离此而去某个遥远的地方，把你那幸免于正义惩罚的余生付诸逃亡和孤寂？你对我说，向元老院提议吧（因为这正是你的要求），如果元老院公议决定你应该流放，你会服从。我不会那样提议，它有悖我的行动常规，然而我要让你明白这些人对你的看法。卡提利那，离开这个城市，使共和国摆脱恐惧吧！离开这里，开始流亡吧！如果这话正是你所期待的，现在还有什么，卡提利那？你没看到，没明白这些人的沉默吗？他们批准了，尽管他们什么也没说；在你从他们的沉默中明白了他们的希望时，你为什么还要等待他们用言语来表明他们的权威？

如果对我来说比生命还要可贵的共和国问我：你在干什么？你要让这个你确认是敌军首领的人、一切阴谋的主使者离开这里而不被处死吗？当意大利被战争夷为废墟、许多城市受到袭击、房舍陷入火海时，你不认为你将毁于仇恨之火的爆发之中吗？

对共和国这个神圣的质问，对抱有同样见解的人，我将如此简单作答：各位元老，如果我认为以死刑惩罚卡提利那最为妥当，我不会让这个斗士多活一刻。如果从前萨图尔尼努斯、格拉库斯兄弟和弗拉库斯等人的血没有玷污那些杰出的人物和著名的城市，而只是为他们和它们增辉的话，那就没有理由因处死这个残杀公民的叛逆而害怕后世对我的诟骂。如果那对我的威胁的确达到如此严重的程度，我仍将一如既往地认为坚定所引起的非议，不是诟骂，而是光荣。

然而，元老院内有些人看不到现在的威胁，或者看到了而佯作不知，他们的温和情绪助长了卡提利那的希望；他们的怀疑心理加强了正在兴起的阴谋；为他们的权威所影响的、许多虽非邪恶而仅属无知的人，就会在一旦处死卡提利那时指责我残酷专横。但是我知道，如果他到达了他想去的曼利乌斯营寨，就不会有人愚蠢得看不出一直存在着阴谋活动，冷漠得不肯承认这个事实。但若仅将他一人处死，我知道共和国的这种祸患只是暂时得到抑制，而不是永远根除。如果他自行流放，并携去一切同伙，把所有堕落的人从各处集中在一个地方，则不但共和国这个已成气候的灾难，而且连同未来一切坏事的根基和种子都可以被消灭和根除。

各位元老，我们长期以来就处于阴谋奸计的危险之中，可是到了我执政时，这由来已久的一切凶恶狂妄的无耻活动竟成熟起来，达到危急关头。但若使他一人离开这个强盗团体，在短期内我们似乎免除了恐惧和焦虑，而危险却潜伏于血管和内脏之中，扎下根来。就像身染重病的人苦于发烧而喝下冷水，痛苦似乎得到了缓和，但以后却会越发加剧；同样，共和国的这一疾患，如果以处死这一个人的办法来缓解，就只会越来越严重，因为其余的人仍然活着。

为此，各位元老，让这些卑鄙的人走吧，让他们离开好人，让他们集合在一个地方，像我常说的那样，用一堵墙把他们同我们隔开，让他们无法密谋把执政官杀害在家中，或包围城市行政官的官廨，或用刀剑围攻元老院，或备好烧毁罗马的木块与火炬；总之，让他们每一个人在脸上表明他对共和国的态度。各位元老，我向你们保证：卡提利那离开后，我们执政官将会更加勤奋，你们的威望将会更加崇高，罗马骑士将会更加勇敢；一切善良的人将会更加团结，那时一切将会清楚地呈现在你们面前，一切罪恶都会得到遏制和惩罚。

卡提利那，这些征兆都表明，为了共和国的安全，结束你那邪恶狠毒的战争吧，结束你自己的厄运和所受的损害吧，让那些参与你的每一件坏事和暴行的人停止走向毁灭吧。啊，主神尤皮特，罗慕洛像对罗马城一样地尊崇你，我们理所当然地把你称为这个城市和这个国家的支柱，把这个人和他的同伙从你的祭坛和其他庙宇、从罗马的房屋和墙垣、从一切公民的生活和命运中驱赶出去吧！对于善良人们的一切敌人、共和国的反对者、意大利的劫掠者、以无耻的罪恶联盟聚集起来的人，不论其已死或尚存，都以永恒的惩罚来对其进行镇压吧！

演讲背景

卡提利那是当时著名的民主派人物，公元前 64 年与西塞罗竞选执政官失败后，便秘密决定通过军事政变夺取权力。于是他和属下在意大利各地进行鼓动，秘密聚集力量。西塞罗为了揭露他们的阴谋，发表了著名的《反对卡提利那》共四篇演讲，本文是第一篇，也是最著名的一篇。

论惩处阴谋家

— 恺撒

■ 公元前63年

恺撒（前100—前44），古罗马军事统帅、政治家。贵族出身。公元前60年与庞培、克拉苏结成"前三头同盟"。公元前59年当选执政官。自公元前58年起，8年间屡次征服高卢全境，掠取大量财富及奴隶送往罗马，权势日重。公元前45年被元老院封为终身独裁官。破例连任5年执政官，终身保民官，兼领大将军、大教长衔，及"国父"尊号。后因其专制日益招致元老院内贵族共和派的反对，于公元前44年3月15日为布鲁图和卡西乌等人刺杀。

各位元老：

凡对复杂问题进行慎重考虑的人都不宜怀有仇恨、激情、愤怒或怜悯，以免受其影响。如果视线被这类感情所阻挡，就不易识别正确的事物，此时，任何人都会不再顾及热切希望达到的目的与利益。在思想不受阻碍地活动时，它的推理是正确的；但激烈的情绪如果支配了思想，就会成为统辖思想的暴君，而使推理失去力量。

各位元老，我可以很容易地举出不少国王和国家因受愤恨和同情的影响而采取不明智行动方向的例子；但我却愿讲述我们祖先的例证，他们抵制了感情的冲动，而以智慧和正确方针指导了行动。

在我们反对珀西斯王的马其顿战争中，在罗马人民支援下强大起来的罗得斯国，曾背信弃义而与我们敌对；在战争结束后考虑罗得斯人的行为时，我们的先人却没有惩罚他们，以免有人会说对他们作战是为了攫取他们的财富，而不是为了惩罚他们的背信弃义。同样，在整个布匿战争中，尽管迦太基人在和平时期与停战阶段都犯有许多非正义的罪行，我们的祖先却从未借机报复，他们考虑的是与自己相宜的、值得的事，而不是给予敌人以应得的惩处。

对于现在这些阴谋家，各位元老，我的意见是最严厉的酷刑也不足以惩罚他们的罪恶；然而人类的多数总是注意最后发生的事，以罪大恶极者的案件而言，如果惩罚过于严厉，人们就会忘掉他们的罪行，而只谈论对他们的处置。我也确信，像德西穆斯·西兰努斯这样英勇善断的人，是从对国家的热忱出发而提出建议的，他对这样重要的事情所持的见解不会出于偏袒或敌意；我知道这是他的品质和判断力。然而在我看来，我不愿说他的建议是残酷的（因为对那些人来说有什么惩罚能算是残酷的呢？），但不符合我们的方针。因为，西兰努斯，我敢说，必定是你的担心，要不就是他们的叛逆罪行，才使你这样一位当选而尚未就任的执政官提出了这种新的惩罚。没有担心的必要，因为我们的执政官才能出众，行动果敢，已命令如此众多的军队整装待命。至于惩罚，我们可以说，在困境和危难中，死亡是痛苦的解脱，而不是折磨；死亡可以结束一切人间苦恼；人死之后就无所谓愁苦，无所谓欢乐了。

但是，我以永生的众神的名义问你，西兰努斯，你为什么不附带提出，先对他们施以鞭笞之后再予处死？是因为波尔久斯法禁止那样做吗？但是其他几种法律却禁止对已判刑的公民剥夺其生命，并允许他们流亡；或者是因为鞭笞是比处死更重的刑罚？可是对于犯有如此罪行的人，还有什么刑罚能算是太严厉或太苛刻的呢？如果鞭刑轻于死刑，那么，遵守法律意义不大，而你不尊重法律倒是得其要领的，这说得通吗？

但是，可能有人要问，对于这些叛国者判刑的严厉性，日后加以责备的将会是谁？我回答说，是时间，是事件的进程和命运，它们的变化支配着各个国家，它们将会提出责备。不论落在叛逆者身上的是什么，都是他们应得的惩罚；但是，各位元老，应该认真考虑以什么刑罚来判处别人的是你们。所有导致了恶果的先例本都出于良好的用心；但当一个政府被无知或无原则者掌握时，施加于罪有应得的合适对象的任何一种新的严厉刑罚，都会被作为例子援用于那些罚不当罪的不合适的人身上。斯巴达人征服雅典人时，指派了30人统治他们的国家。这30人开始执政时对一切恶名昭著或众所痛恨的人，甚至不经审判一概处以死刑；人民庆祝这一行动，称颂他们的公正。可是后来他们那种不尊重法律的权力逐渐增大，他们发展到随心所欲，不分好歹地杀人，使全体人民陷入恐怖之中，从而使那被压服和奴役的国家为它轻率的高兴付出了沉重的代价。

同样，在我们自己的记忆中，当胜利的叙拉命令把危害国家的达玛希普斯和其他犯有同样罪行的人处死时,谁不称道这一行动?大家欢呼那些结党营私、以煽动叛乱的行为损害国家的恶人之丧命是理所当然的。然而这个行动却成为一场惨重杀戮的开始,任何人觊觎别人的宅第或别墅、甚至金银餐具或服饰,就运用自己的势力把那人列入死囚名单。于是,那些把达玛希普斯被处死视为喜事的人自己也很快被人置于死地;屠杀迄今未得到遏制,直至叙拉以财宝使其党徒感到餍足方告结束。

当然,我并不担心在西塞罗治理下或这一时期会出现这类无节制现象,但在一个大国里会有各种不同性格的人。在其他某个阶段,换上另一个像现在这位执政官一样统率着一支大军的执政官,某种错误的指控就可能被信以为真;按照前面提到的先例,执政官可能向元老院的权力挑战,那时谁能制止其进程,或缓和其狂暴?

各位元老,我们祖先的品行和勇气是无所欠缺的;他们的自尊心也从未妨碍他们效法别国值得重视的做法。他们做盔甲和兵器是向撒姆尼人学来的;他们表示权力的标志多数取自伊特鲁里亚人;总之,只要是对他们合适的,无论其来自盟友或敌人,他们都非常乐意采用过来。他们对别人的长处愿意仿效,而不是心存戒备。可是与此同时他们也采用了希腊人的一种做法,以鞭笞惩罚公民,并对宣告有罪的人处以极刑。然而,当共和国强大起来,众多公民中内讧加剧时,人们开始将无辜者卷入定罪范围,并滥施刑罚;于是才提出了波尔久斯法和其他法律,允许已定罪的公民流亡。各位元老,我把我们祖先这种宽容大度视为我们不应采用任何新的严厉手段的有力理由,因为那些艰苦创业、建立了如此伟大的国家的人,同我们这些仅能把祖先光荣地创建的基业维持下来的人相比,肯定具有更大的优点和智慧。那么,你们会问,我的意见是不是说应该释放这些阴谋家,从而使卡提利那的军队得到扩充?决非如此,我的建议是他们的财产应当充公,他们本人应被监禁在足以承担其费用的城市中;从此任何人不得再向元老院提出这一案件,或就此向人民发表意见;并且现在即由元老院宣告任何人若做出与此相反的行动,就是反对共和国及公众的安全。

演讲背景

　　本文是恺撒执政期间在元老院所作的一次演说,语词尖刻、主张依法行事,不以极端手段对待卡提利那集团,以免遗患未来,并援用历史教训力陈利害,具有很强的说服力。本文被誉为拉丁文的典范。

在安葬恺撒时的演说 —— 安东尼

■ 公元前44年

安东尼（前82—前30），罗马统帅、演说家。公元前44年，恺撒遇刺后掌握了罗马的统治权。之后罗马分裂，安东尼掌管西罗马，版图中包括埃及。安东尼在巡游中与埃及王后克莉奥帕特拉一见倾心，并发生了关系。克莉奥帕特拉后来怂恿安东尼征讨东罗马，结果安东尼在公元前31年的一场关键性战役中战败，一年后自杀身亡。

我今天来，是来安葬恺撒，但并不是为他歌功颂德的。我发现，人生在世，犹如"好事入泥沙，坏事传千里"，但这句话好像只对恺撒说的，而布鲁图斯无疑是位正人君子。他告诉你们，说恺撒野心勃勃，如果事实确此，那自然是恺撒的大错。恺撒已经死去，也算是补偿了他的罪过。我今天承蒙布鲁图斯的好意，准许我说话，所以我无论如何也该在恺撒面前说几句话。

布鲁图斯真可说是一个君子，同他合谋的人，也属于当之无愧的君子。恺撒原来是我的亲密朋友，待我诚挚公平，但是在布鲁图斯这样的君子眼睛里，偏说他私心。恺撒当年获胜疆场，缴获的财物，莫不归国所有，难道这是野心吗？他每当听到贫民的哀嚎，都会流下同情的泪水，有野心的人，能有如此慈悲的心肠吗？遗憾的是，布鲁图斯一定坚持说他有野心，而布鲁图斯是一位堂堂正正的君子，我有什么办法呢？那天露泊卡雨节的时候，你们亲眼看到过，当时我三次劝他登基，他三次拒绝，这能算是有野心吗？……从前，你们都非常爱戴他，我想那肯定不是无缘无故的；现在他死了，你们反而没有替他伤心流泪，这真使我百思不得其解。哎，良心哪，难道你跑到禽兽身上去了？

人的理智啊，你哪里去了？此时，我的心已在恺撒的棺材里了，我要等他回来，只有他回来，才能再说话（讲到这里，安东尼大哭起来，并有意停下来不讲，让听众在下面议论；有些人说安东尼讲得有道理，有的说恺撒死得冤枉）。

是的，昨天，恺撒的一句话足以翻天覆地，何等尊严！今天，他躺在这里，却无人理睬。如果我的话提醒你们的良知，那我就对不起布鲁图斯，也一定对不起卡西乌斯等人，因为他们一伙人是正人君子呀，我怎么敢这样？我情愿对不起死去的人，我也情愿对不起我自己，对不起你们大家，而不愿对不起这些正人君子。可是，我手头有一张纸，那上面写的内容我不愿读出来，因为倘要我读出来，哪怕愚夫无知之辈听见，恐怕也会要去对恺撒的尸体抱头痛哭，会拿手帕去蘸他的圣血。也许，有人还要在他身上拔一根毛发拿回家去，而且像宝贝一样，子子孙孙传下去啊！

（听众中有人大声呼喊：请你快读遗书给我们听。）

你们不要性急，我万万不能读给你们听，因为你们一旦知道这遗书中对你们所表示的关怀，那恐怕事就大了。你们不是一根木棒，不是一块石头，你们是有情感的人，听了恺撒的话心情一定会燃烧起来，一定疯。倘若你们不知道自己正是恺撒继承人，会更好些，一旦知道这一切，我难以想象大家会闹出什么来！

（下面听众中许多人狂叫，让他念遗书。）

难道现在就一定要听吗？等一会儿都不行吗？我真后悔方才脱口说出那句话，恐怕已经对不起那杀死恺撒的正人君子，不该，不该！

（下面有人说，什么正人君子，他们是叛臣逆贼，是坏蛋，你快念遗书吧！）

你们实在要逼我念，那么就请大家站开，在恺撒尸体的侧面站成一个圈，先让我把写遗书的人指给你们看看。请问：你们允许我下来吗？

（安东尼走下来，站在恺撒尸体旁，对着听众。）

你们要有眼泪，现在就尽情地掉吧。恺撒穿的这件大袍，你们大家是熟悉的。我还记得，恺撒第一次穿上这件大袍的时候，是在一个夏天的晚上，那天正是征服爱威领地的光辉日子。现在你们看：卡西乌斯的剑是从这里刺进去的；你们看加斯加在这里捅了一刀；你们看，这个地方，正是恺撒最宠爱的布鲁图斯刺穿的。看，刀子抽出来时，恺撒的鲜血淋漓，好像已跑出门来问："恺撒是那样地爱布鲁图斯呀，难道布鲁图斯忍心下此毒手吗？"啊！天知地知，恺撒是何等爱布鲁图斯，这一刀，是无情无义的一刀。恺撒看见他刺他，"无情"两字所造成的伤痛会比刀伤厉害得多，简直气得心碎胆裂，鲜血长流，扑倒在罗马将军庞培像后面，脸都藏在大袍下面。哎，各位，请想一想，这是怎样一个大冤劫啊！照这样凶残下去，你我不都在劫难逃吗？你们怎么也哭起来了？我发现你们也是讲天良的人啊，大家都在同洒伤心之泪，你们这些人，才看见恺撒的一件衣裳就如此悲痛，你们还没有看见他的尸体呢，他的尸体在这里，你们看，已经被这些不人道的叛徒弄成这个样子了！

（听众这时大哭、大闹、大喊、大叫，都骂布鲁图斯是叛贼，发誓要为恺撒报仇。）

各位朋友，不要忙，不要因为我的话，就把大家气成这样子。杀死恺撒的人都是些正人君子，因为什么私仇隐怨而下此毒手，我实在不得而知。他们既然是些正人君子，老实厚道，那么也一定有他们的道理。朋友们，我来并不是煽动你们的义愤。我不会说话，没有布鲁图斯那种口才，你们谁不知道我是一个拙嘴笨舌的人？我只知道爱我的朋友；即使是杀死恺撒的人，也深知我是这样的人，所以他们不肯让我当众演讲。我一无智慧，二无身价，既无口才，也无手段，哪里会鼓动人心？我只是随便说说，自己知道什么就讲什么。我之所以指给你们看恺撒的伤口，是想请这些哑巴了的嘴替我说说话。我想布鲁图斯是我的话，恐怕他会在恺撒的伤口上都栽一个舌头，会把罗马的每块顽石都说得跳起来，燃烧起来！

（听众怒不可遏，要立即去烧布鲁图斯的住宅。）

我请你们再听我几句话，你们现在只是要行动，要去干什么？我问你们：恺撒为什么值得你们这样的爱戴呢？哈，哈，你们还是不知道。听我告诉你们，我先前不是说有一个遗书吗？你们怎么忘了。遗书就在这里，遗书上有他的印章，上面写着：凡是罗马的公民，每个人都分给75个德拉克玛（钱币）；他的花园树木，也都送给大家永远作为公共游乐场，让你们的子子孙孙共享其乐。哎，像恺撒这样的人，世上哪里还会找出第二个！

演讲背景

恺撒被布鲁图斯刺死的消息传开，举国震惊，以元老院为首的共和派坚决支持布鲁图斯，并称颂他是为罗马国民除害的英雄；以安东尼为代表的恺撒党却大肆攻击布鲁图斯，并斥责他为凶手、叛徒。为了掌握主动权，赢得国民的支持，布鲁图斯在刺死恺撒的当日，在罗马广场上发表演讲。正当他的演讲进行到高潮时，安东尼及其同党抬着恺撒的尸体走入广场。接着便发表了这篇著名的演讲。

第二次十字军东征

贝尔纳

■ 公元1147年

贝尔纳(1090—1153),中世纪法国基督教神学家,明谷隐修院创始人,第二次十字军东征鼓吹者。生于第戎侯爵家庭。1112年入西多隐修院。1115年创明谷隐修院,任院长。

1130年两派红衣主教分别选出两名教皇时,他站在英诺森二世一边,竭力反对"理解而后信仰"的主张。1146年充当罗马教皇犹金三世顾问,赴西欧各国煽动农民和骑士参加第二次十字军东征,组成圣殿骑士团,亲订章程,扩展罗马教廷统治。1149年失败而归,从此隐退于明谷隐修院。

你们必然认识到我们生活在一个灾难深重、面临毁灭的时代。人类之敌使得世界所有地区散发着腐朽的气息。我们面前,满目都是未受惩戒的邪恶。人类的法律和宗教的规条已无力阻止道德沦落、邪恶得逞。异教的魔鬼占据了真理的宝座,上帝已将诅咒降到他的圣殿。

听我说话的人们啊,你们快快使上天息怒吧,但不要只靠几句空洞的诉怨来求得他的慈悲。披上丧服于事无补,还是穿上你们那刺不透的盔甲吧!白刃相交、行军劳顿、危难困苦就是上帝要求你们的赎罪苦行。快快战胜异教徒,以洗清你们的罪孽。夺回圣地将是对你们忏悔的奖赏。

如果有人向你们宣告敌人已经侵占了你们的城池与土地,凌辱了你们的妻女,亵渎了你们的神庙,有谁会不飞奔前去拿起武器?现在,所有这些灾难,甚至重大的灾难已经降临你们兄弟身上,降临到耶稣基督的家庭——也就是你们自己的家庭。

你们为什么还在犹豫,不去消除罪恶,惩处暴行?难道你们能容许异教徒踩躏了基督子民后依旧心安理得,逍遥法外吗?请记住,他们的得胜将使我们的子孙长恨无穷。我们这一代若容许他们得胜,便将成为千古罪人。是的,耶稣基督命我向你们宣布他要惩罚那些不去抗敌未保护他的人。

快快拿起武器吧!愿神圣的怒火使你们在战斗中勇武有力,愿基督徒的世界回响起先知的预言:"刀剑不染血的人要受诅咒。"如果我主召唤你们起来保卫他的财产,你们切勿以为他已失去手中力量。他岂不能派遣无数天使或一声令下就使敌人顷刻之间化为齑粉?可是上帝顾惜他的子民,给他们仁慈的出路。他召你们为恢复他的荣耀和圣名而战,使你们有一天得到平安。

基督的勇士们,为你们献出生命的基督今天要求你们以生命回报。你们值得进行这场战斗,因为战胜则无比光荣,死亦受福无穷。显赫的骑士,十字架的英勇捍卫者啊,谨记你们先辈征服耶路撒冷的榜样,他们的名字已经铭刻在天堂。抛弃尘世终将消灭的一切吧,你们该夺取的是长青之树,要征服的是永恒的王国。

演讲背景

1095年冬天,罗马教皇乌尔班二世在法国的克勒蒙城召开宗教会议。他对前来听他演说的各国骑士发出号召:"任何人专为虔诚而不为虚荣和私利去到耶路撒冷,以救出上帝的子民,即此跋涉便足以代替一切的忏悔。"确定了参加东征者完全免罪。进而拉开了为期200多年的"十字军东征"。

在第一次十字军东征失败后,为了响应耶路撒冷拉丁王国的请求,1147年在法国国王路易七世和德意志国王康拉德三世率领下发起第二次东征。1187年,在希丁之战,苏丹萨拉丁所率领的回教徒击败了十字军,重新占领耶路撒冷。

本篇是贝尔纳在十字军第二次出征前向军队所作的布道,它的实际意义是战前动员令。

在沃姆斯国会上的讲话

——马丁·路德

■ 公元1521年4月

马丁·路德（1483—1546），16世纪德国宗教改革发起者，基督教路德宗（新教的一支）创始人。1512年获神学博士学位，任符登堡大学神学教授。他深知教会腐败，主张建立没有教阶，没有繁琐仪式的"廉洁教会"。强调"因信称义"；认为靠虔诚信仰，灵魂便能得救，而无需接受所谓"圣礼"的宗教仪式；否认教皇权威、主张以《圣经》为唯一原则；轻视教会颁布的敕令、通告和宗教会议的决议。1517年在教堂大门上张贴《95条论纲》，反对兜售赎罪券，揭露罗马教皇骗局，引起普遍反响。

最尊贵的皇帝陛下，各位显赫的亲王殿下和仁慈的国会议员们：

遵照你们的命令，我今天谦卑地来到你们面前。看在仁慈上帝的分上，我恳求皇帝陛下和各位显赫的亲王殿下，聆听我为千真万确的正义事业进行辩护。请宽恕我，要是我由于无知而缺乏宫廷礼仪；因为我从未受过皇帝宫廷的教养，而是在与世隔绝的学府回廊里长大的。

昨天，皇帝陛下向我提出了两个问题。第一个问题是：我是否就是人们谈到的那些著作的作者；第二个问题是：我是想撤回还是捍卫我所讲的教旨。关于第一个问题，我已经做了回答，我现在仍坚持这一回答。关于第二个问题，我已经撰写了一些主题截然不同的文章。在有些著作中，我既是以纯洁而明晰的精神，又是以基督徒的精神论述了宗教信仰和《圣经》，对此，甚至连我的对手也丝毫找不出可指责的内容。他们承认这些文章是有益的，值得虔诚的人们一读。教皇的诏书虽然措辞严厉，但又不得不承认这一点。因此，如若我现在撤回这些文章，那我是做些什么呢？不幸的人啊！难道众人之中，唯独我必须放弃敌友一致赞同的这些真理，并反对普天下自豪地予以认可的教义吗？

其次，我曾写过某些反对教皇制度的文章。在这些著述中，我抨击了诸如谬误的教义、不正当的生活和丑恶可耻的榜样，致使基督徒蒙受苦难，并使人们的肉体和灵魂遭到摧残的制度。这一点不是已经由所有敬畏上帝的人流露出的忧伤得到证实了吗？难道这还未表明，教皇的各项法律和教义是在纠缠、折磨和煎熬虔诚的宗教徒的良知吗？难道这还未表明，神圣罗马帝国臭名昭著的和无止境的敲诈勒索是在吞噬基督徒们的财富，特别是在吞噬这一杰出民族的财富吗？

如若我收回我所写的有关那个主题的文章，那么，除了是在加强这种暴政，并为那些罪恶昭著的不恭敬言行敞开大门外，我是在做些什么呢？那些蛮横的人在怒火满腔地粉碎一切反抗之后，会比过去更为傲慢、粗暴和猖獗！这样，由于我收回了这些文章，必然会使现在沉重地压在基督徒身上的枷锁变得更难以忍受——可以说使教皇制度从而成为合法，而且，由于我撤回这些文章，这一制度将得到至尊皇帝陛下以及帝国政府的确认。天哪！这样我就像一个邪恶的斗篷，竟然被用来掩盖各种邪恶和暴政。

第三点，也是最后一点，我曾写过一些反对某些个人的书籍，因为这些人通过破坏宗教信仰来为罗马帝国的暴政进行辩护。我坦率地承认，我使用了过于激烈的措辞，这也许与传教士职业不相一致。我并不把自己看作是一个圣徒，但我也不能收回这些文章。因为，如果我这样做了，就等于是对我的对手们不敬上帝的言行表示认可，而从此以后，他们必然会乘机以更残酷的行为欺压上帝的子民。

然而，我只不过是个凡夫俗子，我不是上帝，因此，我要以耶稣基督为榜样为自己辩护。耶稣说："如若我说了什么有罪的话，请拿出证据来指证我。"我是一个卑微、无足轻重、易犯错误的人，除了要求人们提出所有可能反对我教义的证据来，我还能要求什么呢？因此，至尊的皇帝陛下，各位显赫的亲王，听我说话的一切高低贵贱的人士，我请求你们看在仁慈上帝的分上，用先知和使徒的话来证明我错了。只要你们能使我折服，我就会立刻承认我所有的错误，首先亲手将我写的文章付之一炬。

我刚才说的话清楚地表明，对于我处境的危险，我已认真地权衡轻重、深思熟虑；但是我根本没有被这些危险吓倒，相反，我极为高兴地看到今天基督的福音仍一如既往，引起了动荡和纷争。这是上帝福音的特征，是命定如此。耶稣基督说过："我来，并不是叫地上太平，乃是叫地上动刀兵。"上帝的意图神妙而可敬可畏。我们应当谨慎，以免因制止争论而触犯上帝的圣诫，招致无法解脱的危险、当前的灾难以至永无止境的凄凉悲惨。我们务必谨慎，使上天保佑我们高贵的少主查理皇帝不仅开始治国，且国祚绵长。我们对他的希望仅次于上帝。我不妨引用神谕中的例子，我不妨谈到古埃及的法老、巴比伦诸王和以色列诸王。他们貌似精明，想建立自己的权势，却最终导致了灭亡。"上帝在他们不知不觉中移山倒海"。

我之所以这样讲，并不表示诸位高贵的亲王需要听取我肤浅的判断，而是出于我对德国的责任感，因为国家有权期望自己的儿女履行公民的责任。因此，我来到陛下和各位殿下尊前，谦卑地恳求你们阻止我的敌人因仇恨而将我不该受的愤怒之情倾泻于我。

既然至尊的皇帝陛下、诸位亲王殿下要求我简单明了，直截了当地回答，我遵命作答如下：我不能屈从于教皇和元老院而放弃我的信仰，理由是他们错误百出，自相矛盾，犹如昭昭天日般明显。如果找不出《圣经》中的道理或无可辩驳的理由使我折服，如果不能用我刚才引述的圣经文句令我满意信服，如果无法用《圣经》改变我的判断，那么，我不能够，也不愿意收回我说过的任何一句话，因为基督徒是不能说违心之言的。这就是我的立场。我没有别的话可说了。愿上帝保佑我。阿门。

演讲背景

罗马教皇利奥十世于1520年10月正式宣布开除路德教籍的通谕。路德在诸侯和市民的支持下决定公开对抗，写了《反对敌基督者的通谕》一文，并于12月10日当众烧毁教皇通谕及一些教律。当时，神圣罗马帝国皇帝查理五世为了在政治上与法国抗衡，希望得到教皇的支持，反对路德的改革，因而在1521年帝国会议上，决定执行教皇通谕，给路德判罪。他下令逮捕路德，要他去国会承认错误，撤回《论纲》。本篇演说正是在这样的背景下发表的。

在接受宗教裁判所审判时的演说

——布鲁诺

■ 公元1600年

布鲁诺（1548—1600），意大利文艺复兴时期的哲学家。因反对经院哲学，被控为"异教徒"而开除教籍，流亡国外15年。1592年回国后被宗教裁判所逮捕，后烧死于罗马。他从哥白尼的日心说出发，认为宇宙是无限的，太阳系只是宇宙中的一个天体系统。自然界即神，是物质和精神、质料和形式的统一体。肯定物质和运动不可分离，感觉是理性的基础，而理性的任务在于探讨自然界的规律等。著有《论原因、本质和一》《论无限、宇宙和众多世界》《驱逐趾高气扬的野兽》等。

　　整个说来，我的观点有如下述：存在着由无限威力创造的无限宇宙。因为，我认为，有一种观点是跟上帝的仁慈和威力不相称的，那种观点认为，上帝，虽具有除创造这个世界之外还能创造另一个和无限多个世界的能力，似乎仅创造了这个有限的世界。

　　总之，我庄严宣布，存在着跟这个地球世界相似的无数个单独世界。我同毕达哥拉斯一起认为，地球是个天体，它好像月亮，好像其他行星，好像其他恒星，它们的数目是无限的。所有这些天体构成了无数的世界，它们形成无限空间中的无限宇宙，无数世界都处于它之中。由此可见，有两种无限——宇宙的无限大和世界的无限多，由此也就间接地得出对那种以信仰为基础的真理的否定。

　　其次，我还推定，在这个宇宙中有一个包罗万象的神，由于它，一切存在者都在生活着、发展着、运动着，并达到自身的完善。

　　我用两种方式来解释它。第一种方式是比做肉体中的灵魂：灵魂整个地处在全部之中并整个地处在每一部分之中。这如我所称呼的，就是自然，就是上帝的影子和印迹。另一种解释方式，是一种不可理解的方式，借助于它，上帝就其实质、现有的威力说，存在于一切之中和一切之上，不是作为灵魂，而是以一种不可解释的方式……

至于说到第三位的上帝之灵，我不能按照对它应有的信仰来理解它，而是根据毕达哥拉斯的观点来看待它，这种观点跟所罗门对它的理解是一致的。即：我把它解释为宇宙的灵魂，或存在于宇宙中的灵魂，像所罗门的箴言中所说的："上帝之灵充满大地和那包围着万有的东西。"这跟毕达哥拉斯的学说是一致的，维吉尔在《伊尼德》第六歌中对这一学说做了说明：

苍天与大地，太初的万顷涟漪，
那圆月的光华，泰坦神的耀眼火炬，
在其深处都有灵气哺育。
智慧充溢着这个庞然大物的脉络，
推动它运行不息……

按照我的哲学，从这个被称做宇宙之生命的灵气，然后产生出每一个事物的生命和灵魂，每一事物都具有生命和灵魂，所以，我认为，它是不朽的，就像所有的物体按其实体说是不朽的那样，因为死亡不是别的，而是分解和化合。这个学说大概是在《传道书》中讲到太阳之下没有任何新事物的地方阐述的。

演讲背景

1583年，布鲁诺到英国，批判经院哲学和神学，反对亚里士多德—托勒密的地心说，宣传哥白尼的日心说。1585年去德国，宣传进步的宇宙观，反对宗教哲学，进一步引起了罗马宗教裁判所的恐惧和仇恨。1592年，布鲁诺在威尼斯被捕入狱，在被囚禁的八年中，布鲁诺始终坚持自己的学说，1600年2月8日被宗教裁判所判为"异端"烧死在罗马鲜花广场。本文是他被捕后接受审判时发表的演讲。

地球在转动

——伽利略

■ 公元 1632 年

伽利略·伽利莱（1564—1642），文艺复兴时期的意大利科学家。他是第一个制造和使用天文望远镜的人。他论证了地球的自转和地球绕太阳的公转，还通过实验，发现了落体定律、物体的惯性定律、摆振动的等时性、抛体运动规律，以及物体运动的相对性原理等，从而奠定了近代实验物理学的基础，为牛顿建成力学大厦准备了材料，被人们誉为"当代的阿基米德"。

　　昨天我们决定在今天碰头，把那些自然规律的性质和功用谈谈清楚，并且尽量地谈得详细一点。关于自然规律，到目前为止，一方面有拥护亚里士多德和托勒密立场的人提出的那些，另一方面还有哥白尼体系的信徒提出的那些。由于哥白尼把地球放在运动的天体中间，说地球是像行星一样的一个球，所以我们的讨论不妨从考察逍遥学派攻击哥白尼这个假设不能成立的理由开始，看看他们提出些什么论证，论证的效力究竟多大。

　　在我们的时代，的确有些新的事情和新观察到的现象，如果亚里士多德现在还活着的话，我敢说他一定会改变自己的看法。这一点我们从他自己的哲学论述方式上，也会很容易地推论出来，因为他在书上说天不变等等，是由于没有人看见天上产生过新东西，也没有看见什么旧东西消失，言下之意，他好像在告诉我们，如果他看见了这类事情，他就会作出相反的结论；他这样把感觉经验放在自然理性之上是很对的。如果他不重视感觉经验，他就不会根据没有人看见过天有变化而推断天不变了。

　　如果我们是在讨论法律上或者古典文学上

布鲁诺在宗教裁判所

的一个论点，其中不存在什么正确和错误的问题，那么也许可以把我们的信心寄托作者的信心、辩才和丰富经验上，并且指望他在这方面的卓越成就能使他把他的立论讲得娓娓动听，而且人们不妨认为这是最好的陈述。但是自然科学的结论必须是正确的、必然的，不以人们的意志为转移的，我们讨论时就得小心，不要使自己为错误辩护；因为在这里，任何一个平凡的人，只要他碰巧找到了真理，那么1000个狄摩斯提尼和1000个亚里士多德都要陷于困境。所以，辛普利邱，如果你还存在着一种想法或者希望，以为会有什么比我们有学问得多、渊博得多、博览得多的人，能够不理会自然界的实况，把错误说成真理，那你还是断了念头吧。

亚里士多德承认，由于距离太远很难看见天体上的情形，而且承认，哪一个人的眼睛能更清楚地描绘它们，就能更有把握地从哲学上论述它们。现在多谢有了望远镜，我已经能够使天体离我们比离亚里士多德近三四十倍，因此能够辨别出天体上的许多事情，这都是亚里士多德所没有看见的。别的不谈，单是这些太阳黑子就是他绝对看不到的。所以我们要比亚里士多德更有把握地对待天体和太阳。

某些现在还健在的先生们，有一次去听某博士在一所有名的大学里演讲，这位博士听见有人把望远镜形容一番,可是自己还没有见过,就说这个发明是从亚里士多德那里学来的。他叫人把一本课本拿来,在书中某处找到关于天上的星星为什么白天可以在一口深井里看得见的理由。这时候那位博士就说:"你们看,这里的井就代表管子,这里的浓厚气体就是发明玻璃镜片的根据。"最后他还谈到光线穿过比较浓厚和黑暗的透明液体使视力加强的道理。

  实际的情形并不完全如此。你说说,如果亚里士多德当时在场,听见那位博士把他说成是望远镜的发明者,他是不是会比那些嘲笑那位博士和他那些解释的人,感到更加气愤呢?你难道会怀疑,如果亚里士多德能看到天上的那些新发现,他将改变自己的意见,并修正自己的著作,使之能包括那些最合理的学说吗?那些浅薄到非要坚持他曾经说过的一切话的鄙陋的人,难道他不会抛弃他们吗?怎么说呢?如果亚里士多德是他们所想象的那种,他将是顽固不化、头脑固执、不可理喻的人、一个专横的人,把一切别的人都当做笨牛,把他自己的意志当做命令,而凌驾于感觉、经验和自然界本身之上。给亚里士多德戴上权威和王冠的,是他的那些信徒,他自己并没有窃取这种权威地位,或者据为己有。由于披着别人的外衣藏起来比公开出头露面方便得多,他们变得非常怯懦,不敢越出亚里士多德一步;他们宁可随便地否定他们亲眼看见的天上那些变化,而不肯动亚里士多德的天界一根毫毛。

演讲背景

  此篇演讲为伽利略为维护哥白尼学说被教会判罪囚禁前一年即1632年发表的演讲。

论出版自由

— 约翰·弥尔顿

■ 公元1644年

约翰·弥尔顿（1608—1674），英国诗人，政论家，新闻自由思想奠基人之一。生于富裕的清教徒家庭。1632年获剑桥大学硕士学位，并开始创作活动。早期作品充满清教观念和人文主义思想。1638年旅居意大利，会见被囚禁的伽利略，深受震动。1640年回国投身革命，属于独立派，写了大量反对封建专制、捍卫共和政体的作品。斯图亚特王朝复辟后屡遭迫害，但不向君主政体妥协。晚年穷困潦倒，在逆境中创作名诗《失乐园》《复乐园》和《力士参孙》。

出版检查之弊

如果我们想依靠对出版的管制，以达到淳正风尚的目的，那我们便必须管制一切消遣娱乐，管制一切人们赏心悦目的事物。除端肃质朴者外，一切音乐都不必听，一切歌曲都不编不唱。同样舞蹈也必设官检查，除经获准，确属纯正者外，其余一切姿势动作俱不得用以授徒，此节柏拉图书中本早有规定。但要想对家家户户的古琴、吉他逐一进行检查，此事确乎非动用20个以上检察官不可；这些乐器当然都不能任其随便絮叨，而只准道其所应道。

但是那些寝室之内低吟着的绵绵软语般的小调恋歌又应由谁去制止？还有窗前窗下、阳台露台也都不应漏掉；还有坊间出售的种种装有危险封皮的坏书，这些又由谁去禁绝？20个检察官够用吗？村里面也不应乏人光顾，好去查询一下那里的风笛与三弦都宣讲了些什么；再则都市中每个乐师所弹奏的歌谣、音阶等等，也都属在查之例，因为这些便是一般人的《理想乡》与蒙特梅耶脱离现实世界而遁入到那些碍难施行的"大西岛"或"乌托邦"式的政体中去，决不会对我们的现状有所补益。想要有所补益，就应当在这个充满邪恶的浊世中，在这个上帝为我们所安排的无可逃避的环境中，更聪明地去进行立法。

言论自由之利

正像在躯体方面，当一个人的血液活鲜，各个基本器官与心智官能中的元气精液纯洁健旺，而这些官能又复于其机敏活泼的运用中恣骋其心智的巧慧的时候，往往可以说明这个躯体的状况与组织异常良好那样，同理，当一个民族心情欢快，意气欣欣，非但能绰有余裕地去保障其自身的自由与安全，且能以余力兼及种种坚实而崇高的争议与发明的时候，这也向我们表明了它没有倒退，没有陷入一蹶不振的地步，而是脱掉了衰朽腐败的陈皱表皮，经历了阵痛而重获青春，从此步入足以垂范于今兹的真理与盛德的光辉坦途。

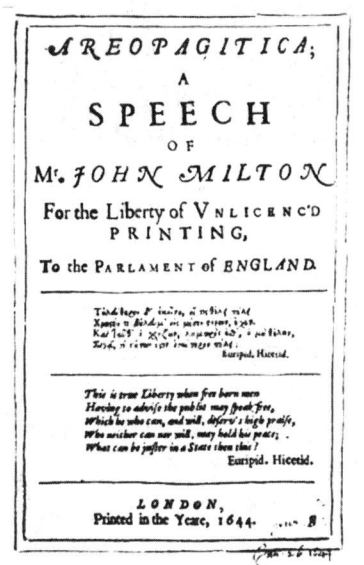

约翰·弥尔顿的《论出版自由》成为言论出版史上自由主义的里程碑，和后来密尔的《论自由》一道，被视为报刊出版自由理论的经典文献。图为《论出版自由》。

我觉得，我在自己的心中仿佛瞥见了一个崇高而勇武的国家，好像一个强有力者那样，正从其沉酣之中振身而起，风鬟凛然。中午的炎阳被燃得火红，继而将它的久被欺诬的目光疾扫而下，俯瞰荡漾着天上光辉的清泉本身，而这时无数怯懦群居的小鸟还有那些性喜昏暗时分的鸟类，却正在一片鼓噪，上下翻飞，对苍鹰的行径诧怪而已；而众鸟的这种恶毒的叽叽喳喳将预示着未来一年的派派系系。

演讲背景

本篇发表于英国资产阶级革命风起云涌之际。1643年，革命阵营内的上层长老派试图与王党妥协，促使国会通过了一项新闻检查法案。为捍卫出版自由，反对检查制度，弥尔顿以演说词形式向国会发出了这篇呼吁。

论与北美的和解

埃德蒙·伯克

■ 公元1775年1月23日

埃德蒙·伯克（1729—1797），英国政论家。生于爱尔兰都柏林律师之家。1765年任辉格党议会领袖罗金厄姆侯爵的秘书，开始从事政治活动。1770年发表《关于当前不满情绪的根源》一文，揭露国王乔治三世任人唯亲，违背宪法精神，主张政府要员应由人民交付议会选定。1774年当选议员，继续为削弱王权、维护议会政治而努力。在北美殖民地问题上持温和立场，反对政府采取轻率政策，要求与殖民地和解。

我的观点与其说是赞成诉诸武力，不如说是同意采用精明的管理方式。为了要在一种在我们看来是有益的从属关系中保护一个人数众多、积极主动、日益发展、生气勃勃的民族，我们不仅应当把武力看做令人憎恨的工具，而且应当视为软弱无效的手段。

先生们，首先请允许我指出，武力的作用只能是短暂的。这也许能暂时压制一下，但避免不了需要再次进行镇压；而对一个需要不断征服的民族是无法统治的。

其次，我的异议在于使用武力的不确定性。恐怖并非总是可以通过武力来达到的；而武装力量也不总是意味着胜利。如果你不能获得成功，那你也就黔驴技穷，再也使不出别的什么良策了，因为，如果和解失败了，武力手段依然存在。可是，倘若武力无法取胜，那么和解的希望就不复存在了。亲善有时可以带来权力和权威；但是，在穷兵黩武并遭到失败后，就绝不可能通过乞求而得到权力和权威了。

再次，我反对使用武力的理由是：你们为了拥有北美所作的努力而伤害了北美。你们为之奋斗的事业并非就是你们想重新恢复的事业，因为它已在战争中失去了原有的价值，遭受了损害和消耗殆尽。唯有完整无损的北美才能遂人心意。我不愿消耗北美的力量而同时又消耗我们自己的力量，因为从各个方面来看，我们消耗的正是英国的力量。

最后，我们在统治各个殖民地的过程中，尚未有过那种赞成以武力作为统治方式的任何经验。这些殖民地之所以得到了发展并带给我们利益，一向是由于我们采用了截然不同的方法。

先生们，这些就是我对那种未经检验过的武力方法持有不同看法的理由。

许多绅士似乎已深深地被这种采用武力方法的观点所迷住，尽管我对这些绅士们在其他各个方面所持的观点怀有崇高的敬意。可是，除了北美的人口和商业因素外，还有更重要的第三个因素，它促使我形成了关于管理北美应奉行何种政策的观点——我是指北美人的性格与特征。在北美人的这种性格中，热爱自由是最显著的特征。

各殖民地的人民都是英国人的后裔。英格兰珍惜自己的自由，我希望，它仍然尊重这种自由。当这种酷爱自由的性格压倒一切的时候，许多殖民者离开了英国而移居他乡；当他们想摆脱你们控制的时候，他们就具有这种追求自由的倾向。因此，他们不仅献身于自由，而且是依照英国人的理想和原则献身于自由的。如同其他纯抽象事物一样，抽象的自由是无法找到的。自由根植于某种明智的目标之中；每一个民族都为自己形成了某种特别喜爱的特征，这种特征也就成为他们获得幸福的标准。

先生们，你们知道，在这个国家，争取自由的伟大斗争历来是围绕征税问题展开的。而在古代各城邦，绝大多数斗争主要是针对地方行政官的选举权问题，或者是指向国家各个等级之间力量对比的问题；在他们看来，钱的问题并不是那么迫切的。但英国的情况就不同了，精悍的笔力和雄辩的谈锋无不针对税款问题；这些伟大的精神既能充分发挥作用，又深受其害。

我并不想对这种精神作过分的夸奖，也不想对产生这一精神的道德原因加以赞扬。或许，北美人若拥有一种较为平静和随和的自由精神，将更能为我们所接受。或许，自由思想是值得向往的，但应同我们这种专横的、无限制的权势相和解。或许，我们可以期待殖民地人民能够为我们所说服，即他们在我们（作为他们处于永久性少数民族地位的监护人）的托管之下，他们的自由较之由他们自己所掌握的任何一部分自由都会安全得多。但是，问题并不在于他们的精神是否值得赞扬或应受到指责。那么，以上帝的名义,我们怎样处理这一问题呢？

我的观点是，在不考虑我们不论是出于权利而作出让步，或者出于行善而予以承认的情况下，我们应当允许殖民地人民具有宪法所赋予的权益，并且，要在议会公告上刊登这种承诺，使他们获得如同上天将能给予的那种强有力的保证。

至于讲到殖民地对英国的税收、贸易或帝国等方面所作出的贡献，不论是对其中一个方面还是对所有方面所作出的贡献，我对北美在不列颠宪法中所具有的重要性充满信心。我所以支持殖民地，因为这是一种亲密的情感，它产生于相同的姓氏、同源的血缘、相似的利益以及公民在法律上所拥有的平等的监护权。这些就是纽带。虽然它们像空气一样轻盈，却也像铁链一样坚强。殖民地应该永远怀有那种同你们的政府连接在一起的公民权思想；他们将同你们紧密连在一起，天下任何力量都不能破坏他们的效忠。可是，你们应该懂得，政府是一回事，而他们的特权则是另一回事，两者无需相互依存。黏合剂已脱落，凝固力已松懈，一切都在迅速地衰败和解体。只要你们有智慧使我国至高无上的权力始终成为自由的殿堂，成为奉献给我们共同信仰的神圣的殿堂，那么，在上帝选定的种族和英格兰儿子们朝拜自由的任何地方，他们都将转向你们。他们的人数越增加，你们的朋友就越多。他们越是炽烈地爱自由，就越会变得顺从。

我深信，这是一条颠扑不破的真理。现在，让我为和平的殿堂铺下第一块基石。我提请各位注意：大英帝国所属北美殖民地和种植园共有14个相互分离的政府；该地的自由居民已超过200万，而且还在增加；它们还没有获得向英国议会选派议员或市镇代表以代表自己的自由的特权。

演讲背景

1773年，为反对英国殖民地的征税，著名的波士顿倾茶事件爆发，英国本土的政治家们普遍对新大陆的人们不理解，当然也有一些头脑清醒的人看出了其中的危机，埃德蒙·伯克就警告英国政府：武力只能逞威于一时，"一个永久处于在被征服状态的民族，是无法治理的。"但是这些观点在当时并没有受到重视。

1774年，英国议会连续通过了五项强制性法令，也就是后来被称为"不可容忍的法令"，规定受马萨诸塞指控的英国官员只能在其他殖民地或者英国受审，英军可强行在马萨诸塞的空屋、谷仓或其他房屋中驻扎，取消马萨诸塞的自治地位，封闭北美最大的港口波士顿港，将13个殖民地以西的俄亥俄河流域和伊利诺伊的土地划归魁北克。

埃德蒙·伯克已经意识到使用武力必定会引发北美殖民地的独立，本文就是在这种情况下发表的。三个月后，北美独立战争打响了第一枪。

不自由，毋宁死！

——帕特里克·亨利

■ 1775年3月23日

帕特里克·亨利（1736—1799），美国独立战争时期杰出的演说家和政治家。1763年在"牧师案"中援引"天赋人权"学说，语惊四座。1765年当选弗吉尼亚州议员，率先反对征收印花税。此后10年，成为主张北美独立的有力发言人。历任弗吉尼亚州通讯委员会委员、民团司令、该州州长。晚年因与华盛顿总统政见不合，拒绝在新政府中供职。1799年在演讲中呼吁民族团结，同年去世。

议长先生：

我比任何人都更钦佩刚刚在议会上发言的先生们的爱国精神和才能。但是，对同一事物的看法往往因人而异。因此，尽管我的观点与他们截然不同，我还是要毫无保留地、自由地予以阐述，并且希望不要因此而被视做对先生们的不敬。现在不是讲客气的时候，摆在议会代表们面前的问题关系到国家的存亡。我认为，这是关系到享受自由还是蒙受奴役的大问题，而且正由于它事关重大，我们的辩论就必须做到各抒己见。只有这样，我们才有可能弄清事实真相，才能不辜负上帝和祖国赋予我们的重任。在这种时刻，如果怕冒犯别人而闭口不言，我认为就是叛国，就是对比世间所有国君更为神圣的上帝的不忠。

议长先生，对希望抱有幻觉是人的天性。我们易于闭起眼睛不愿正视痛苦的现实，并倾听海妖惑人的歌声，让她把我们化做禽兽。在为自由而进行艰苦卓绝的斗争中，这难道是有理智的人的作为吗？难道我们愿意成为对获得自由这样休戚相关的事视而不见、充耳不闻的人吗？就我来说，无论在精神上有多么痛苦，我仍然愿意了解全部事实真相和最坏的事态，并为之作好充分准备。

我只有一盏指路明灯，那就是经验之灯。除了过去的经验，我没有什么别的方法可以判断未来。而依据过去的经验，我倒希望知道，10年来英国政府的所作所为，凭什么足以使各位先生有理由满怀希望，并欣然用来安慰自己和议会？难道就是最近接受我们请愿时的那种狡诈的微笑吗？不要相信这种微笑，先生们，事实已经证明它是你们脚边的陷阱。不要被人家的亲吻出卖吧！请你们自问，接受我们请愿时的和气亲善和遍布我们海陆疆域的大规模备战如何能够相称？难道出于对我们的爱护与和解，有必要动用战舰和军队吗？难道我们流露过绝不和解的愿望，以至为了赢回我们的爱，而必须诉诸武力吗？我们不要再欺骗自己了，先生们！这些都是战争和征服的工具，是国王采取的最后论辩手段。我要请问先生们，这些战争部署如果不是为了迫使我们就范，那又意味着什么？哪位先生能够指出有其他动机？难道在世界的这一角，还有别的敌人值得大不列颠如此兴师动众，集结起庞大的海陆武装吗？不，先生们，没有任何敌人了。一切都是针对我们的，而不是别人。他们是派来给我们套紧那条由英国政府长期以来铸造的锁链的。我们应该如何进行抵抗呢？还靠辩论吗？先生们，我们已经辩论10年了，难道还有什么新的御敌之策吗？没有了！我们已经从各方面经过了考虑，但一切都是枉然。难道我们还要苦苦哀告，卑词乞求吗？难道我们还有什么更好的策略没有使用过吗？先生们，我请求你们，千万不要再自欺欺人了！

为了阻止这场即将来临的风暴，一切该做的都已经做了。我们请愿过，我们抗议过，我们哀求过；我们曾拜倒在英王御座前，恳求他制止国会和内阁的残暴行径。可是，我们的请愿受到蔑视，我们的抗议反而招致更多的镇压和侮辱，我们的哀求被置之不理，我们被轻蔑地从御座边一脚踢开了。事到如今，我们怎么还能沉迷于虚无缥缈的和平希望之中呢？没有任何希望的余地了！假如我们想获得自由，并维护我们多年以来为之献身的崇高权利；假如我们不愿彻底放弃我们多年来的斗争，不获全胜，决不收兵。那么，我们就必须战斗！我再重复一遍，我们必须战斗！我们只有诉诸武力，只有求助于万军之主的上帝。

议长先生，他们说我们太弱小了，无法抵御如此强大的敌人。但是我们何时才能强大起来？是下周，还是明年？难道要等到我们被彻底解除武装，家家户户都驻扎英国士兵的时候？难道我们犹豫迟疑、无所作为就能积聚起力量吗？

难道我们高枕而卧，抱着虚幻的希望，待到敌人捆住了我们的手脚，就能找到有效的御敌之策了吗？先生们，只要我们能妥善地利用自然之神赐予我们的力量，我们就不弱小。一旦300万人民为了神圣的自由事业，在自己的国土上武装起来，那么任何敌人都无法战胜我们。此外，我们并非孤军作战，公正的上帝主宰着各国的命运，他将号召朋友们为我们而战。

先生们，战争的胜利并非只属于强者，它将属于那些机警、主动和勇敢的人们。何况我们已经别无选择。即使我们没有骨气，想退出战斗，也为时已晚。退路已经被切断，除非甘受屈辱和奴役；囚禁我们的枷锁已经铸成，丁当的镣铐声已经在波士顿草原上回响。战争已经无可避免——让它来吧！我重复一遍，先生，让它来吧！

企图使事态得到缓和是徒劳的。各位先生可以高喊：和平！和平！但根本不存在和平。战斗实际上已经打响。从北方刮来的风暴把武器的铿锵回响传到我们的耳中。我们的弟兄已经奔赴战场，我们为什么还要站在这里袖手旁观呢？先生们想要做什么？他们会得到什么？难道生命就这么可贵，和平就这么甜蜜，竟值得以镣铐和奴役作为代价？全能的上帝啊，制止他们这样做吧！我不知道别人会如何行事；至于我，不自由，毋宁死！

演讲背景

这篇脍炙人口的演讲发表于弗吉尼亚州第二届议会，在美国革命文献史上占有特殊地位。其时，北美殖民地正面临历史性抉择——要么拿起武器，争取独立；要么妥协让步，甘受奴役。亨利以敏锐的政治家眼光，饱满的爱国激情，以铁的事实驳斥了主和派的种种谬误，阐述了武装斗争的必要性和可能性。从此，"不自由，毋宁死"的口号激励了千百万北美人为自由独立而战。

论无权向北美征税

<small>威廉·皮特</small>

■ 公元1766年1月14日

威廉·皮特（1708—1778），第一代查塔姆伯爵，英国辉格党政治家，演说家。在政府任职国务大臣期间，曾经凭七年战争而声明大噪，后来更出任第10任大不列颠王国首相一职。另外，在下院生涯之中，查塔姆伯爵亦曾被誉为伟大的下院议员。现今美国有多处地方均以查塔姆伯爵命名，当中包括宾夕法尼亚州匹兹堡、弗吉尼亚州匹兹堡、新罕布什尔州的匹兹堡、新泽西州的查塔姆，以及查塔姆大学等。

  我认为这个王国无权向殖民地征税，同时，我断言这个王国在管辖及立法诸方面对殖民地享有至高无上的绝对权威。殖民地人民是这个王国的臣民，他们同诸位一样享有天赋人权和英国人特有的权利；他们同样受到法律的制约，同样承担这个自由国家的宪法所赋予的义务。北美人是英国的亲生儿，不是私生子。征税不属于管辖权和立法权范围。纳税只是下院的自愿赠予。在立法上，英国的三个等级都有其权利；但国王和贵族议员认可一项课税，只是法律形式所需，是否赠予只能由下院作出决定。

  在古代，王室、贵族、教会都拥有地产。贵族与教会向国王纳贡。他们缴纳的是属于自己的财产。现在，由于美洲的发现及其他种种原因，土地已归平民所有。教会的地产极其有限（上帝保佑！），贵族的地产与平民相比不过是沧海一粟；下院代表了土地拥有者平民，而后者实际上代表了全体居民。因此，当我们在下院决定纳贡和赠予时，我们所纳贡和赠予的是自己的财产。但是，如果我们向北美征税，我们做的是什么呢？"我们，大不列颠国王陛下的下院议员，向陛下进贡"？但进贡的是什么呢？是我们自己的财产？不是！"我们向陛下进贡北美平民的财产！"这种说法荒谬绝伦！

区分立法权和征税权对维护自由极为必要。国王、贵族和平民享有同等的立法权。但如果征税只是立法权中简单的一部分，那么，国王和贵族也就与诸位一样享有征税权。一旦这项原则获得有力的支持，他们就会要求取得并行使这种权利了。

有些人持有一种观点，认为议院实质上代表了殖民地。我倒很想知道，谁在这里代表了北美人民。这个王国有哪一个郡，哪一位议员代表了他们？如果真是如此，但愿上帝大大增加这些有身份的代表的数目！如果可以的话，诸位能否转告北美人民，某市镇的代表正在为他们说话，而该市镇却又可能从来没有见到过自己的代表？这便是宪法中的所谓腐朽之处。它不可能长久延续下去。如果它不消亡，就必须删除。认为下院实质上已代表北美的想法，是迄今为止进入人脑之中的最可鄙的想法，不值得一驳。北美平民在当地各州州议会中有自己的代表，他们一直享有自己的法规所赋予的纳税权。如果没有这一权利，他们早已沦为奴隶了。与此同时，作为拥有最高管辖权和立法权的英国，始终以王国的法律、规章，以及在贸易、航海和产业等方面的限制，来约束各个殖民地，唯独不能未经他们的同意去掏他们的口袋。

许多先生被指控在北美孕育暴乱。他们针对这项令人不快的法案，自由地阐述了自己的意见，而这种自由竟然成了他们的罪行。令人遗憾的是，我听到下院也要给言论自由定罪。但这种恶意中伤吓不倒我，任何人都不应当害怕行使自由的权利，我需要这种自由。那些对自由加以诽谤的人也许得到过好处，但他们应该悬崖勒马。他们说什么北美人民顽固不化，几乎已卷入了公开的暴乱。我庆幸北美已经在进行抗争，当300万人民感到对自由的一切希望成为泡影，即将俯首为奴的时候，他们就会成为使对方屈服的最合适的力量。

演讲背景

1766年，英国为弥补"七年战争"造成的亏空，接连向北美殖民地课征重税。其中，1765年颁布的《印花税法》遭到北美强烈的抵制，并反过来触发了国会的激烈辩论。皮特意识到高压政策有可能引起革命，主张与北美和解，提出了"征税不属于管辖权和立法权范围""未经殖民地人民同意不能去掏他们的口袋"等论点。皮特的本意是维护英国的统治，但客观上支持了"北美的抗议行动"，因而被后者誉为"朋友"和"最伟大的下议员"。辩论的结果是《印花税法》被废除了。

论美利坚的独立

塞缪尔·亚当斯

■ 公元1776年8月1日

塞缪尔·亚当斯(1722—1803)，美国独立战争时期政治家，美国第2任总统约翰·亚当斯的堂兄。生于马萨诸塞州布伦特里，祖籍英格兰，曾祖父于1636年移居北美。幼时受过良好的古典教育。曾以律师为业，但逐渐对英国王权产生不满。1772年率先在马萨诸塞州组建通讯委员会，次年参与策划波士顿倾茶事件。大陆会议期间，坚决主张美国独立。1788年为马萨诸塞州反对联邦派领导人。1796年曾参加总统竞选，得15票。

今天，在我们这片大陆，300万同胞为着同一个目标联合起来，这使全世界感到震惊。我们军队人数众多，训练有素；我们的指挥官具有第一流军事才能，他们生气勃勃，热情超群。我们以非凡的信心，准备好了弹药和粮草。外国纷纷等待与我们联盟，以庆贺我们的胜利。我想说，上帝几乎是令人惊讶地站在我们一边，我们的成功挫败了敌人，使丧失意志的人恢复了信心。因此，我们可以真诚地说，拯救我们的并不是我们自己。

看来上帝一直在引导我们，也许是要我们恭顺地接受伟大而十全十美的天意。我们已经摆脱了政治厄运，让我们不要回头张望，以免遭到灭顶之灾，成为世界的羞辱和笑柄。难道我们不希望在防卫上更一致，备战更周密？难道我们不想让敌人众叛亲离，让自己勇气倍增？我们的力量与抵抗足以使我们赢得自由，并将确保我们获得光荣的独立。自由而庄严的各州将成为我们的后盾。

我们不能设想，由于我们的抵抗，一个分崩离析的垂亡之国就会对美利坚变得较为友好，或变得稍为尊重一点人权；我们因而就可以期望他们出于对权力的追求，抑或出于恐惧而不是德行，重新恢复我们的权利，并补偿我们所受到的伤害。步调一致和英勇无畏将为我们带来光荣的和平，它将使今后为自由奋斗成为理所当然。如果有力量逮住恶狼，却又不拔除它的尖牙，不斩断它的利爪，反而任其逍遥，那么这个人一定是疯子！

我们别无选择，要么独立，要么蒙受最卑劣最残忍的奴役。在我们的平原上，敌人已经重兵压境。荒芜和死亡就是他们的血腥行径，我们同胞血肉模糊的尸体在向我们呐喊，这喊声仿佛来自上苍。

我们的联盟已经组成，我们的宪法已经起草、制定并获得通过。你们现在就是自身自由的卫士了。我们就像罗马执政官告诉罗马人那样对你们说，"没有你们的同意，我们的任何提议均不能成为法律。保持你们的本色吧，美利坚人！你们书写了法律条文，你们的幸福也就有了保证。"

你们的士兵们已经开赴战场，足以击退所有敌人，包括他们的精锐部队和雇佣军。士兵们的心在自由精神的鼓舞下激烈跳动。他们为正义的事业而群情激奋。他们一旦举起刀剑，就能从上帝那里得到帮助。你们的敌人卑鄙无耻，嘲弄人权，把宗教化作笑柄。他们为了高额赏金，不惜把矛头指向自己的首领和祖国。

继续从事你们伟大的事业吧！你们要为以往的胜利而感谢上帝，并坚信将来会赢得最终胜利。对我来说，除了与你们共享光荣，分担危险，我别无他求。如果我有一个心灵的愿望，那就是：我愿将我的骨灰同沃伦和蒙哥马利们撒在一起，让美利坚各州获得永久的自由和独立！

演讲背景

本篇为美国著名的《独立宣言》签署一个月以后，亚当斯针对主和派妥协论调在费城向州会议发表的演讲。演讲篇幅不长，但字字铿锵，句句有力，表达了演讲者将独立革命进行到底的决心和信心。

就任美国首任总统时的演说

——乔治·华盛顿

■ 公元1789年4月30日

乔治·华盛顿（1732—1799），美利坚合众国的奠基人之一，首任总统。生于弗吉尼亚的一个种植园主家庭。16岁远离家乡任土地测量员，后在英国殖民军中服役，曾参加英法为争夺北美而进行的"七年战争"，因战功显赫升任上校。1759年起任弗吉尼亚州议员，逐渐对英国王权产生不满。1774和1775年先后出席两届大陆会议，被委任为大陆军总司令，领导美国独立战争。1787年主持制定联邦宪法，1789年当选为总统，1793年连任。任期内，他超脱党派和地方纷争，成功地组建并维护了共和制中央政府，并采取一系列安邦治国措施，为新生的美利坚合众国打下了基础。1797年届满拒绝再次连任，两年后病逝。

参议院和众议院的公民们：

在人生沉浮中，没有一件事能比本月14日收到根据你们的命令送达的通知更使我焦虑不安。一方面，国家召唤我出任此职，对于她的召唤，我永远只能肃然敬从。而我十分偏爱并曾选择了隐退，我还满怀奢望，矢志不移，誓愿以此作为暮年归宿。斗转星移，我越来越感到隐退的必要和亲切，因为喜爱之余，我已经习惯，还因为岁月催人渐老，身体常感不适。另一方面，国家召唤我担负的责任如此重大和艰巨，足以使国内最有才智和经验的人度德量力；而我天资愚钝，又无民政管理的实践，应该倍觉自己能力之不足，因此必然感到难以肩此重任。怀着这种矛盾的心情，我唯一敢断言的是，通过正确理解可能产生影响的各种情况来克尽厥职，乃是我忠贞不渝的努力目标。我唯一敢祈望的是，如果我在执行这项任务时因陶醉于往事，或因由衷感到公民们对我高度的信赖，因而过分受到了影响，以致在处理从未经历过的大事时，忽视了自己的无能和消极，我的错误将会由于使我误入歧途的各种动机而减轻，而大家在评判错误的后果时，也会适当包涵产生这些动机的偏见。

既然这就是我在遵奉公众召唤就任现职时的感想,那么,在此宣誓就职之际,如不热忱地祈求全能的上帝就极其失当。因为上帝统治着宇宙,主宰着各国政府,它的神助能弥补人类的任何不足。愿上帝赐福,保佑一个为美国人民的自由和幸福而组成的政府;保佑它为这些基本目的而作出奉献;保佑政府的各项行政措施在我负责之下都能成功地发挥作用。我相信,在向公众利益和私人利益的伟大缔造者献上这份崇敬时,这些话也同样表达了各位和广大公民的心意。

没有人能比美国人更坚定不移地承认和崇拜掌管人间事务的上帝。他们在刚刚完成的联邦政府体制的重大改革中,如果不是因虔诚的感恩而得到某种回报,如果不是谦卑地期待着过去有所预示赐福的到来,那么,通过众多截然不同的集团的平静思考和自愿赞同来完成改革,这种方式是难以同大多数政府在组建过程中所采用的方式相比的。在目前转折关头,我产生这些想法确实是深有所感而不能自已。我相信大家会和我怀有同感,即除了仰仗上帝力量,一个新生的自由政府别无他法能一开始就事事如意。

根据设立行政部门的条款,总统有责任"将他认为必要而妥善的措施提请国会审议",但在目前与各位见面的这个场合,恕我不进一步讨论这个问题,而只要提一下伟大的宪法,它使各位今天聚集一堂,它规定了各位的权限,指出了各位应该注意的目标。在这样的场合,更恰当、也更能反映我内心激情的做法是不提出具体措施,而是称颂将要规划和采纳这些措施的当选者的才能、正直和爱国心。

我从这些高贵品格中看到了最可靠的保证:其一,任何地方偏见或地方感情,任何意见分歧或党派敌视,都不能使我们偏离全局观点和公平观点,即必须维护这个由不同地区的利益所组成的大联合;因此,其二,我国的政策将会以纯正不移的个人道德原则为基础,而自由政府将会以赢得民心和全世界尊敬的一切特点而显示其优越性。我对国家的一片热爱之心激励着我满怀喜悦地展望这幅远景,因为根据自然界的法理和发展趋势,在美德与幸福之间,责任与利益之间,恪守诚实宽厚的政策与获得社会繁荣幸福的硕果之间,有着密不可分的统一;因为我们应该同样相信,上帝亲自规定了永恒的秩序和权利法则,它绝不可能对无视这些法则的国家慈颜含笑;因为人们理所当然地、满怀深情地、也许是最后一次地把维护神圣的自由之火和共和制政府的命运,系于美国人所遵命进行的实验上。

除了提请各位注意的一般事务外，在当前时刻、根据激烈反对共和制的各种意见的性质，或根据引起这些意见的不安程度，在必要时行使宪法第五条授予的权利究竟有多大益处，将留待你们来加以判断和决定。在这个问题上，我无法从过去担任过的职务中找到借鉴，因此我不提具体建议，而是再一次完全信任各位对公众利益的辨别和追求。因为我相信，各位只要谨慎，避免作出任何可能危及团结和有效的政府的利益的修订，或避免作出应该等待未来经验教训的修订，那么，各位对自由人特有权利的尊重和对社会和谐的关注，就足以影响大家慎重考虑应在何种程度上坚定不移地加强前者，并有利无弊地促进后者。

除上述意见外，我还要补充一点，而且向众议院提出是最为恰当的。这条意见涉及本人，因此宜尽量讲得简短一些。我第一次荣幸地奉召为国效劳时，正值我国为自由而艰苦奋斗之际，我对我的职责的看法要求我必须放弃任何俸禄，我从未违背过这一决定。如今，促使我做出这一决定的想法仍然支配着我，因此，我必须拒绝享用任何个人报酬，并认为这对我来说是不适宜的，而不可避免的是，行政部门享有俸金有可能被列入永久性规定。同样，我必须恳求各位，在估算我就任的这个职位所需要的费用时，可以根据我的任期以公共利益所需的实际费用为限。

我已将有感于这一聚会场合的想法奉告各位，现在我就要向大家告辞；但在此以前，我要再一次以谦卑的心情祈求仁慈的上帝给予帮助。因为承蒙上帝的恩赐，美国人有了深思熟虑的机会，以及为确保联邦的安全和促进幸福，用前所未有的一致意见来决定政府体制的意向。既然如此，上帝将同样明显地保佑我们能扩大眼界，稳健地进行协商，并采取明智的措施，而这些都是本届政府取得成功所必不可少的依靠。

演讲背景

乔治·华盛顿在1789年经过选举团投票无异议地（获得了全部的选举人票）当选总统，他是历史上唯一一个无异议投票当选的总统（并在1792年再次连任）。本一篇是他当选美国历史上第一任总统所作的演讲。

路易应当死,因为祖国必须生!

——罗伯斯庇尔

■ 公元1792年12月3日

马克西米利安·罗伯斯庇尔（1758—1794），法国资产阶级革命时期雅各宾派领袖，廉正立身，享有"不可收买者"之美誉。曾任律师，酷爱哲学，崇拜卢梭。1789年当选为阿拉斯市三级会议代表，从此投身革命。制宪会议期间，因提出不少民主措施而深孚众望，成为雅各宾派领导人。1792年9月选入国民公会，力主处死国王和抗击外敌。1793年5月起义推翻吉伦特派统治，建立雅各宾专政。执政期间，颁布宪法，实行普选，摧毁封建土地所有制，并以革命暴力手段粉碎了国内外敌人颠覆共和国的阴谋。1794年7月27日热月政变中被捕，次日被处死。

大会已经不知不觉地远离了真正的问题。这里并不搞什么诉讼案，路易不是一个被告人，你们也不是审判官。你们只是、也只能是政治家和国民的代表。你们无须为赞成或反对某一个人而宣布判词，但是要采取一种救国措施，要采取一种作为国家保护人的行动。

在共和国内，一个被废黜的国王只有两种用处：要么扰乱国家安宁和动摇自由，要么加强安宁和自由。可是，我肯定地认为，到目前为止，你们讨论的性质是直接违反这个目标的。实际是，为巩固新生的共和国，健全的政策该拿出什么样的办法来呢？这就是要把对王权的鄙视深深地铭刻在人的心里，并使国王的所有拥护者都惊慌失措。因此，要把他的罪行作为一个问题、把他的动机作为法国人民的代表们忙于最严肃、最认真、最困难地进行讨论的对象那样，向全世界说明；在对他过去曾是一个怎样的人和作为一个公民应有的品格之间的诚实的回忆所出现的难以估量的距离，正好找到了之所以还使自由处于危险中的秘密。

路易曾经是国王，而现在共和国已经成立。仅凭这两句话，已经决定了你们正在讨论的这个著名的问题。路易由于他的罪行而被废黜。路易指责法国人民是叛乱者，为了惩罚人民，他曾召唤他的同僚——暴君们的军队,胜利和人民决定了只有他是叛乱者,因此,路易不能再受审,他已经被定罪,而共和国也并未死亡。提出起诉路易十六,不管可能出现什么方式,都是向君主的和立宪的专制的倒退,这是一种反革命思想,因为它把革命弄成有争议的事情了。事实上,如果路易还可以成为一个诉讼案的对象的话,那么他可以被赦免,他可以是无罪者。我说什么呢?他在被审判以前就已经被假定为无罪者了。然而,如果路易可以被赦免,可以被假定为无罪者,那么革命又成了什么呢?如果路易是无罪者,那么自由的一切保卫者倒成了恶意中伤者了,叛乱者倒是真理的朋友和被迫害的无辜者的保护人了,外国宫廷的所有声明倒只是反对一个执政的捣乱集团的合法抗议了。到目前为止,路易受到的监禁本身也是一种不公正的欺负了;结盟军、巴黎人民、广大法国的所有爱国者都是罪人了;而在这个合乎常理的法庭里进行的罪行和美德、自由和暴政之间的巨大诉讼案,最终的判决竟会是有利于罪行和暴政的了。

公民们,请你们小心。在这件事上,你们正在被一些虚假的概念所欺骗。你们把民法、人为法的准则同国际公法的原则混淆了;你们把公民之间的关系同国民和一个阴谋反对他们的那个敌人之间的关系混淆了;你们也把在革命中的人民的地位同处于一个稳固的政府之下的人民的地位混淆了。你们把在保持政府的形式下惩治一名公职人员的国民同摧毁政府本身的国民混为一谈。我们正在把依存于我们从未运用过的原则的一种特殊情况同我们所熟悉的概念联系起来。这样,由于我们习惯于看到我们作为见证人的犯罪行为都是按历来的准则审判的,我们自然会认为,在任何情况下,国民是不能用其他准则来公正地惩处一个侵犯他们权利的人的;而且在审判的场合,我们看不到一名陪审官、一个法庭、一种诉讼程序,我们不觉得有什么司法权。我们把这些术语用到它们平常表达的不同于我们的概念的概念上去,这些术语本身就把我们搞糊涂了。正是这种习惯的自然的威力,使我把最专横的惯例,有时甚至是最不完善的规定看做真与假、正义与非正义的最绝对的准则。我们甚至没有想到大部分人还必然会坚持专制政权给我们养成的偏见。我们曾长期屈服于专制政权的桎梏,以致我们很难把自己提高到永恒理性的原则上来;而所有追溯到一切法律的神圣来源上去的东西,在我们看到似乎都有一种不合法性,自然秩序本身在我们眼里也好像是一片混乱。

一个伟大民族的壮美的运动,美德的崇高的跃进,在我们胆怯的目光上往往显得像是火山的爆发和政治社会的颠覆。当然,我们存在的习俗软弱、精神堕落与我们敢于追求的作为自由政府前提的原则纯洁、性质坚强之间的矛盾,并不是引起我们混乱的较小原因。

当一国国民被迫行使起义权时,对暴君来说,国民回到了自然状态,暴君怎么还可能引用社会公约呢?他已经把公约销毁了。在关于公民之间的关系方面,如果国民认为适当的话,可以保留公约;但就暴政和起义的结果而言,却是暴君与公约关系的完全中止,并彼此构成战争状态,法庭、司法程序只是为了社会成员才设置的。

设想旧宪法可以支配国家的这种新秩序,这是一种明显的谬误,这会被设想为该宪法本身还在生效。取代这一宪法的是什么法律呢?是自然法,是作为社会本身的基础的法——人民的获救。惩处暴君的权利和废黜暴君的权利是一回事,并无形式上的不同。起诉暴君就是起义;对他的判决就是他的权力的崩溃;对他处刑是人民的自由所要求给予的处分。人民不像法院那样进行审判,他们并不作出判决,而给以霹雳般的打击;他们不给国王们定罪,而让国王们归于毁灭,这种裁判不亚于法庭的裁判。如果这是为了他们的获救、他们武装起来反抗他们的压迫者的话,他们又怎么会坚持采取一种对他们有新的危险的惩处方式呢?路易十六诉讼案!然而这个诉讼案如果不是向某一个法庭或大会控告,又是什么呢?当一个国王业已被人民推翻时,谁有权利使他重新出场,成为制造混乱或叛变的新的借口,而这种做法又会产生什么别的后果呢?给路易十六的辩护者开辟一个活动场所,你们就是重新挑起专制主义反对自由的争吵,你们就是认可那种咒骂共和国和人民的权利,因为保卫过去的专制君主的权利涉及与他的案情有关的一切权利。你们在复活所有的捣乱集团;你们在活跃、鼓舞已经沉睡了的保王主义;人们将能自由地表示赞成或反对保王主义。路易的辩护者将能在你们的律师席上和你们的讲坛上公开宣扬那些准则,并被人到处重复宣扬,难道有什么比这更合法、更自然的吗?共和国的缔造者们从各个方面给它挑起敌手,让它在摇篮里遭到攻击,这是什么样的共和国呀!请你们看看,这种做法已经取得了多么快的进展。有人援引宪法来为王权辩护。这里,我避免重复由那些轻蔑地驳斥这些怪论的人所阐述的所有无可争辩的论点。对于这个问题,我只对那些未能信服这种论点的人说一句话:宪法禁止你们做过的一切事情。如果只能用废黜来惩罚路易,你们也不能不经过预审他的诉讼案就宣布这一废黜。你们没有权利把他关在监狱里,他有要求你们释放的损害赔偿的权利。宪法谴责你们:你们去俯伏在路易十六跟前,请求他的宽恕吧。就我而言,我会为认真地争论宪法上的这些模棱两可的说法感到脸红;我把它们丢给学校或者法院,最好丢给伦敦、维也纳和柏林的内阁去讨论。当我确信这是一种会令人气愤的讨论时。我是不会长久地争辩下去的。（演说者在此引用了卢梭"社会契约论"中有关治者与被治者的关系的经典性论述。）

有人曾经说，这是一个重大案件，应当明智而慎重地进行审理。这是你们把它弄成一个重大案件的。我说什么呢？这是你们把它弄成一个重大案件的！你们发现它重大成什么样子了呢？是有处理上的困难吗？不，是由于这是一名显赫的人物吗？从自由的观点看，他是一个最卑鄙的人；从人道的观点看，他是一个最有罪的人。他只能使比他更恶劣而残忍的人敬服他。这是由结果所产生的实际效应吗？这正是应当加紧处理这个案件的理由。一个重大案件，这是人民法律的一种设想；一个重大案件，这是受专制暴政迫害的不幸者的一种案件。你们劝告我们无限期地延期是出于什么动机呢？你们担心伤害人民的舆情吗？似乎人民本身所担心的只是他们的受委托人的软弱无力或追名逐利，似乎人民是一群卑微的奴隶，愚蠢地依恋着已被他们驱逐掉的那个愚蠢的暴君，不惜任何代价甘心处于低下的被奴役地位。你们讲到舆情，不正是你们在指导舆情、强化舆情吗？如果舆情走入歧途，如果它堕落，那么不责怪你们自己又该责怪谁呢？你们害怕那些联合起来反对你们的外国的国王吗？啊！战胜他们的方法，大约就是要显得害怕他们吧！使专制君主们陷于混乱的方法，大约就是尊重他们的同谋者吧！你们害怕外国的各族人民吗？这么说，你们还相信对专制暴政有天生的爱。那么，你们为什么又渴望得到解放人类的光荣呢？是什么样的障碍使你们设想那些并未为人类权利宣言所震惊的国民将会由于惩办他们的一名最残暴的压迫者而恐慌呢？最后会有人说，你们担心后代人的看法。是的。后代人的确将会为我们言行不一和意志薄弱而吃惊，我们的后代将既嘲笑这种自以为是，也将嘲笑他们的先辈的种种偏见。不过，一个在还没有由公正的法律巩固起来的革命内部的被废黜了的国王，仅仅国王这个名称，就会给这个动荡的国家招来战争的灾难，无论坐牢或流放，都不能使他的存在对公共幸福毫无干系。这个为司法权所承认的通常法律上的残酷的例外，就只能归咎于他的罪行的性质了。我不得不宣布这么一条必然的真理。确实，路易应当死，因为祖国必须生！

演讲背景

罗伯斯庇尔的演说素以观点鲜明，逻辑严密和滔滔不绝著称，本篇针对路易十六诉讼案所引起的争执，驳斥了所谓国王的"不可侵犯性"，论述了处死国王的理由。

告别演说

乔治·华盛顿

■ 公元1796年

华盛顿表态拒绝第三届任期时的情景

各位朋友和同胞：

我们重新选举一位公民来主持美国政府的行政工作，已为期不远。此时此刻，大家必须运用思想来考虑这一重任托付给谁。因此，我觉得我现在应当向大家声明，尤其因为这样做有助于使公众意见获得更为明确的表达，那就是我已下定决心，谢绝将我列为候选人。

关于我最初负起这个艰巨职责时的感想，我已经在适当的场合说过了。现在辞掉这一职责时，我要说的仅仅是，我已诚心诚意地为这个政府的组织和行政，贡献了我这个判断力不足的人的最大力量。就任之初，我并非不知我的能力薄弱，而且我自己的经历更使我缺乏自信，这在别人看来，恐怕更是如此。年事日增，使我越来越认为，退休是必要的，而且是会受欢迎的。我确信，如果有任何情况促使我的服务具有特别价值，那种情况也只是暂时的；所以我相信，按照我的选择并经慎重考虑，我应当退出政坛，而且，爱国心也容许我这样做，这是我引以为慰的。

讲到这里，我似乎应当结束讲话。但我对你们幸福的关切，虽于九泉之下也难以割舍。由于关切，自然对威胁你们幸福的危险忧心忡忡。这种心情，促使我在今天这样的场合，提出一些看法供你们严肃思考，并建议你们经常重温。这是我深思熟虑和仔细观察的结论，而且在我看来，对整个民族的永久幸福有着十分重要的意义。你们的心弦与自由息息相关，因此用不着我来增强或坚定你们对自由的热爱。

政府的统一，使大家结成一个民族，现在这种统一也为你们所珍视。这是理所当然的，因为你们真正的独立，仿佛一座大厦，而政府的统一，乃是这座大厦的主要柱石；它支持你们国内的安定、国外的和平；支持你们的安全、你们的繁荣，以及你们如此重视的真正自由。然而不难预见，曾有某些力量试图削弱大家心里对于这种真理的信念，这些力量的起因不一，来源各异，但均将煞费苦心、千方百计地产生作用；其所以如此，乃因统一是你们政治堡垒中一个重点，内外敌人的炮火，会最持续不断地和加紧地（虽然常是秘密地与阴险地）进行轰击。因此，最重要的乃是大家应当正确估计这个民族团结对于集体和个人幸福所具有的重大价值；大家应当对它抱着诚挚的、经常的和坚定不移的忠心；你们在思想和言语中要习惯于把它当做大家政治安全和繁荣的保障；要小心翼翼地守护它。如果有人提到这种信念在某种情况下可以抛弃，即使那只是猜想，也不应当表示支持。如果有人企图使我国的一部分脱离其余部分，或想削弱现在联系各部分的神经纽带，在其最初出现时，就应当严加指责。

对于此点，你们有种种理由加以同情和关怀。既然你们因出生或归化而成为同一国家的公民，这个国家就有权集中你们的情感。美国人这个名称来自你们的国民身份，它是属于你们的；这个名号，一定会经常提高你们爱国的光荣感，远胜任何地方性的名称。在你们之间，除了极细微的差别外，有相同的宗教、礼仪、习俗与政治原则。你们曾为同一目标而共同奋斗，并且共同获得胜利。你们所得到的独立和自由，乃是你们群策群力，同甘苦、共患难的成果。

尽管这些理由是多么强烈地激发了你们的感情，但终究远不及那些对你们有更直接利害关系的理由。全国各地都可以看到强烈的愿望，要求精心维护和保持联邦制。

北方在与受同一政府的平等法律保护的南方自由交往中，发现南方的产品为航海业和商业提供了极其丰富的资源，为制造业提供了十分宝贵的原料。与此相同，南方在与北方交往时，也从北方所起的作用中获益匪浅，农业得到了发展，商业得到了扩大。南方将部分北方海员转入自己的航道，使南方的航运业兴旺了起来。尽管南方在各方面都对全国航运业的繁荣和发展有所贡献，但它期望得到海上力量的保护，目前它的海上力量相对说来太薄弱了。东部在与西部进行类似的交往中,发现西部是东部自国外输入商品和在国内制造的商品的重要通道,而这个通道将随着内地水陆交通的不断改善而日趋重要。西部则从东部得到发展和改善生活所必不可少的物资供应;也许更重要的是,西部要确保其产品出口的必要渠道,必须靠联邦的大西洋一侧的势力、影响和未来的海上力量,而这需要把西部看成一个国家,有着不可分割的利害关系。西部如要靠其他任何方式来保护这种重要的优越地位,无论是单靠自己一方的力量,或是靠与外国建立背叛原则和不正常的关系,从本质上来看都是不牢靠的。

由此可见,我国各部分都从联合一致中感觉到直接的和特殊的好处,而把所有各部分联合在一起,人们会从手段和力量之大规模结合中,找到更大力量和更多资源,在抵御外患方面将相应的更为安全,而外国对它们和平的破坏也会减少。具有无可估量的价值的是,联合一致必然会防止它们自身之间发生战争。这种战争不断地折磨着相互邻接的国家,因为没有同一的政府把它们连成一气。这种战事,仅由于它们彼此之间的互相竞争即可发生,如果与外国有同盟、依附和阴谋串通的关系,则更会进一步激发和加剧这种对抗。因此,同样,它们可以避免过分发展军事力量,这种军事力量,在任何形式的政府之下,都是对自由不利的,而对共和国的自由,则应视为尤具敬意。就这个意义而言,应把你们的联合一致看做是你们自由的支柱,如果你们珍惜其中一个,也就应当保存另一个。

你们是否怀疑一个共同的政府能够管辖这么大的范围?把这个问题留待经验来解决吧。对付这样一个问题单纯听信猜测是错误的。在这种情况下,非常值得进行一次公平和全面的实验。要求全国各地组成联邦的愿望是如此强烈和明显,因此,在实践尚未表明联邦制行不通时,试图在任何方面削弱联邦纽带的人,我们总是有理由怀疑他们的爱国心的。

在研究那些可能扰乱我们联邦的种种原因时,使人想到一件至关重要的事,那就是以地域差别——北方与南方、大西洋与西部——为根据来建立各种党派;因为那些心怀不轨的人可能力图借此造成一种信念,以为地方间真的存在着利益和观点的差异。一个党派想在某些地区赢得影响力而采取的策略之一,是歪曲其他地区的观点和目标。这种歪曲引起的妒忌和不满,是防不胜防的;使那些本应亲如兄弟的人变得互不相容。

为了使你们的联合保持效力和持久,一个代表全体的政府是不可少的。各地区结成联盟,不论怎样严密,都不能充分代替这样的政府。这种联盟一定会经历古往今来所有联盟的遭遇,即背约和中断。由于明白这个重要的事实,所以大家把最初的文件加以改进,通过了一部胜过从前的政府宪法,以期密切联合,更有效地管理大家的共同事务。这个政府,是我们自己选择的,不曾受人影响,不曾受人威胁,是经过全盘研究和缜密考虑而建立的,它的原则和它的权力的分配,是完全自由的,它把安全和力量结合起来,而其本身则包含着修正其自身的规定。这样一个政府有充分理由要求你们的信任和支持。尊重它的权力,服从它的法律,遵守它的措施,这些都是真正自由的基本准则所构成的义务。我们政府体制的基础,乃是人民有权制定和变更他们政府的宪法。

可是宪法在经全民采取明确和正式的行动加以修改以前,任何人对之都负有神圣的义务。人民有建立政府的权力与权利,这一观念乃是以每人有责任服从所建立的政府为前提的。要保存你们的政府,要永久维持你们现在的幸福状态,你们不仅不应支持那些不时发生的跟公认的政府权力相敌对的行为,而且对那种要改革政府原则的风气,即使其借口似若有理,亦应予以谨慎的抵制。他们进攻的方法之一,可能是采取改变宪法的形式,以损害这种体制的活力,从而把不能直接推翻的东西,暗中加以破坏。在你们可能被邀参与的所有变革中,你们应当记住,要确定政府的真正性质,正如确定人类其他体制一样,时间和习惯至少是同样重要的;应当记住,要检验一国现存政体的真正趋势,经验是最可靠的标准;应当记住,仅凭假设和意见便轻易变更,将因假设和意见之无穷变化而招致无穷的变更;还要特别记住,在我们这样辽阔的国度里,要想有效地管理大家的共同利益,一个活力充沛的、并且能充分保障自由的政府是必不可少的。在这样一个权力得到适当分配和调节的政府里,自由本身将会从中找到它最可靠的保护者。如果一个政府力量过弱,经不住朋党派系之争,不能使社会每一分子守法和能维持全体人民安全而平静地享受其人身和财产权利,那么,这个政府只是徒有虚名而已。

我已经提醒你们,在美国存在着党派分立的危险,并特别提到按地域差别来分立党派的危险。现在让我从更全面的角度,以最严肃的态度概略地告诫你们警惕党派思想的恶劣影响。

不幸的是,这种思想与我们的本性是不可分割的,并扎根于人类脑海里最强烈的欲望之中。它以各种不同的形式存在于所有政府机构里,尽管多少受到抑制、控制或约束。但那些常见的党派思想的形式,往往是最令人讨厌的,并且确实是政府最危险的敌人。

它往往干扰公众会议的进行,并削弱行政管理能力。它在民众中引起无根据的猜忌和莫须有的惊恐;挑拨派对立,有时还引起骚动和叛乱。它为外国影响和腐蚀打开方便之门，外国影响和腐蚀可以轻易地通过派系倾向的渠道深入到政府机构中来。这样，一个国家的政策和意志就会受到另一个国家政策和意志的影响。

有一种意见，认为自由国家中的政党，是对政府施政的有效牵制，有助于发扬自由精神。在某种限度内，这大概是对的：在君主制的政府下，人民基于爱国心，对于政党精神即使不加袒护，亦会颇为宽容，但在民主性质的纯属选任的政府下，这种精神是不应予以鼓励的。从其自然趋势看来，可以肯定，在每一种有益的目标上，总是不乏这种精神的。但这种精神常有趋于过度的危险，因此应当用舆论的力量使之减轻及缓和。它是一团火，我们不要熄灭它，但要一致警惕，以防它火焰大发，变成不是供人取暖，而是贻害于人。

还有一项同样重要的事，就是一个自由国家的思想习惯，应当做到使那些负责行政的人保持警惕，把各自的权力局限于宪法规定的范围内。在行使一个部门的权力时，应避免侵犯另一个部门的权限。这种越权精神倾向于把所有各部门的权力集中于某一部门，因而造成一种真正的专制主义，姑不论其政府的形式如何。

如果民意认为，宪法上的权限之分配或修改，在某方面是不对的，我们应当照宪法所规定的办法予以修改。但我们不可用篡权的方式予以更改；因为这种方法，可能在某一件事上是有效的手段，但自由政府也常会被这种手段毁灭。所以使用这种方法，有时虽然可以得到局部的或一时的好处，但此例一开，一定抵不过它所引起的永久性危害的。

在导致昌明政治的各种精神意识和风俗习惯中，宗教和道德是不可缺少的支柱。一个竭力破坏人类幸福的伟大支柱——人类与公民职责的最坚强支柱——的人，却妄想别人赞他爱国，必然是白费心机的。政治家应当同虔诚的人一样，尊敬和爱护宗教与道德。宗教与道德同个人福利以及公共福利的关系，即使写一本书也说不完。我们只要简单地问，如果宗教责任感不存在于法院赖以调查事件的宣誓中，那么，哪能谈得上财产、名誉和生命的安全呢？而且我们也不可耽于幻想，以为道德可不靠宗教而维持下去。高尚的教育，对于特殊构造的心灵，尽管可能有所影响，但根据理智和经验，不容许我们期望，在排除宗教原则的情况下，道德观念仍能普遍存在。

有一句话大体上是不错的，那就是：道德是民意所归的政府所必需的原动力。这条准则可或多或少地适用于每一种类型的自由政府。凡是自由政府的忠实朋友，对于足以动摇它组织基础的企图，谁能熟视无睹呢？因此，请大家把普遍传播知识的机构当做最重要的目标来加以充实提高。政府组织给舆论以力量，舆论也应相应的表现得更有见地，这是很重要的。

我们应当珍视国家的财力，因为这是力量和安全的极为重要的源泉。保存财力的办法之一是尽量少动用它，并维护和平以避免意外开支；但也要记住，为了防患于未然而及时拨款，往往可以避免支付更大的款项来消弭灾祸。同样，我们要避免债台高筑，为此，不仅要节约开支，而且在和平时期还要尽力去偿还不可避免的战争所带来的债务，不要将我们自己应该承受的负担无情地留给后代。

我们要对所有国家遵守信约和正义，同所有国家促进和平与和睦。宗教和道德要求我们这样做。难道明智的政策不也一样要求这样吗？如果我们能够成为一个总是遵奉崇高的正义和仁爱精神的民族，为人类树立高尚而崭新的典范，那我们便不愧为一个自由的、开明的，而且会在不久的将来变得伟大的国家。如果我们始终如一地坚持这种方针，可能会损失一些暂时的利益，但是谁会怀疑，随着时间的推移和事物的变迁，收获将远远超过损失呢？难道苍天没有将一个民族的永久幸福和它的品德联系在一起吗？至少，每一种使人性变得崇高的情操都甘愿接受这种考验的。万一考验失败，这是否由人的恶行造成的呢？

在实行这种方针时，最要紧的，乃是不要对某些国家抱着永久而固执的厌恶心理，而对另一些国家则热爱不已；应当对所有国家都培养公正而友善的感情。一个国家，如果习于其他国家恶此喜彼，这个国家便会在某种程度上沦为奴隶；或为敌意的奴隶，或为友情的奴隶，随便哪一种都足以将它引离自己的责任和自己的利益。一国对于另一国心存厌恶，两国便更易于彼此侮辱和互相伤害，更易于因小故而记恨，并且在发生偶然或细琐的争执时，也易于变得骄狂不羁和难以理喻。

一国对他国怀着热烈的喜爱，也一样能产生种种弊端。由于对所喜爱的国家抱以同情，遂幻想彼此有共同的利益，实则所谓共同利益仅是想象的，而非真实的；再者，把他国的仇恨也灌注给自己，结果当他国与别国发生争执或战争，自己也会在没有充分原因和理由的情况下陷身其中。此外，还会把不给予他国的特权给予所喜爱的国家；于是，这个作出让步的国家，便会蒙受双重损害，一是无端损失本身应当保留的利益，一是激起未曾得到这种利益的国家的嫉妒、恶感和报复心理；这给那些有野心的、腐化的或受蒙蔽的公民（他们投靠自己所喜爱的国家）提供了方便，使他们在背叛或牺牲自己国家的利益时不但不遭人憎恨，有时甚至还受到欢迎，并把由于野心、腐化或糊涂而卑鄙愚蠢地屈服的人粉饰成有正直的责任感、顺乎民意或是热心公益而值得赞扬的人。

一个自由民族应当经常警觉，提防外国势力的阴谋诡计（同胞们，我恳求你们相信我），因为历史和经验证明，外国势力乃是共和政府最致命的敌人之一。不过这种提防，要想做到有效，必须不偏不倚，否则会成为我们所要摆脱的势力的工具，而不是抵御那种势力的工事。对某国过度偏爱，对另外一个过度偏恶，会使受到这种影响的国家只看到一方面的危险，却掩盖甚至纵容另一方所施的诡计。我们所喜欢的那个国家的爪牙和受他们蒙蔽的人，利用人民的赞赏和信任，诱骗人民放弃本身的利益时，那些可能抵制该国诡计的真正爱国志士，反而极易成为被怀疑与憎恶的对象。

我们处理外国事务的最重要原则，就是在与它们发展商务关系时，尽量避免涉及政治。我们已订的条约，必须忠实履行。但以此为限，不再增加。

欧洲有一套基本利益，它对于我们毫无或甚少有关系。欧洲经常发生争执，其原因基本上与我们毫不相干。所以，如果我们卷进欧洲事务，与他们的政治兴衰人为地联系在一起，或与他们友好而结成同盟，或与他们敌对而发生冲突，都是不明智的。

我国独处一方，远离他国，这种地理位置允许并促使我们奉行一条不同的政策路线。如果我们在一个称职的政府领导下保持团结，在不久的将来，我们就可以不怕外来干扰造成的物质破坏；我们就可以采取一种姿态，使我们在任何时候决心保持中立时，都可得到他国严正的尊重；好战国家不能从我们这里获得好处时，也不敢轻易冒险向我们挑战；我们可以在正义的指引下依照自己的利益，在和战问题上作出抉择。

我们为什么要摒弃这种特殊环境带来的优越条件呢？为什么要放弃我们自己的立场而站到外国的立场上去呢？为什么要把我们的命运同欧洲任何一部分的命运交织一起，以致把我们的和平与繁荣，陷入欧洲的野心、竞争、利益关系、古怪念头，或反复无常的罗网之中呢？

我们真正的政策，乃是避免同任何外国订立永久的同盟。我的意思是我们现在可自由处理这种问题；但请不要误会，以为我赞成不履行现有的条约。我认为，诚实是最好的政策，这句格言不仅适用于私事，亦通用于公务。所以我再重复说一句，那些条约应按其原意加以履行。但我觉得延长那些条约是不必要，也是不明智的。

我们应当经常警惕，建立适量的军队以保持可观的防御姿态，这样，在非常紧急时期中，我们才可以安全地依靠暂时性的同盟。

无论就政策而言，就人道而言，就利害而言，我们都应当跟一切国家保持和睦相处与自由来往。但是甚至我们的商业政策也应当采取平等和公平的利益，既不向他国要求特权或特惠，亦不给予他国以特权或特惠；一切要顺事物之自然而行；要用温和的手段扩展商业途径并作多种经营，绝不强求；与有此意向的国家订立有关交往的习用条例，俾使贸易有稳定的方向，我国商人的权利得以明确，政府对他们的扶助得以实现，这种条例应为现时情势和彼此意见所容许的最合理的条例，但也只是暂时的，得根据经验与情势随时予以废弃或改变；须时时谨记，一国向他国索求无私的恩惠是愚蠢的；要记住，为了得到这种性质的恩惠，它必须付出它的一部分独立为代价；要记住，接受此类恩惠，会使本身处于这样的境地：自己已为那微小的恩惠付出同等的代价，但仍被谴责为忘恩负义，认为付得不够。期待或指望国与国之间有真正的恩惠，实乃最严重的错误。这是一种幻想，而经验必可将其治愈，正直的自尊心必然会将其摈弃。

虽然在检讨本人任期内施政时，我未发觉有故意的错误，但是我很明白我的缺点，并不以为我没有犯过很多错误。不管这些错误是什么，我恳切地祈求上帝免除或减轻这些错误所可能产生的恶果。而且我也将怀着一种希望，愿我的国家永远宽恕这些错误；我秉持正直的热忱，献身为国家服务，已经四十五年，希望我因为能力薄弱而犯的过失，会随着我不久以后长眠地下而湮没无闻。

我在这方面和在其他方面一样，均须仰赖祖国的仁慈，我热爱祖国，并受到爱国之情的激励，这种感情，对于一个视祖国为自己及历代祖先的故土的人来说，是很自然的。因此，我以欢欣的期待心情，指望在我切盼实现的退休之后，我将与我的同胞们愉快地分享自由政府治下完善的法律的温暖——这是我一直衷心向往的目标，并且我相信，这也是我们相互关怀，共同努力和赴汤蹈火的优厚报酬。

演讲背景

乔治·华盛顿于1792年再度当选连任美国总统。他本来可以终身担任总统，因为没有别人比他更受人民敬仰与尊重了。但是，他认为担任两届总统已经足够，他从第二任总统职位退休时，准备了这篇告别词，于1796年9月17日向美国人民发布。告别词对党争与派系倾轧的警告，对外国影响或卷入国外纠纷的警告，在公共事务方面对道德与忠诚精神的呼吁，都是忠告与诫言，对美国历史影响非常深远。

开进米兰

拿破仑·波拿巴

■ 公元1796年5月15日

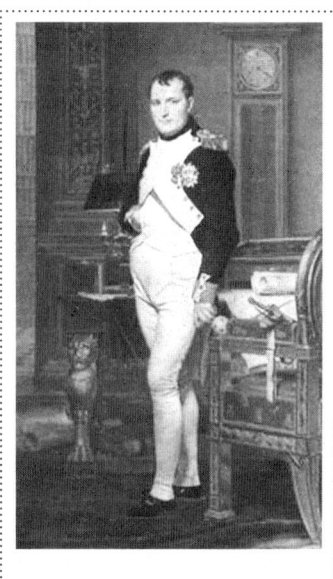

士兵们！你们像山洪一样从亚平宁高原上迅速地猛冲下来。你们战胜并消灭了一切阻挡你们前进的敌人。从奥地利暴政下解放出来的皮埃蒙特，表现了与法国和平友好相处的天然感情。米兰是你们的，在全伦巴迪亚上空，到处都飘扬着共和国的旗帜。

帕尔玛公爵和莫德纳公爵能够保留政治生命，完全归功于你们的宽宏大量。号称能够威胁你们的敌军，再也找不到更多的障碍物，可以凭借它们来抵挡你们的勇气了；波河、提契诺河和阿达河不再阻挡你们前进了。意大利这些所谓了不起的堡垒看来都是不禁一击的，你们像征服亚平宁山脉一样迅速地征服了它们。

你们取得这样多的胜利使祖国充满喜悦。你们的代表们规定了节日，以示庆祝你们的胜利，共和国所有的公社都在庆祝这个节日。你们的父亲、母亲、妻子、姊妹以及你们所有心爱的人都为你们的胜利而欢欣鼓舞，他们都以自己是你们的亲人而感到自豪。

是的，士兵们！你们做了许多事情。可是，这是不是说你们再没有什么事可做了呢？人们在谈到我们时会不会说，我们善于取得胜利，

拿破仑·波拿巴（1769—1821），法国政治家，军事家。法兰西共和国第一执政者（1799—1804），法兰西第一帝国皇帝（1804—1815）。生于科西嘉小贵族家庭。曾就读于布里埃纳军校和巴黎军事学院。受启蒙思想影响，投身法国革命。1793年起屡败王党军，显露军事天才，由陆军上尉擢升至法军统帅。1796年挥师远征，横扫奥地利、意大利、埃及和叙利亚。1799年返法发动雾月十八政变，成立督政府，自任第一执政，继而称帝。统治期间加强中央集权，促进资本主义发展，屡败反法同盟，并入侵西、葡、意、德，使帝国达到鼎盛。

1812年侵俄失败。1814年反法联军进入巴黎，被迫退位遭到流放。次年重返巴黎建百日王朝，6月在滑铁卢一役中惨败，被流放到圣赫勒拿岛，直到病逝。

却不善于利用胜利呢？我们的后代会不会责备我们，说我们在伦巴迪亚碰上了卡普亚呢？不过我已经看见你们在拿起武器，懦夫般的休养生活已经使你们烦恼了！你们为荣誉而花去的时光，也就是为自己的幸福而花去的时光。总而言之，让我们前进吧！目前我们还需要急行军，我们必须战胜残敌，我们要给自己戴上桂冠，对敌人给我们的侮辱必须给以报复！让那些准备在法国挑起内战的人等着吧！让那些卑鄙地杀死我们的驻外使节和烧毁我们土伦的军舰的人等着吧！复仇的时刻到了！

但是，要叫老百姓放心。我们是一切老百姓的朋友，特别是布鲁图家族、西庇阿家族和一切我们奉为典范的大人物的后裔的忠实朋友。我们将恢复卡皮托利小山上的古迹，在那儿恭敬地竖起一些能使古迹驰名的英雄雕像；唤醒罗马人，使他们摆脱几百年的奴役造成的昏沉欲睡的状态。这些将是你们的胜利果实，这些果实将在历史上创造一个新的时代。不朽的荣誉将归于你们，因为你们改变了欧洲这一最美丽部分的面貌。

自由的、受全世界尊敬的法国人民正在给全欧洲带来光荣的和平，这种和平将补偿它在六年中所忍受的一切牺牲。那时你们回到自己的家乡，你们的同胞就会指着你们说：他是在意大利方面军服过役的！

我要拥抱鹰旗

拿破仑·波拿巴

■ 公元 1814 年 4 月 20 日

我旧时的卫队士兵们：

我向你们告别。二十年来，我一直陪伴你们走在光荣的道路上。在最后的这些年月里，你们一如我们全盛时期那样，始终是勇敢与忠诚的模范。有了像你们这样的兵士，我们的事业是不会失败的。但是这样战事就不会结束，要成为内战，法国就会蒙受更深的苦难。为了国家的利益，我已经牺牲了我的一切利益。

1814 年拿破仑在枫丹白露宫与近卫部队告别

我要离去了，但是你们，我的朋友，还要继续为法兰西服务。过去我唯一的想望是法兰西的幸福，今后，这仍将是我的祝愿。不要为我的命运惋惜，我之所以苟活，那也是为了你们的光荣。我准备将我们过去共同取得的伟大成就书写成文。别了，朋友们，但愿我能紧紧地拥抱你们。

演讲背景

《开进来兰》是 1796 年 5 月 15 日意大利方面军和平占领米兰后，他向士兵们发布的命令。《我要拥抱鹰旗》是 1815 年滑铁卢战役失败后，欧洲反法联盟攻占巴黎，拿破仑被迫逊位后，被放逐到圣赫勒拿岛之前向卫队发表的演说。

独立宣言永存

丹尼尔·韦伯斯特

■ 公元 1826 年 8 月 2 日

丹尼尔·韦伯斯特（1782—1852），美国政治家，演说家。生于新罕布什尔州。16 岁考入达特矛斯学院，显露出惊人辩才。毕业后曾任教师，不久成为著名律师。1807 年当选众议员，1827 年进入参议院，声望日增。因与杰克逊总统政见不合，成为辉格党领袖之一。1841 年和 1850 年两度出任国务卿，因支持国会通过有利于奴隶制的《1851 年妥协案》而遭非议。1852 年退出政坛，隐居农庄，不久去世。

今天，当我们悼念美国独立战争中杰出的政治家亚当斯先生、发扬美国革命传统的时候，亚当斯先生为支持美国独立而大声疾呼的动人场面又浮现在我们的眼前。

不管沉浮，不论生死，任凭幸存或毁灭，我都衷心拥护这次通过独立宣言的表决。的确，开始的时候，我们的目的并非在于独立，但是，上帝决定了这种结局。英国的不公正行为，使它看不到自己的真正利益之所在，却迫使我们拿起了武器。不管英国怎样顽固坚持殖民立场，我们都要战斗下去，直到独立已唾手可得时，我们便去伸手把它拿过来，因为它是属于我们的。既然这样，为什么我们要把独立宣言拖延下去呢？难道竟有人如此软弱，至今还希望与英国和解，指望它来保障北美的生存和自由，保障自己的生存和荣誉吗？难道不是您——那位坐在椅子上的先生，难道不是他——坐在你身边的那位可敬的同事，难道你们两位不是被放逐、受惩罚的对象吗？英国的政权依然存在，在毫无希望得到英王宽恕的情况下，你们除了去当化外顽徒之外，能做什么样的人呢？如果我们把独立推迟下去，那么，我们是要把战争坚持下去，还是放弃呢？我们要服从包括波士顿港法案在内的国会议案吗？我们还要允许毁灭我们自己吗？我们能任凭国家受蹂躏、权利遭践踏吗？不！我们不想屈服，也将永不屈服。

当我们推举出华盛顿去冒种种政治风险，甚至可能会招致战争危难之时，我们曾保证：不论出现什么情况，即使倾家荡产或者献出生命，也要全力支持他。难道现在我们却想违背在上帝面前立下的敬重华盛顿的神圣誓言吗？我相信在座的诸位宁可看到一场大火把大地烧掉，一次地震把地球毁灭，也不愿看到我们的一句誓言化为泡影！12个月前，也是在这个地方，我曾建议：为了捍卫美国的自由，不论是他自告奋勇也好，还是人们推选他也好，应当任命华盛顿当三军司令。就我来说，假如在支持他的过程中有半点犹豫动摇，那我就情愿做一个白痴，甘心受到一切惩罚。

我们必须把战争坚持下去，坚持到底。既然战争要坚持下去，那么为什么也要把独立宣言的实施长期地推迟下去呢？因为宣言会使我们坚强起来，会使我们赢得国际声誉，其他国家会同我们交往。可是，我们现在要是承认自己是拿起武器造反的叛民，各国就绝不会和我们打交道了。不仅如此，我相信，一旦我们独立，英国就会很快同我们进行和谈。它不会同意以撤销一些法律条文的方式承认我们，它对我们所做的一切都是非正义的和压迫的行为。如果顺应了我们的独立潮流，那么，它的尊严就会比在论战中向叛臣让步所受的损害要小得多。前者它会认为是命运的结果，后者它会感到是自己的耻辱。

那么，为什么，先生，为什么，我们不尽快地把内战变成民族战争呢？既然我们要把战争进行下去，而且最终我们必定会取得胜利，那么为什么不把我们自己放在享受一切胜利利益的地位上去呢？若是我们失败的话，情况也再坏不到哪里去。况且，我们不会失败。我们的行动会召集起陆军，我们的事业也将会创造出海军。人民，人民，如果我们忠于人民，那就会使我们，使全体人民把光荣的斗争进行到底。我不管其他人如何多变，可是我了解这些殖民地的人民，反抗英国侵略的思想在他们的心里已经根深蒂固。实际上，每个殖民地的人民都表示，只要我们带头，他们就会响应。

先生们，宣言将鼓舞人民，增加人民的勇气。与其仅仅为了恢复权利，纠正冤情，得到英王赠给的特许豁免权而进行一场持久的流血战争，还不如倾注于完全独立的光荣目标，让人民吸进新生活的空气。你要是在军队面前宣读独立宣言，勇士们就会拔刀出鞘，发出誓言，去维护它，宁愿战死在疆场上；你要是到教堂的讲坛上去发表这个宣言，它必将赢得宗教界的赞成，热爱宗教自由的感情就将以它为核心，信徒们就将坚守宣言，将同宣言共存亡；你要是把宣言拿到娱乐大厅去公之于众，让那些听到了敌人第一声炮响的人们看看它，让那些看到自己的子弟在邦克高地的战场上或者在莱科星顿大街和康克得大街上倒下去的人们看看它,那么,整个大厅都会迸发出支持宣言的雷鸣般的吼声。

先生们,我知道人世间的事情变幻无常。我明白了,经过这一天的事情后我彻底明白了。当然,我和你都不会后悔。我们可能活不到这一天——实现宣言的日子,我们可能死去,到死的时候仍然可能还是殖民地的人,仍然是奴隶。死,可能在绞架上屈辱地死去。就那样好了。假如天意要我把这微不足道的生命献给我们的国家,我将随时准备着,在需要牺牲的时刻死。让这个时刻到来吧!然而,在我活着的时候,让我有一个国家,起码一个希望中的国家,有一个自由的国家吧!

不管我的命运如何,我坚信这个宣言将永存。为了它,可能得付出钱财,也可能得付出鲜血和生命。但是,只要宣言存在,就会加倍补偿这两方面的损失。透过现在的黑暗,我看到了未来的光明,它就像天上的太阳一样。我们将使它成为一个光荣的、不朽的一天。当我们进入坟茔的时候,我们的子孙一定会纪念这一天。他们将怀着感恩戴德的心情,像欢庆节日一样燃起篝火,张灯结彩来庆祝这一天。这一天在一年一度到来的时候,他们将共洒热泪如涌泉。那泪水再也不是殖民者的泪水,不是奴隶的泪水,不是悲痛的泪水;那泪水是狂欢的泪水,感激的泪水,喜悦的泪水。

先生们,在上帝面前,我坚信这个时刻一定会到来。我赞成这个宣言,我的全部心血都贡献给它。我所有的一切,我的整个身躯,我今生今世的一切希望都准备随时倾注于它。

最后,我再重申开始时讲的话:不论生死,也不管幸存或毁灭,我都支持这个宣言。上帝保佑,这是我生时的夙愿,死时的希望,现在独立,永远独立!

杰出的预言家和忠诚的爱国者亚当斯先生,您所说的一天是光荣的一天,它将一年一度降临人间。您的声明将和它连在一起,您一生的光荣也将同您逝世这一天一样,永远不会被人们忘记。

演讲背景

本篇是《独立宣言》签订50周年之际,为悼念第二任总统亚当斯和第三任总统杰斐逊同时逝世而发表的讲话。演说者怀着深切的感情,以亚当斯的口吻追忆了美国革命传统,使人仿佛回到了独立战争年代。这次演说取得了巨大成功,以致一位听众在自己的日记中写道:"韦伯斯特的演说无愧于他的名望,也无愧于今天的隆重仪式。"

巴黎的自由之树

—— 雨果

■ 公元1848年

维克多·雨果（1802—1885），法国著名作家，19世纪浪漫主义文学运动杰出代表。生于贝桑松，父亲是拿破仑麾下的将军，母亲为波旁王朝的拥护者。早期作品呈保守倾向。因不满查理十世的统治和受进步思潮影响，逐渐转向资产阶级自由主义。1826年与大仲马等人组织"第二文社"，次年发表剧本《克伦威尔》，提出积极浪漫主义文学主张。此后笔耕不已，佳作迭出，《巴黎圣母院》《悲惨世界》《九三年》为其重要著作。

我怀着高兴的心情答应了同胞们的要求，来到这里与他们一起，为获得解放的希望，或者说为建立秩序的希望，为和平的希望而欢呼。这些希望将会萌芽，与自由之树的根交织在一起。

这棵树作为自由的象征是多么恰如其分和美好！正像树木扎根于大地之心，自由之根是扎在人民心中；像树木一样，自由把它的枝叶伸向天空；像树木一样，自由常青不枯，让人们世世代代享受荫蔽。

18个世纪以前，上帝亲手在各地栽下了第一棵自由之树！这第一棵自由之树就是耶稣为人类的自由、平等和博爱而献身的那个十字架！

18个世纪过去了，那棵树的意义没有发生任何变化！不过，我们切不可忘记，新的时代赋予新的使命。我们的父辈60年前进行的革命以战争显示了它的伟大；而你们今天所进行的革命应该以和平作为其伟大的标志。前者是摧毁，后者应该是兴建。兴建是摧毁之举必不可少的补充，正是这一点将1848年与1789年紧密地联系起来。建设、创造、生产、抚慰，实现人类一切权利，发挥人类一切卓越的才能，满足一切需求——这就是未来的任务。而在我们生活的时代，未来即在眼前！我们甚至可以说，未来不远，即在明日！未来始于今日！行动起来吧！用双手劳作的工人们，以知识为工具的工人们，我的听众们，我身边所有的人们，大家行动起来吧！让我们同心同德，在同一个思想指导下，为了同一个目标，共同完成这个把各国人民像兄弟般团结在一起的伟大任务；让我们摒嫌弃旧，不惜辛劳，不吝汗水；让我们向身边和世界上所有的人播撒同情、善良和博爱。

巴黎圣母院是法国天主教大教堂，古老巴黎的象征。位于巴黎塞纳河城岛的东端，该教堂以其哥特式的建筑风格，祭坛、回廊、门窗等处的雕刻和绘画艺术，以及堂内所藏的13—17世纪的大量艺术珍品而闻名于世。

　　三个世纪以来全世界追随着法国，在这三个世纪中，法国一直是国中之首。你可知道"国中之首"的含义？这意味着最伟大，也应该是最优秀。我的朋友们、兄弟们、公民们、伙伴们，让我们以自己光辉的榜样在世界上建立起我们理想的帝国！让每个国家都以模仿法国为乐，以模仿法国为荣。

　　让我们在一个共同的思想指导下团结起来，请与我一起高呼："寰宇自由万岁！寰宇共和万万岁！"

演讲背景

　　本篇是在巴黎孚日公园栽种"自由之树"仪式上的讲话。当时，经过革命风暴的洗礼，法兰西第二共和国已经诞生，但各派政治势力仍在继续较量。因此，他在这篇充满调和色彩，但闪烁着资产阶级自由思想的演说中，深情地期望和平、期望团结、期望共和、期望振兴。但他没有料到，革命果实不久落入崇尚帝制的路易·波拿巴手中，他也一度被迫流亡国外。

谴责奴隶制

弗雷德里克·道格拉斯

■ 公元1854年7月4日

弗雷德里克·道格拉斯（1817—1895），美国著名废奴主义者、政治家、作家。母亲是个黑奴。道格拉斯15岁时，被卖给巴尔的摩一家船商，6年后逃到马萨诸塞州。后来，他投身废奴运动，被聘为反奴隶协会讲师。他曾周游英国、爱尔兰等地作反奴隶制宣传。1845年，他回国创办《北极星报》，积极鼓吹反对奴隶制度。美国南北战争以后，主持《新国民世纪》杂志，后曾任美国驻海地公使。

　　公民们，请恕我问一问，今天为什么邀我在这儿发言？我，或者我所代表的奴隶们，同你们的国庆节有什么相干？《独立宣言》中阐明的政治自由和生来平等的原则难道也普降到我们的头上，因而要我来向国家的祭坛奉献上我们卑微的贡品，承认我们得利并为你们的独立带给我们的恩典而表达虔诚的谢意么？

　　为了你们，也为了我们，我真希望这几个问题能有肯定的回答！要是我的任务不致如此繁重，我的担子不致这样压人该有多好！然而，有谁会这样冷若冰霜，以致民族的同情心也难温暖他的心？有谁会这样顽固不化，对于感恩的要求毫无反应，居然不愿满怀感激地承认独立给我们带来的无价恩惠？有谁会这样麻木不仁，这样势利，在四肢解除奴役的锁链之后，仍不愿为国庆节日献上颂歌？我并非这种冷漠的人，处于这种时候，哑巴也要侃侃而谈，跛者都会如鹿踊跃。

　　但是，情况并非如此，我是怀着一种与你们截然不同的凄凉心情来谈及国庆的。我并不置身于欢庆的行列，你们的巍然独立只是更显露出我们之间难以度量的差距。今天，不是人人都像你们一样为幸福而欣喜。你们祖先留下的公正、自由、繁荣和独立的丰厚遗产是由你们在享用，而没有我们的份。

　　阳光给你们带来了光明和温暖，给我们带来的却是鞭挞与死亡，这个7月4日是你们的而不是我们的。你们可以高兴，我却只能悲伤。把一个身带镣铐的人拖进宏伟而灯火辉煌的自由宫殿，并要他与你们同唱欢乐颂歌，这简直是非人道的嘲弄和亵渎神明的讽刺！公民们，今天要我在此发言的目的也是为了嘲笑我？如若真是那样，那么被嘲笑的也有你们自己。我要奉劝你们，不要重蹈巴比伦王国的覆辙，这个罪恶滔天的王国最终会被上帝抛弃，埋入废墟，永世不得复生。今天，我又要唱一唱那个历受剥削、惨遭蹂躏的民族的哀歌了。

　　我们曾在巴比伦的河边坐下，
　　一追想锡安就哭了。
　　我们把琴挂在那里的柳树上，
　　因为在那里，
　　掳掠我们的人要我们歌唱，
　　抢夺我们的人要我们作乐，
　　说，给我们唱一首锡安的歌吧！
　　我们怎能在异邦唱耶和华的歌呢？
　　耶路撒冷啊，
　　我们若忘记你，情愿我的左手忘记技巧；
　　我们若不纪念你，宁可舌头贴于上膛。

　　公民们，在你们举国同庆的欢声笑语中，我听到了千百万人的悲号！他们昨天的沉重锁链在你们今天的欢呼声中更显得令人难忍。今天，假如我忘记这一切，假如我没有忠实牢记那些流着血的孩子们的悲哀，我宁愿我的右手忘记技巧，我的舌头贴于上膛！忘记他们，将他们的冤屈轻易抛在脑后，去追随国庆颂歌的主旋律，就意味着最最令人愤慨和震怒的叛逆，这将使我在上帝和世界面前都成为罪人！

　　请注意，公民们，我的主题是美国的奴隶制。我要从奴隶的角度来看今天和它的民众性，我要和美国的黑奴站在一起，把他们的冤屈当做我自己的冤屈。

以我的灵魂担保，我可以毫不犹豫地说，在我看来，美国的声望再没有比这个7月4日更低下，行径更卑劣的了！无论我们对照过去的宣言，还是比较当今的声明，美国的实际行为看来是丑陋的、令人厌恶的。美国的过去是道貌岸然，今日是道貌岸然，将来依然会是道貌岸然的伪君子。今天，同上帝和被压迫的鲜血淋淋的奴隶站在一起，我要以忍辱受屈的人权的名义，以披枷戴镣的自由的名义，我敢用最最严厉的口吻责问并唾弃一切使奴隶制得以生存的东西——美国的罪孽与耻辱！我决不闪烁其词，我也决不宽恕原谅。我要竭力使用最最犀利的语言，但决不让片言只语刺伤那些不因偏见而丧失公正的人们，或是那些并非真心拥护并将会否定奴隶制的人们。

可是我仿佛听到听众中有人在说：正因为你们以这种口气议论奴隶制，所以你同你的废奴主义兄弟不能在公众心目中留下良好印象；倘若你们多一些辩论，少一些斥责，多一点规劝，少一点非难，你们的事业成功的可能性会大得多。然而，我以为这根本无须争辩，一切昭然若揭。在反对奴隶制的纲领中有哪一条你们还需要我辩论？有哪一部分内容美国公民还需要解释呢？难道用得着我来证明奴隶也是人？这一点是早已明明白白，无人置疑的了。奴隶主本身在他们统治的法律条文中也已承认这一点，当他们惩罚违法的奴隶时也已承认了他们也是人。在弗吉尼亚州，就有七十二种罪名可以判处一个黑人的死刑，不管他是怎样的清白无辜，而其中能判处白人罪犯以同样的刑罚的只有两项。这不正承认奴隶也是有德性、有智慧、可信赖的人吗？奴隶们都具有人的健全功能，这也是无人置疑的，南方的法典中有禁止奴隶读书写字的条文，违者罚款并施以酷刑，这一事实不也是例证？如果你们能指出，在适用于牲畜的禁令中也有不准它们读书的规定的话，我就答应来辩论一下奴隶是不是人的问题。甚至街上的狗、空中的鸟、山上的牛、水中的鱼、地上爬的虫都能区别奴隶与野兽，难道还需我向你们证明奴隶也是人吗？

够了，今天所说的已足以肯定，黑种人也同样是人。如今，我们黑人耕耘、播种、收割使用一切机械工具；我们盖房、建桥、造船、开采各种矿藏：金、银、铜、铁与黄铜；如今我们黑人也读书，能写会算，担当了职员、商人和秘书工作，我们中已不乏律师、医生、牧师、诗人、作家、编辑、演说家、教师；如今我们黑人也能和别的人种一样从事各种事业，在加利福尼亚淘金、在太平洋上捕鲸、在山坡上放牛牧羊；我们也同样地生活、旅行、工作、思考、计划，生活在有丈夫、有妻儿的家庭；尤其重要的是，我们承认并信奉同一个基督，同样热爱生命，追求永生。在这种情况下，还非要我们证明黑人也是人，岂非咄咄怪事？

你们是要与我争辩"人类是否应当享有自由"，还是要我辩解"人类是否是他们本身的主人"？这些问题你们自己早已经告白天下了，用得着我来贬褒罪恶的奴隶制吗？对于共和国家这难道还成为问题吗？奴隶制的是非问题，还如同对付以公正的原则难作判断的、晦涩而棘手的麻烦，需要靠逻辑和推理来解决吗？如果我今天还要当着美国人的面，把讲话分成甲、乙、丙、丁，每项再分成1、2、3、4，从相对、绝对、否定、肯定各个角度来证明人有享受自由的天生权利，那在人们眼里，我成了什么样的人了？这样做既是显示了我的荒唐，也是对你们理解力的侮辱！苍天之下，没有一个人愿成为奴隶制的牺牲品！

奴隶制将人当做牲畜，剥夺他们的自由，逼迫他们无偿劳动，使他们的子孙不识自己的叔伯长辈，他们挨棍棒、受鞭笞，皮开肉绽；奴隶主用镣铐缠住他们手脚，像猪狗般地伤害他们，还要将他们拍卖，害得他们妻离子散，天各一方；还要砸掉他们的牙齿，将他们在火中烤灼，用饥饿迫使他们归顺于自己的主人；难道还要我去争辩这一切都是大逆不道的吗？还要我来说明这被玷污了的淌着血的奴隶制是极其错误的吗？不！完全没有这个必要。我的时间与精力应当花在值得花的事上，而不能浪费在这种无谓的争辩中。

那么，剩下的还有什么需要争论的呢？难道去争辩说奴隶制度不合神意，不是上帝创立的，我们的神学博士们搞错了吗？凡心中有不人道的亵渎神明的思想，就不可能敬仰神明。谁要驳斥这种观点，谁就可以亵渎神明。

我可不会这样，争论这个问题的时代早已过去了。事到如今，不能再寄希望于辩论，而是应该烧融我们的镣铐。哦，要是我有神力，能站到我们民族的耳旁，今天我会让辛辣而尖刻的嘲笑冲出我胸膛，将愤懑的痛斥、令人羞惭的讥讽和严厉的谴责一起冲入这耳腔。我们需要的不是火光而是烈焰！和风细雨已不能解决问题，我们要的是电闪雷劈！我们要的是风暴、狂飙、地震！要激起民族的感情，唤起公众的良知，杜绝我们民族不体面的行为，揭露国家的伪善，将它亵渎上帝和人类的一切罪行公布于众并严加痛斥。

7月4日对于美国的奴隶意味着什么？让我来回答吧。对于长期遭受压迫凌辱的奴隶，7月4日是一年中最最屈辱和残酷的一天。对于他们来说，你们今天的庆祝活动仅是一场欺骗，你们吹嘘的自由只是一种亵渎的放肆，你们标榜的民族伟大充满骄横自负，你们的喧闹声空虚而毫无心肝，你们对暴君专制的谴责无异于厚颜无耻的言辞，你们所唱的自由平等的高调更是虚伪至极，是对这些口号本身的嘲弄！你们的祈祷与圣歌，你们的布道与感恩，连同一切宗教游行与典礼，仅仅是对上帝的装腔作势的信奉，是欺骗，是诡计，是亵渎和伪善——是给罪恶勾当蒙上的一层薄薄的纱巾！这些对一个野蛮人的民族来说，也是奇耻大辱的民族，然而世上没有野蛮人。当今世界再也找不到哪个民族能干出比美国人的行为更骇人听闻、血迹斑斑的事了。

到你走得到的一切地方去吧，尽你的能力去寻找吧！纵然涉足旧世界所有的君主国与专制国家，穿越整个南美洲，搜寻一切社会弊病，当你最终面对美国的日常现实时，你终于会与我异口同声地讲：说到令人发指的暴行和恬不知耻的伪善，美国真是举世无双的了！

演讲背景

本文是道格拉斯在1854年7月4日，参加纽约州罗彻斯特市举行的国庆节庆典时发表的一篇废奴演说。当时，美国北方各州的废奴主义者成立了共和党，更广泛地开展废奴运动，与南方各州维护奴隶制势力产生了激烈的矛盾。在此形势下，道格拉斯充分列举奴隶制的罪恶，进行了有力的批判。他本人及自己母亲都曾沦为奴隶，深受奴隶制残酷的蹂躏，所以这篇演说慷慨激昂，充满深情，深深地打动了听众。这篇著名的废奴演说对组织民众、深入开展废奴运动，都产生过相当深远的影响。

在葛底斯堡的演讲

— 林肯

■ 公元 1863 年

阿伯拉罕·林肯（1809—1865），出生在美国肯塔基州哈丁县一个伐木工人的家庭，1834 年，他当选为伊利诺伊州议员，开始了他的政治生涯。

当时，美国奴隶制猖獗，1854 年南部奴隶主竟派遣一批暴徒拥入堪萨斯州、用武力强制推行奴隶制度，引起了堪萨斯内战。这一事件激起了林肯的斗争热情，他明确地宣布了他要"为争取自由和废除奴隶制而斗争"的政治主张。1860 年他当选为总统。1861 年，南部 7 个州的代表脱离联邦，宣布独立，自组"南部联盟"，并于 4 月 12 日开始向联邦军队发起攻击，内战爆发初期，联邦军队一再失利。1862 年 9 月 22 日，林肯宣布了亲自起草的具有伟大历史意义的文献——《解放黑奴宣言》草案（即后来的《解放宣言》），从此战争形势

　　八十七年前我们的先辈在这块大陆上建立了一个新的国家，这个国家在争取自由中诞生，忠于人人生来平等这一信念。

　　目前我们正进行着一场伟大的国内战争，战争考验着以上述信念立国的我们或其他国家，是否能长期坚持下去。

　　今天我们在这场战争的战场上集会，来把战场的一角奉献给为我们国家的生存而捐躯的人们，作为他们的安息之地，这是我们应该做的事。但是，从更大的意义上说，我们无权把这块土地奉献给他们，我们不能使这块土地增加光彩，成为圣地。

　　正是那些活着的或已经死去的、曾经在这里战斗过的英雄们才使这块土地成为神圣之土，我们无力使之增减一分。我们在这里说什么，世人不会注意，也不会长期记住，但是英雄们的行动却永远不会被人们遗忘。这更要求我们这些活着的人去继续英雄们为之战斗并使之前进的未竟事业。

　　我们还需要继续为摆在我们面前的伟大的事业献身，更忠诚于先烈们为之献出生命的事业；我们决不能让先烈们的鲜血白流。我们这

个国家在上帝的保佑下，要争得自由的新生，这个民有、民治、民享的政府一定要永远在地球上存在下去。

才开始发生了明显的变化，北部军队很快地由防御转入了进攻，1865年终于获得了彻底的胜利。

1864年，林肯再度当选为总统。但不幸的是，1865年4月14日晚，他在华盛顿福特剧院观剧时突然遭到枪击，次日清晨与世长辞。

内战中的1863年。林肯在葛底斯堡国家公墓发表演讲。他精辟地阐释了这样一个主张：政府应该是民有、民治、民享的。这个主张成为后世公认的民主政治的基本准则。

演讲背景

林肯1860年当选为美国总统。1861年3月美国北方十一个州联合起来，成立了一个"美联邦政府"，还选了一个叫戴维斯的人就任总统，美国分为南北两半。4月12日，南方军队炮轰北方要塞，公开挑起内战。当时北方以工业为主，资本主义发达。南方以农业为主，劳动力是黑人，实行奴隶制。林肯主张废除奴隶制，他一上台，南方奴隶主惊恐万状，开始反叛。林肯当机立断，4月15日发布募兵令，讨伐南方叛逆。可惜没有出色的将领，第一仗被南方打得大败，一直退到华盛顿城郊。林肯为挽回败局，于1863年1月1日发布《解放令》，规定从即日起，美国所有的黑人成为自由人，由政府和军队进行保护，他们可以平等地参加工作，包括参军。发布了《解放令》后，黑人踊跃参军，他们和白人一起，奋勇出击，在葛底斯堡与南方军队大战三天三夜，击毙敌军上万人，获南北战争以来第一次大捷。同年11月19日在葛底斯堡举行烈士公墓落成典礼仪式上，林肯发表了这篇演讲词。这篇演讲是对这次战争中先烈之灵的深切悼念，更是号召人民为了国家的存亡和自由平等前仆后继，英勇奋斗的宣言。

一个普通美国人的伟大之处

—— 拉尔夫·爱默生

■ 公元1865年5月

拉尔夫·爱默生（1803—1882），美国19世纪中期杰出的散文家、演说家和诗人。牧师家庭出身。就读于哈佛大学。当过校长和牧师，后专事文学。反对种植园主，拥护资产阶级民主，主张南北统一，建立民族国家。在道德哲学上，宣扬溶于"自然"，皈依"上帝"，力臻自我完善，改善美国社会；认为一切思想与行动的是与非，最终须由个人的认识为依归；主张改革宗教，以一种直觉的信仰代替形式主义与僧侣干预，因此成为超绝运动的领袖人物。他的散文在美国文学中具有不朽的地位。

当噩耗越过海洋，越过陆地，从一个国家传到另一个国家，我们相聚在灾难的阴影中，就像预料之外的日食遮盖了整个世界，它给整个文明世界的善良人心头蒙上了阴影。尽管人类历史如此漫长，悲剧如此多样，但我怀疑是否有任何人的逝世能像这次一样对人类造成如此巨大的悲痛，或在宣布消息时引起人类如此巨大的哀伤。与其说这是由于现代艺术将各民族十分紧密地联系在一起，倒不如说是因为当今与美国的名字和制度相联系的神秘希望和恐惧。

在这个国家，上个星期六使所有的人都目瞪口呆。当他们对这一可怕打击冥思时，最初只是在内心最深处有所意识。也许，到了目前这一时刻，当这装有总统遗体的棺柩正在运回伊利诺伊家乡，沿途各州正在举行致哀活动，我们应该沉默，让时间的怒吼折磨我们。然而，这最初的绝望是短暂的；我们不能就这样哀悼他。他曾是最活跃、最有希望获得成功的人，他的事业并没有毁掉，对他的工作的赞誉和喝彩谱成了一曲凯歌，即使人们的伤心泪水也不能淹没它。

总统在我们面前是人民中的一员。他是地道的美国人，从未漂洋过海，从未被英国的褊狭或法国的放荡所侵蚀。就像橡树上的橡果，他是一个温和的、朴素的、土生土长的人，既不崇洋媚外，也不哗众取宠。他生在肯塔基州，长在农场，曾是平底船员，在墨鹰战争时任船长，还当过乡村律师和伊利诺伊农村地区立法机构的代表——他的博大声誉就是建筑在如此谦卑的基础上。经过十分缓慢而愉快的准备阶段，他进入了自己的位置！我们大家都记得——那只不过是五六年前的事——他首次在芝加哥被提名时国民所表现出的惊讶和失望。西沃德先生当时声誉很高，是东部各州的红人。当林肯这个新的、比较陌生的名字被宣布时（尽管有对此喝彩的报道），我们冷淡伤心地听取了结果。在这样令人忧虑的时刻，仅凭一个人在某个地区的名望就赋予如此重大的责任，似乎操之过急，人们议论的话题自然是政治不可知论。然而结果并不是这样，伊利诺伊和西部的人们对他赞不绝口，他们把这些看法与同事分享，使他们可以在各自家乡的选区证明自己的正确观点。这一切都不是操之过急，尽管他们还没意识到这个人的全部价值。

　　他是一个普通的人，却有不寻常的运气。培根勋爵曾说过："展示美德使人获得名望，隐藏自己的运气。"初次见面时，你看不出他身上有什么使人目眩的品格，但别人的优越却并不能使他逊色。他的面孔和风度能消除别人的怀疑，提高自信和确保善意。他是一个没有恶习的人；他责任感强，易于服从大局；他还是个被农民称之为精明的人，非常善于盘算，为自己的意见作辩解，并公正坚定地说服对方。后来，他们发现，他还是个伟大的工作者，而且具有惊人的工作才能，他工作起来轻松自如。工作好手本来十分少见，因为每个人都有某种毛病。而这个人却是从里到外都十分乐观，锲而不舍，对工作再合适不过了，而且他本人也最热爱工作。他性子非常好，具有忍让精神和平易近人的作风；作为一个公正的人，他根据请求者的愿望，和蔼可亲地，而不是神经过敏地对待无数来访者给他造成的折磨；而作为总统，他本来可以让别人做这些事情。在战争引起的许多悲剧中，他的好性格化为一种高尚的人道主义。

　　每个人都会记得，他在怜惜一个种族时是如何越来越亲切小心地处理问题的。一个可怜的黑人在一次令人难忘的场合是这样谈论他的："林肯先生无处不在。"他的广泛良好的幽默感是这个聪明人的另一财富，他可以轻松自然地和别人进行诙谐的谈话，他十分擅长这样做，并从中得到乐趣。这使他可以不泄密，可以与社会各阶层人物接触，使即便是最严肃的决定也不那么锋芒毕露，以此掩盖他自己的目的，试探他的同事并本能地捕捉各种听众的情绪。而且，最重要的是，这种好性格对在令人忧虑和筋疲力尽的危机中奋斗的人来说，是一种天然恢复剂，就像睡眠一样有效；也是一支预防针，防止操劳过度的大脑趋于烦恼成疯狂。他说过许多优秀格言，然而它们是以诙谐的方式表达的，最初绝不会获得名声，而只是被视为笑话；直至后来这些格言为成千上万的人所传诵，人们才发现它们是时代的名言。我相信，如果此人是在印刷业不那么发达的时期执政，那么他可以靠他的寓言和格言在几年内就成为神话中的人物，像伊索、皮尔佩或七贤哲当中的一个。今后，他的信件、文件和演讲中许多有分量有深度的段落必定会赢得盛誉，而现在，恰恰是因为刚刚运用了这些想法，它们反而显得默默无闻。多么意味深长的定义，多么完美的常识，多么远大的见识，而且在重大时刻，又表现出多么高尚、浑朴的人情味！

他担任总统是人类美德的胜利，是公众信心的胜利。这个中产阶级的国家终于有了一个中产阶级的总统。这是指他的风度，他的同情心，而不是他的权力。因为他的权力是至高无上的。他掌握每天发生的问题，随着问题的发展，他对问题的理解也在加深，很少有人如此胜任。在惊恐与妒忌中间，在辩护人与当事人的一片喧闹声中，他以全部身心和诚实不懈的工作，努力弄清人民的需要以及如何满足他们的需要。如果确实有人受过公正的考验，那么他就是这个人。这样对他评价可以说没有任何夸张，进行抵制、诽谤和嘲笑的也大有人在。

在我们这个时代里，已无国家机密可言；国家经历了如此巨大的骚扰，必须给予十分的信任，不保留任何秘密。每道门都半开着，使我们可以看到里面发生的事情。随后我们遇到了战争的旋风，那是怎样一个时刻啊！这里没有政府官员，没有只适合好天气航行的水手，在旋风中，新的领航员被匆匆地安排到舵前。

在四年内，在四个战争的年代中，他的坚韧、足智多谋和宽宏大量经受了痛苦的考验，而且从未发现过不够格的现象。因此，通过他的勇气、公正、良好秉性、足智多谋和人道精神，他成为历史新纪元的一位英雄人物。他就是那一时代美国人民的真实历史。他一步一步地走在他们前面，和他们一起放慢脚步，一起加快步伐。他是这个大陆的真正代表，是十分热心公益的人。作为国家之父，两千万人的脉搏在他心中跳动，他们的思想通过他的喉舌得到明确表达。亚当·史密说,在霍布雷肯的英国国王和知名人士的画像中,斧子被刻在那些曾受劈砍之苦的人下面,这给画像增添了某种高贵的魅力。甚至在这场刚刚发生的悲剧中,谁又看不到暗杀的恐怖和毁坏是多么迅速地吞噬着受害者的光荣?比起在希望中生活,比起亲眼看着自己的官能衰退,比起目睹(也许甚至是他)众所周知的政治家的忘恩负义,比起看到小人得势,这种命运要愉快得多。

  他难道没有在生前遵守诺言吗?这是迄今一个人对他的同胞作出的最伟大的诺言——实际废除奴隶制。他看到了田纳西、密苏里和马里兰解放了它们的奴隶;他看到了萨凡纳、查尔斯顿和里士满投降;看到了叛军的主力部队放下武器。他征服了加拿大、英国和法国的公众舆论。在运气方面,只有华盛顿可以与他相比。如果再把事情铺开些,结果是他已经到达了终点。这个历史性的伟人不能再为我们服务了,叛乱已经到了该停止的地步,而下面所要做的工作需要独立的新人来承担——一种在战争的废墟上产生的新精神。同时,上帝为了向世人展示一个完美无缺的恩人,要让他以死亡而不是生存来更好地为他的国家服务。正如柔顺和讨好的国王不是好国王一样,柔顺和讨好的民族也不是好民族。"国王的仁慈寓于正义和力量之中。"共和国的随和性格是一个危险的弱点,因此有必要让敌人施以暴行,迫使我们达到不寻常的坚定,以确保这一国家在以后得到拯救。

演讲背景

  本篇是爱默生为悼念林肯不幸去世而发表的。1865年4月14日,一个狂热的奴隶制卫道士用一颗罪恶的子弹,夺去了时代伟人林肯的生命。消息传遍美国,百万群众为之送殡。爱默生的这篇悼念演说文理并茂,声情俱佳,高度评价了林肯的一生,把热烈的赞颂,难言的悲愤,无限的哀思,融于对林肯栩栩如生的描述之中。

论妇女选举权

— 苏珊·安东尼

■ 公元 1873 年

苏珊·安东尼（1820—1906），美国女权运动先驱，全美妇女选举权协会主席（1892—1900年）。曾任教师，早年为禁酒运动团体组织者之一。1854年起投身反奴隶制运动和女权运动，是南北战争前废奴协会主要代言人。1872年底，为促使国会通过立法赋予妇女以选举权，曾带领一批妇女到罗彻斯特投票站强行投票，引起轩然大波，遭到逮捕、审讯和判处罚款。此后，通过全美妇女选举权协会、全美女权运动联合会，常到全国各地宣传讲演，为取消选举权上的性别限制大造舆论。晚年致力于国际妇女运动，为国际妇女理事会和国际女权运动联合会创始人之一。

朋友们、公民们：

今晚我站在你们面前，被控在上次总统选举中，因没有法定权力参加投票而犯有所谓选举罪。今晚我要向你们证明，我参加这次选举不但没有犯罪，相反只是行使了我的公民权。我国宪法保证我和全体合众国公民拥有公民权，任何一个州都无权剥夺。

联邦宪法的序言写道："我们合众国人民，为建设更完善的联邦，树立正义，保证国内安定，筹设共同防务，增进公共福利，确保我们自己和子孙后代永享自由幸福，特为美利坚合众国制定本宪法。"

组成联邦的是我们人民，不是男性白人，也不是男性公民，而是全体人民。我们组成联邦，不是为了赐予自由幸福，而是为了确保自由幸福，不是为了确保我们中的一半及子孙后代中的一半人的自由幸福，而是为了确保全体人民的自由幸福——女人和男人都包括在内的自由幸福。参加投票是这个民主共和政体所提供的、确保自由幸福的唯一手段。因此，一方面侈谈妇女享有自由幸福，另一面却又剥夺她们的投票权，这是一个极大的讽刺。

任何州政府，如果把性别作为参加选举的资格，必然导致人口中的整整一半被剥夺公民权。这等于通过一项剥夺公民权的法令，或一项具有追溯效力的法令。因此，这样做违背了我国最高法律，使妇女及其后代中的所有女性被永远剥夺了自由幸福。对妇女来说，这个政府也就没有来自被统治者赞同的正常权力。对她们来说，这个政府就不是民主政体，不是共和政体，而是可憎的专制，是可恶的性别独裁，是地球上迄今为止最可恨的专制！因为，富人统治穷人的富人独裁，有教养者统治无知者的劳心者独裁，甚至撒克逊人统治非洲人的种族独裁，人们或许尚能忍受；而这种性别独裁，却使得每家每户的父亲、兄弟、丈夫、儿子，成为母亲、姐妹、妻子、女儿的统治者，使一切男人至高无上，一切妇女沦为奴婢，因而给全国每家每户带来了不和、纷争和反叛。

美国的女权运动人士于第一次世界大战前在11个州争取到选举权

韦伯斯特、伍斯特和布维尔都认为，所谓合众国公民，就是有权投票和有权供职的美国人。现在唯一要解决的问题是：妇女是不是人？我相信，任何反对我们的人都不敢斗胆说妇女不是人。妇女既然是人，那么就是公民，任何州都无权制定某种法律，或重操某种旧法律，来剥夺妇女的特权和豁免权！因此，今天，某些州的宪法和法律中所有歧视妇女的条款，正如所有歧视黑人的条款一样，都是无效的！

演讲背景

在美国历史上，妇女在1920年以前是一直没有选举权的。19世纪中叶，一批勇敢而坚定的妇女，在苏珊·安东尼和伊丽莎白·卡迪·斯坦顿的领导下，投身于争取妇女选举权的运动。在1872年11月总统大选中，苏珊·安东尼在当时没有合法投票权的情况下，顶着风险进行了投票，结果被判罚款100美元，这是争取妇女选举权长期斗争中的一个重大事件。安东尼对此提出上诉，并发表了这篇具有历史意义的演说。

我们丧失的诚实

—— 乔治·萧伯纳

■ 公元 1884 年 5 月 22 日

乔治·萧伯纳（1856—1950），爱尔兰作家。生于都柏林。父亲是小官吏。1876年移居英国。23岁起从事文学创作，陆续写了几十部剧本，如《华伦夫人的职业》《魔鬼的门徒》《圣女贞德》《人与超人》等。从不同角度揭露资本主义的罪恶，受到社会各界广泛的好评。1925年荣获诺贝尔奖奖金。也曾写过一些小说和其他著作。1884年发起成立费边社，发表了不少关于社会和政治的著作。

我必须向你们提出的命题为"社会主义运动不过是维护我们丧失的诚实"。你们有些人会立刻想到，我对"诚实"的看法一定很奇怪。然而，我敢说，"诚实"并非是你们的或我的一种主观印象，而是一项可以准确界定的社会生活条件。其意义为，若某人为别人工作了1小时，则别人亦应为某人工作不少于1小时。在人人为自己工作——生产自己需要的每样东西——的个人之间，不会出现诚实问题。但这只发生在鲁滨孙的一人社会里，因为这是一种很浪费的安排。男子砍树的能力比妇人强。假设一妇人织长袜的本领比男人强；假设一妇人砍倒一棵树时，一男子能砍两棵，而此男子织成一双长袜时，该妇人能织成两双；进而假设此男子砍倒两棵树与该妇人织成两双长袜所用时间均为一小时。若各人仅为自己生产，妇人需要一棵树生火、一双长袜穿着，势必费一小时于砍树、半小时于织袜，共计一小时半；此男子有同样需要，也必费半小时于砍树、一小时于织袜，共计也是一小时半。此男子与妇人须付出三小时之劳动，以满足他们生活和着袜之需要。若他们相互为对方工作，即可从此三小时中节约一小时。因两人共需两棵树和两双长袜，而男子一小时能砍两棵树，妇人一小时能织四只长袜。让他们这样做，然后以一棵树交换一双长袜，他们只工作了两小时而非三小时，每人的需要照样得到了满足。两人各得到了半个小时闲暇，而且谁也没有做损人利己的事。妇人为男子工作了半小时，男子也为妇人工作了半小时。这就是社会主义运动争取办到的事情。

　　社会主义不是由国家组织劳动，不是取消竞争，不是平均分配现有一切财富，不是宣称某人同别人一样好或比别人好得多，不是给穷人较舒适的住宅，不是级差所得税，不是设街垒打仗，而许多人似乎相信这些事情就是社会主义。这些事情可能是迈向社会主义的步伐，或者是它的必然结果，或者是它的偶然事件，或者只是与制度的改变这种想法有关的历史性联想。但社会主义的基本原则是：人人必须为那些替自己劳动的人而诚实地劳动；每个人在偿还自己所消费的东西时，不损人利己；人人同等受益于最经济的劳动分配方式，就像上述织袜和砍柴的例子那样。既然如此，若此男子在一旁以拒绝为该妇人挥斧相协，或该妇人在一旁以拒绝为此男子持针相助，或一方用任何借口，强迫另一方完成此二人均应做的工作之绝大部分，就会出现社会主义来抗议劳动比例之不公平，并努力加以重新调整。现在要求社会主义的呼声响亮而急切，是因为公正的比例被严重破坏，许多身强力壮的人公然过着怠惰、奢侈的生活，而另外一些人虽然不停地辛苦劳动，却过着牲畜不如的生活。这一事实表明，有些人并不偿还自己消费的东西，换句话说，如果我们把一个人所生产的东西称作财产，那么上述行为就是无偿地掠走了别人的财产。

　　我们有时用"诚实"这个词形容一位忠实可靠的男子或一位贞洁的妇女，但我们不用"不诚实"去形容不可靠的男子或不贞洁的妇女。因为每当我们谈到一个"不诚实"的男子或妇女时，我们的意思是说，他们是强盗。强盗是干什么的？强盗是不给你任何东西作交换，就拿去你的财物的人。但是我们现在保护我们的资本家，理由为：他们都是劳工的大雇主。换言之，我们赞美一个人，是因为他给别人许多苦活干；他给的苦活越多，我们越赞美他。他雇许多人从早到晚为他劳动，显然不可能偿还他所消费的劳动的千分之一——简言之，他是一个厚颜无耻的强盗。可是，虽然如此。我们却不把他看做社会的败类，往往还送他进议会去制定对强盗与盗窃行为有利的各种法律。我们当然不是由于这种人肆意践踏公共道德才故意要他们掌权的，我们必定有某种先入为主的观念：强迫别人为自己工作，就是向别人施恩。尽管这种悖论似乎非常丑恶可怕，但在奴隶制国家却站得住脚。无人愿意费神管理一个奴隶，除非他能从该奴隶的劳动中获利。如果奴隶对他已无用处，他会把奴隶卖给某个需要奴隶服务的人。如果无人需要该奴隶的劳务，他将被赶出去，并且必定会饿死，除非能找到一位新主人，因为主人们占有资源——人类必须通过劳动从这些资源中取得给养——而且不准别人、只准自己的奴隶使用这些资源。所以该奴隶是在死亡威胁下寻找一位主人的。由于奴隶们很多，他们在奴隶市场上成了滞销货。他们不得不把愿意给他们苦工做的任何人看做自己的恩人，认为自己蒙他拯救才免于饿死，这实属幸运。此乃"劳工的大雇主即社会的恩人"这一流行观念之起源。

英国是个奴隶国家。这里的奴隶很多，又穷苦无助，所以不再被人当做动产在市场上卖出买进。他们是市场上的滞销货，现在没有人愿意买一个奴隶——不是由于认识到这样做不对，而是由于买了无用，往往没有苦工给他做。假如一位聪明的火星人被告知，在英国，无偿消费别人财物的人被尊为此财物生产者之恩人，这位火星人会立刻猜想：英国必定在实行奴隶制度，并且会把坚持说英国已废除奴隶制的人视为白痴或说谎者。在奴隶国家产生的第二个悖论为：一个懒汉变为劳动者，就会伤害其他劳动者。比方说，要是一个对无所事事感到厌倦的奴隶主做起一个奴隶的工作来，他就会解雇该奴隶，从而剥夺其生活资料。在今天的英国，凡自愿到学校教书、到音乐会唱歌或表演、到社会团体任秘书或以任何义务工作人员的身份工作的每位绅士和淑女，都在伤害一些职业教师、演员，或者在其他方面受聘并领取工薪的职业人员。在自由公正的社会，要是还有职业与业余之分，业余活动者只会对职业人员有利，因为他们可免除后者的工作负担。在奴隶国家，免除一个奴隶的工作负担，意味着取消他的工资，使他挨饿。

另外还有第三个悖论：在奴隶为市场滞销货的奴隶国家，对奴隶来说，主人越骄奢越好，主人的需要就是奴隶的机会。浪费的主人需要许多奴隶。他向奴隶们开放他的土地，条件为：他们除了自己必不可少的口粮外，给主人种他想要的一切食物。他想要的越多，靠这种条件存活的奴隶也越多；他想要的越少，靠这种条件活下来的奴隶也越少。因此，懒惰和奢侈成了奴隶主的美德。穷人总是憎恨、鄙视节俭的贵族，赞美挥霍者。任何地方的职业人员都憎恨那些取代了自己的工作的业余活动者,这种感情是完全合理的。经济学家们已经成功地证明:在自由公正的社会,奢侈以及豪富而懒惰阶级的存在,纯粹是罪恶。以为英国是个公正自由社会的人,自然都相信经济学家

都柏林城堡,建于1204年以前曾经是英国统治爱尔兰时期的总督府。这座城堡式的建筑四周是高高的围墙,正门有吊桥。中间的古堡大厅曾经是英国总督的官邸,现作为重要活动的场所。

们的观点:英国的穷人不该赞美挥霍浪费。知道英国是个奴隶国家的人,才知道穷人是对的。对经济学一知半解的人,喜欢用陈词滥调去证明:打碎一扇窗,虽然可使装玻璃的工人得到一份活干,却并不有利于社会。可是,如果我能这样做而不受惩罚,我将毫不犹豫地打碎每年租金100磅及100磅以上的房子的每扇玻璃窗。假如说用6小时有效劳动交换6小时有效劳动,用10小时有效劳动交换10小时有效劳动,如此类推而不顾及其中所需技能的程度高低,其结果就是社会主义。反之,假如说不按一个人胃的容量,而是按他的脑容量来让他进餐,其结果就是个人主义,因为个人主义是建立在"跳得最高的狗必将抢到最大的骨头"这一观念上的。假如大家都同意:你们中间最伟大的人物应该成为其余所有人的主子,就像母亲是她孩子的支配者一样,结果就是专制主义。

如果大家清楚地认为,你们中间最伟大的人物应该成为其余所有人的仆人,像一位好母亲是她孩子的仆人而不是暴君一样,结果就是基督教,不过只有在社会主义已成大势所趋之后,彻底否定并抛弃救世主这一概念,才能达到这样的结果。如果你们没有什么鲜明的原则,仅像迷途的羔羊般彷徨困惑,各人不是走自己选定的路,而是随波逐流,结果就是现在的情形。今天,一个中产阶

级的青年的命运相当可悲。他如果很聪明，可能会取得当医生的资格，将来照顾强盗们，帮助他们生育懒汉；他也可以去当律师，在强盗们争吵时分到一点不义之财；他还可以当牧师，在布道坛上说明摩西、耶利米和耶稣基督的教义基本上与邮政部长所说的道理相同。如果他是个穷人，也未能通过政府任职资格的竞争性考试，他15岁时就可能当某个办公室的勤杂工；以后，在某次经济危机中，他可能失去这份微薄的收入，为了活命而把强盗和赌棍奉为自己的绝对主人，给他们数钱。我想提醒他，不如去当个社会主义者。他或许会拒绝我的忠告，因为那些从现有制度得益最少的人，往往最害怕因涉嫌颠覆现有制度而失去仅有的一点东西。

最后，我可以说，并非任何人都必须成为社会主义者，也没有必要以任何方式让自己为社会主义运动而烦恼。甚至连穷苦受难者也乐于得知，他们的苦难是无法解除的，因为得知这一点后能使他们摆脱那种想要改善自身境况的令人烦恼的责任。至于富有的人更乐于得知，他们的富有也是命中注定的。这样，普通的宿命论经济受到了所有阶级的欢迎，而社会主义只会为少数人所接受。这些人不过是精力过剩，需要发泄，而且欣赏所谓诚实的义愤这一奢侈品而已。可惜进化不会因大多数人不懂得达尔文或不相信达尔文而止步；你们也可以把卡尔·马克思及其学派说得一文不值，却仍丝毫不能阻止那些已引起你们注意的力量之行动。假如不巧，那些力量把你们碾成齑粉——这是很可能的，你们或许可以用这样的反省来安慰自己：既然你们时代的忠诚儿子，又始终忠实于你们时代的原则，受你们时代的意向支配，那么你们被碾成齑粉的日子来得越早，你们身后的世界因而将变得越好。

演讲背景

本文是萧伯纳于1884年5月，即费边社成立前3个月，在贝德福德辩论会上发表的演说。他尖锐地指出"无偿地掠走"他人的劳动果实，就是不诚实的抢劫行为，"是一个厚颜无耻的强盗"。他认为表面自由公正的英国社会，事实上丧失了诚实，把强盗送进议会去制定有利于抢劫的法律。他赞美社会主义运动所争取的就是人人诚实劳动和人与人之间的等量劳动交换。

金十字架演说

威廉·詹宁斯·布莱恩

■ 公元1896年7月8日

威廉·詹宁斯·布莱恩（1860—1925），美国民主党人。生于伊利诺伊州。1883年毕业于芝加哥联合法学院，曾任律师。1890年当选为国会众议员。1896年、1900年、1908年三次竞选总统未果。1912年帮助伍德罗·威尔逊竞选总统有功，次年被任命为国务卿。主张和平外交，在第一次世界大战中严守中立。因对美国日益卷入战争感到不安，于1915年辞职，但美国宣战后仍转而支持参战。晚年参与审理田纳西州一案件，称被告讲授进化论为违反州宪，忽因心力交瘁而死，成为轰动一时的新闻。

大家已经听过许多名人雅士的发言。如果这只是个人能力的较量，我要与他们对垒实属斗胆冒昧，但这并不是个人之间的较量。全国各地最卑微的公民，一旦披上正义事业的甲胄，就比任何谬误之徒更强大。我来向你们讲话为的是捍卫一种事业。它像自由事业一样崇高——它就是人道的事业。辩论结束后，将对赞扬或谴责本届政府的决议进行表决。我们反对把这个问题归结为个人问题：个人只不过是一颗原子，他不断产生、运动，然后消亡；原则却会永存，而这次正是原则之争。

在我国历史上，从未有像我们刚刚经历过的那样激烈的交锋。在美国政治史上，任何重大问题也不曾像这个问题那样，须由一个伟大的政党的选民通过斗争才能解决。1893年3月4日，一批民主党人，其中大部分为国会议员，向全国民主党人发出了一份呼吁书。呼吁书坚称，货币问题是当前头等大事，而民主党多数派有权在这件大事上支配党的行动。呼吁书在结论部分号召党内信奉自由铸造银币的人组织起来，把民主党的政策掌握在自己手中。3个月后，银币派民主党人健全了自己的组织，公开地、勇敢地宣布了自己的信仰。他们宣布,如果能获得成功,他们将把自己的宣言写入政纲。

斗争的帷幕随即拉开。银币派民主党人满腔热忱,犹如当年紧随彼得的十字军。他们从胜利走向胜利。今天,他们已经聚集起来,不是要讨论,也不是要辩论早已由我国普通人提出的意见,而是要把这些意见写入政纲。在斗争过程中,兄弟反目、父子参商、爱情、交情、友情等令人温馨的纽带被弃之不顾;老领袖被抛在一旁,因为他们拒不反映领导的呼声;新领袖脱颖而出,为这一维护真理的事业指明了方向。斗争就这样进行着。我们已经遵照命令在这里济济一堂,像以往任何时候人民代表都必须遵守的命令一样,这些命令是有约束力的,是十分庄严的。

我们不是作为个人到这里来的。如果作为个人,我们也许会愉快地向来自纽约州的这位先生致敬。但我们知道,我们所代表的人民决不愿为他捧场,决不愿让他占据能够阻挠民主党意志的地位。我认为这不是个人问题,而是原则问题。而且,我的朋友们,我们发觉自己已经卷入这一场冲突,另一方已经严阵以待,而且我认为,这件事并不是令人愉快的。

在我前面发言的那位先生谈到了马萨诸塞州。让我向他保证,本次大会的任何一位与会者,都不会对马萨诸塞怀有一丝敌意;但是,我们站在这里代表的人民,在法律上与马萨诸塞州的最伟大的公民是平等的。你们来到我们面前,说我们将会妨碍你们的实业利益。我们的回答是:你们的行动方针一直在妨碍我们的实业利益。

我们要对你们说,你们把实业家的定义弄得太狭窄了!一个为工资而受雇的人,同他的雇主一样是实业家;一个乡间小镇的律师,同大都市里大公司的法律顾问一样是实业家;一个十字路口小店的商人,同纽约州大商人一样是实业家;一个从早忙到晚,从春忙到夏,用脑力和体力把农业资源变为财富的农业,同每天出没于商会并操纵粮价的人一样是实业家;一个入地千尺,或登山万丈,开采出珍贵金属并使之汇入贸易渠道的人,同少数策划于密室,囤积世界货币的金融巨头一样是实业家!我们来到这里,就是要为这个更广大的实业家阶层说话。

啊,我的朋友们,我们并没有反对大西洋沿岸的居民,我们对他们未置一词。但是,那些吃苦耐劳、历经艰险、披荆斩棘,使沙漠像玫瑰一样开花吐艳的开拓者们,那些遥远西部的开拓者们——他们在大自然的腹地生儿育女,把人间话语和鸟儿啼鸣交汇在一起;他们在那里为教育儿童建起校舍,为颂扬造物主建起教堂,为安息死者建起墓地——我们认为,这些人与我国任何其他人一样值得本党考虑,我们正是要为这些人说话。我们不是为作为侵略者而来,我们的战争不是征服之战;我们是在为捍卫自己的家园而战,是在为捍卫自己的家庭和后代而战!我们请求过,但我们的请求被嗤之以鼻;我们恳求过,但我们的恳求被置之不理;我们乞求过,但灾害降临时,他们却对我们冷嘲热讽。现在我们不再乞求,不再恳求,也不再请求了。我们起来反抗他们了!

来自威斯康星州的那位先生说,他担心会出现罗伯斯庇尔那样的人物。我的朋友们,在这片自由的土地上,你们不必担心会在人民中间出现暴君。我们需要的是一位安德鲁·杰克逊式的人物,并像杰克逊那样迎击富人团体的侵犯。

他们对我们说,制定这个政纲是为了拉选票。我们的回答是:条件的变化会产生新的问题;民主赖以为基础的原则像青山一样历久常新,但这些原则在新条件到来时必须得到应用。新条件已经出现,我们来到这里就是为了迎合这些条件。他们对我们说,所得税问题不应当带到会上来。因为这是个新问题,他们还就我们对联邦最高法院的批评提出反批评。我的朋友们,我们并没有批评,我们只是吁请你们注意早已家喻户晓的事实。如果你们想找到批评,读一读法庭上的反对意见吧,你们能从那里找到批评。他们说我们通过了一条违宪的法令,我们予以否认。所得税条款在通过时并不违宪,它在第一次提交给最高法院裁定时并不违宪,直到有一名法官改变了主意,它才变得违宪。但是,不能指望我们知道某位法官何时改变主意。征收所得税是正当的,它只是想把政府的负担公正地放在人民的肩上。我赞成征收所得税,凡不愿分挑政府负担的人,不配享有像我们这样的政府所给予的赐福。

他们说我们是在反对国家银行券,他们说对了!大家读一读托马斯·本顿说了些什么,就会发现他说过:查遍史册,他只能找到一个堪与安德鲁·杰克逊相媲美的历史人物,这个人就是西塞罗。西塞罗击败了卡提利那的阴谋,拯救了罗马,而杰克逊击败了银行的阴谋,拯救了美国,西塞罗对古罗马的贡献犹如杰克逊对美国的贡献。我们在政纲中言明,我们认为铸造和发行货币是政府的职权。我们深信此理。我们认为,这是主权的组成部分。杰斐逊先生曾被看做是民主的权威,他的意见似乎与刚才代表少数派发言的那位先生不同。持

拉什莫尔山国家纪念公园，俗称美国总统山、美国总统公园，是一座坐落于南达科他州基斯通附近的美利坚合众国总统纪念公园。公园内有四座高达60英尺（约合18米）的美国前总统头像，他们分别是乔治·华盛顿、托马斯·杰弗逊、和亚伯拉罕·林肯、西奥多·罗斯福，这四位总统被认为代表了美国建国150年来的历史。

反对意见的人对我们说，发行货币的职责属于银行，政府不得干涉银行业务。我的立场与杰斐逊相同，我要像他那样对他们说：发行货币是政府的职责，银行不得干涉政府事务。他们还对这份反对终身任职的政纲怨气冲天。他们企业歪曲政纲，使它面目全非。我们这份政纲把矛头指向正在华盛顿越演越烈的终身制，因为终身制排斥社会地位较低的人，使他们无法担任官职。

现在，我的朋友们，让我谈谈最重要的问题。如果他们责问我们，为什么我们大谈货币问题而不是关税问题，我的回答是：如果说保护主义贸易打击了成百上千人，那么金本位制就打击了成千上万人；如果他们问我们，为什么我们不把一切信仰都写入政纲，我们的回答是：一旦恢复法定货币的地位，其他必要的改革就会迎刃而解，但在此之前，任何改革也不能完成。

为什么不到3个月，全国就发生了这么大的变化呢？3个月前，虽然人们信心十足地断言，党内金本位制的信奉者将确定党的政纲，并提名本党候选人，但甚至连金本位制的鼓吹者也不认为我们能赢得总统选举。他们的怀疑是有道理的，因为在今天，要求实行金本位制的州几乎都掌握在共和党的绝对控制之下，但是，请大家注意下列变化：麦金莱先生在圣路易斯得到了提名，他的政纲宣布，要维护金本位制，直到通过国际协议把它变为复本位制。麦金莱先生是最著名的共和党人，在共和党内，3个月前人人都预言他能当选。但今天的情况怎样了呢？哦，那个曾经兴高采烈地自以为长得像拿破仑的人——他记起了自己是在滑铁卢战役周年纪念日上得到提名的，他感到不寒而栗。不仅如此，当他侧耳细听时，他还会越来越清晰地听到圣赫勒拿海岸的凄凉的波涛声。

为什么会发生这个变化呢？啊，我的朋友们，凡是能正视这个问题的人，变化的原因不是很清楚吗？一个人无论有多么纯洁的品格，多么崇高的声望，如果他宣称要加强对我国实行金本位制，如果他甘愿牺牲自治政府的权利，把治理国事的法定权力交到外国统治者的手中，他就不能逃脱义愤填膺的人民的惩罚。

我们满怀信心地宣布：我们将赢得胜利！为什么？因为在这次竞选的最重要的问题上，我们的对手毫无立足之地，居然敢于向我们挑战。如果他们对我们说，金本位制是好东西，我们就可指着他们的政纲对他们说，他们的政纲保证要废除金本位制，而代之以复本位制。既然金本位制是好东西，为什么还要废除呢？我请大家注意一个事实：在今天的大会上，一些人告诫说我们应当宣布赞成国际复本位制，因此，金本位制是错误的，而复本位制是好的。但正是这些人，他们在4个月前却公开地、坚定地鼓吹金本位制，并告诉我们说，即便全世界都支持我们，我们也不能同时把金币和银币作为法定货币。金本位制如果是好东西，我们就应当宣布赞成予以保留而不是废除；如果它是坏东西，为什么我们非要等到其他国家愿意提供帮助才予以废除呢？在这条战线上，我们毫不在乎他们从哪个方面发起战斗，我们已经严阵以待。如果他们对我们说，金本位制是一种文明的制度，我们就回答说，美利坚民族——地球上所有民族中最开明的民族——从未宣称要赞成金本位制，而今年两大政党都宣布反对金本位制。金本位制如果是文明的制度，那么，我的朋友们，我们难道不应当采纳吗？如果他们要在这个问题上与我们较量，我们可以摆出美利坚民族的历史。此外，我们还可以告诉他们，即使翻遍史册，也休想找到一丁点儿证据可以说明任何国家的普通人民宣称赞成金本位制。他们可以找到固定资产持有人赞成金本位制，却找不到任何人民大众赞成金本位制。

卡莱尔先生在1878年说过，这场斗争以"持有闲置资本的游手好闲者"为一方，以"创造财富并交纳国家税款的、正在斗争的人民大众"为一方。我的朋友们，我们必须决定的问题是：民主党将站在哪一方作战？是站在"持有闲置资本的游手好闲者"一方？还是站在"正在斗争的人民大众"一方？这是党必须首先回答的问题，然后每个党员都应当作出回答。民主党的政纲表明，它是支持正在斗争的人民大众的，而人民大众一直是民主党的基础。治理国家有两种观念：一些人认为，只要通过立法使富人兴旺发达，他们的兴旺就会向下传递给下层人士。而民主党人的观念一直是，如果让人民大众兴旺起来，他们的兴旺就会向上传递给依靠他们的每个阶级。

你们来到我们面前说，大城市都赞成金本位制，我们回答说，大城市的基础是我们的辽阔富饶的草原。烧掉你们的城市，留下我们的农场，你们的城市还会奇迹般地复兴；但是，毁掉我们的农场，这个国家的每一座城市的街道就会杂草丛生。

我的朋友们，我们宣布：这个国家有能力为本国人民制定法律，而无须等待地球上任何其他国家的援助或赞同；在这个问题上，我们期望联邦各州都能达成一致意见。我不想给马萨诸塞州或纽约州的公民抹黑，说什么他们在面对这个建议时，竟会宣称这个国家没有能力处理自己的事务。这是1776年问题的再现。我们的先辈在只有300万人口时，就已有勇气宣布在政治上独立于民族之林；我们作为他们的后代已发展到7000万人口，我们难道要宣布我们的独立能力不如先辈吗？

不，我的朋友们，我国人民决不会作出那样的决断。因此，我们不在乎战斗会在哪条战线上打响。如果他们说复本位制好，但要等到其他国家帮助我们时才能实行，我们就回答说：与其因为英国实行金本位制，所以我们也实行金本位制，不如我们恢复复本位制，然后让英国也仿效美国实行复本位制。如果他们公然把金本位制作为一件好东西加以庇护，我们就同他们作殊死搏斗。我们的背后有全国和全世界从事生产的广大群众，我们得到各地商业界、劳工界和辛勤工作的人们的支持，所以，对于他们实行金本位制的要求，我们的回答将是：你们不要把这顶荆冠强套在劳动人民的额头上，你们不要把人类钉死在金十字架上。

演讲背景

本文是布莱恩于1896年7月为竞争民主党总统候选人提名而发表的演说，也是美国竞选史上最著名的演说之一。如同传统的政治演说一样，本篇演说态度鲜明，锋芒直指政敌，在批驳的过程中，阐述自己的立场，全篇充满了演说者必胜的信心，语调铿锵有力，富有感染力。

我也是义和团

马克·吐温

■ 公元1901年

马克·吐温（1835—1910），原名塞姆·朗赫恩·克列门斯，美国的幽默大师、小说家、作家，亦是著名演说家。虽然其家财不多，却无损其幽默、机智与名气，堪称美国最知名人士之一。他曾被誉为"文学史上的林肯"。于1910年去世，享年七十五岁，安葬于纽约州艾玛拉。

我想，要我到这里来讲话，并不是因为把我看做一位教育专家，如果是那样，就会显得在你们方面缺少卓越的判断，并且仿佛是提醒我别忘了我自己的弱点。

我坐在这里思忖着，终于想到了我所以被邀请到这里来，是有两个原因：一个原因是让我这个曾在大洋之上漂流的不幸的旅客懂得一点你们这个团体的性质与规模，让我懂得，世界上除了我以外，还有别的一些人正在做有益于社会的事，从而对我有所启迪；另一个原因是你们之所以邀请我，是为了通过对照来告诉我，教育如果得法，会有多大的成效。

尊敬的主席先生刚才说，曾在巴黎博览会上获得赞扬的有关学校的图片已经送往俄国，俄国政府对此深表感谢，这对我来说，倒是非常诧异的事。因为还只是一个钟点以前，我在报上读到一段新闻，一开头便说："俄国准备实行节约。"我倒是没有料到会有这样的事。我当即想，要是俄国实行了节约，能把眼下派到中国东北去的3万军队召回国，让他们在和平生活中安居乐业，那对俄国来说该是多大的好事啊！

我还想，这也是德国应该毫不拖延地干的事，法国以及其他在中国派有军队的国家都该跟着干。为什么不让中国摆脱那些外国人——他们尽是在她的土地上捣乱。如果他们都能回到老家去，中国这个国家将是中国人多么美好的地方啊！既然我们并不准许中国人到我们这儿来，我愿郑重声明：让中国自己去决定，哪些人可以到他们那里去，那便是谢天谢地的事了。

外国人不需要中国人，中国人也不需要外国人，在这一点上，我任何时候都是和义和团站在一起的。义和团是爱国者，他们爱他们自己的国家胜过爱别的民族的国家，我祝愿他们成功。义和团主张要把我们赶出他们的国家，我也是义和团，因为我也主张把他们赶出我们的国家。

我把俄国电讯看了一下，这样，我对世界和平的梦想便消失了。电讯上说，保持军队所需的巨额费用使得节约非实行不可，因而政府决定，为了维持这个军队，便必须削减公立学校的经费。而我们则认为，国家的伟大来自公立学校。

试看历史怎样在全世界范围内重演，这是多么奇怪。我记得，当我还是密西西比河上一个小孩子的时候，曾有同样的事发生过：有一个镇子也曾主张停办公立学校，因为那太费钱了，有一位老农站出来说了话，说他们要是把学校停办的话，他们不会省下什么钱，因为每关闭一所学校，就得多修造一座牢狱。这如同把一条狗身上的尾巴用作饲料来喂养这条狗，它肥不了。我看，支持学校要比支持监狱强。

你们这个协会的活动，和沙皇和他的全体臣民比起来，显得具有更高的智慧，这倒不是过奖的话，而是说的我的心里话。

演讲背景

1900年英、法、德、俄、美、日、意、奥匈帝国八国联合军队占领了北京，清朝政府逃往陕西西安，谈和后清政府付出白银4.5亿为赔款。本篇是作者在纽约勃克莱博物馆公共教育协会上的演讲。他幽默而辛辣地谴责了八国联军对清朝的侵略，赞扬了义和团的爱国主义精神，并揭露了沙俄企图进一步霸占中国的野心。

镭的发现和对镭的担忧

——皮埃尔·居里

■ 公元1905年6月6日

皮埃尔·居里（1859—1906），法国物理学家，放射性研究的创始人之一，曾荣获诺贝尔奖。他与居里夫人一起进行放射性研究，经过无数次充满艰辛的实验，终于发现了化学元素钋和镭。1906年不幸死于车祸。

首先请允许我告诉大家，今天我非常高兴能在这里向皇家科学院讲演——皇家科学院决定把诺贝尔奖这一极大的荣誉授予居里夫人和我本人。我们应该感到歉意的是，由于一些我们自己也无法控制的原因，我们没有能早日在斯德哥尔摩同大家见面。

今天我要讲的是"放射性物质"的特性，或者说"镭"的特性。我不可能只讲我们自己的研究工作：在1898年开始研究这个题目的时候，只有我们两个人和贝克勒尔对此问题感兴趣，但是从那时以后，越来越多的研究工作出现了。如果不讲这些物理学家们的研究成果，那么放射性也就无从谈起。这些人有卢瑟福、德比尔纳、埃尔斯特、盖泰耳、盖斯勒、考夫曼、克鲁克斯、拉姆赛和索迪。我只谈其中的几位，他们使我们对于放射性的认识有了重要的进展。

关于镭的发现，我想快一些讲过去，对它的特性只作简单的概括，然后向大家讲放射性的发现在科学各个分支中给我们带来的重大成果。

1896年贝勒尔发现了"铀"及其化合物的特殊的放射性。铀放射出的微弱射线可在照相底板上留下痕迹，这种射线可穿透黑纸和金属，可使空气导电；这种辐射不随时间而变化，但产生这种放射性的原因并不清楚。

法国的居里夫人和德国的施密特都指出，钍及其化合物也具有这种性质。1898年居里夫人又指出，在实验室制备或使用的化学物质中，只有含铀或钍的那些物质才放射出一定量的贝克勒尔射线。我们称这些物质为"放射性物质"。这样，放射性本身是铀或钍的一种原子特性。如果一种物质含铀或钍的量越多，它的放射性也就越强。居里夫人研究了含铀或钍的矿物。按照刚才所讲的观点，这些矿物都是放射性的，但是在测量时她发现，这些矿物的放射性比它们含铀或含钍的量所对应的辐射强很多，居里夫人认为，这些物质中含有我们尚未认识的放射性化学元素。居里夫人和我决定在一种铀矿物——"沥青铀矿"中寻找这种设想的新物质。我们对这些矿物作了化学分析，对分别处理的每批矿物的放射性进行化验。首先我们发现了化学性质与铋很相似的强放射性物质，我们称它为"钋"，后来与贝蒙特合作又发现了与钡相似的第二种强放射性物质，我们称它为"镭"，最后，德比纳尔又分离出属于稀土族的第三种放射性物质"锕"。

这些物质在沥青铀矿中只是微量存在，但它们的放射性很强，比铀的放射性大200万倍。经过大量的处理工作，我们成功地获得了足够数量的有放射性的钡盐，以使用分馏法从中提取纯盐形式的镭。镭是碱土族中比钡序数大的同族元素，它的原子量经居里夫人测定是225。

镭的放射性产生的效应很强，而且有各种不同的效应。镭这种放射性物质是一个持续不断的能源，它的放射性可以表示出它的能量。在我与拉博尔德合作的研究中还发现，1克镭每小时连续释放的热量达100卡。卢瑟福和索迪，朗格和普里希特，还有埃格斯特朗，都曾测量过镭释放的热量。看来，能量的释放经过数年后仍将是不变的，因此镭释放的总能量是相当惊人的。

许多物理学家，如迈耶、施威德莱尔、盖勒斯、贝克勒尔、皮埃尔·居里、居里夫人、卢瑟福和维拉德等人的研究工作指出，放射性物质放射出三种不同的射线。卢瑟福把它们命名为 α 射线、β 射线和 γ 射线。三种射线的不同点表现在磁场和电场对它们的作用不同：磁场和电场能改变 α 和 β 射线的轨迹。

β 射线与阴极射线相似，其特性很像质量比氢原子小2000倍的带负电粒子（电子）。居里夫人和我已经确定 β 射线带负电；α 射线与哥尔德斯坦发现的射线相似，其特性很像比 β 射线重1000倍的带正电的粒子；γ 射线与伦琴射线相似。

当固体物质置于放射性物质周围有放射性的空气中时，它也会变成有放射性的。居里夫人和我发现的这个现象叫做"感生放射性"。这种感生放射性同射气一样，也是不稳定的，各自按特定的指数规律自发地衰变。

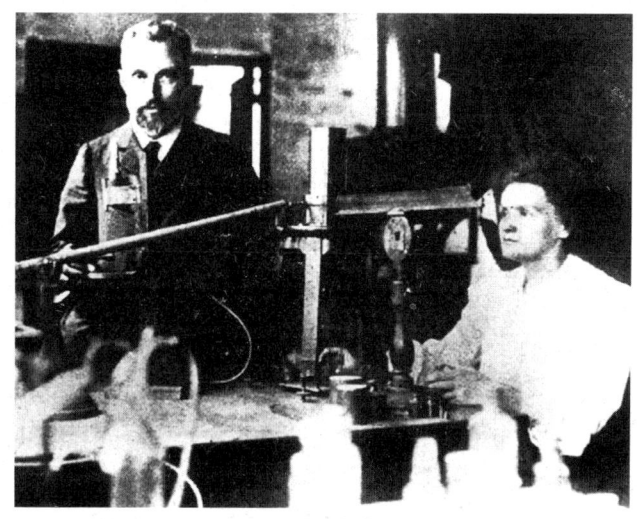

皮埃尔·居里同居里夫人在实验室工作

看来，铀、钍、镭、钋的放射性在若干年内是不变的，但钋却按指数规律衰减着，140天衰减1/2，若干年后它将几乎完全消失。

这些都是极为重要的事实，是经过许多物理学家的努力而被证实了的。这些事实的重要意义正在各门学科中显示出来，对于物理学来说意义是很明显的。在实验室中镭成了研究工作的一种新的手段，是一个新的放射源。对于 β 射线的研究已取得了丰硕的成果。这项研究证明了 J.J. 汤姆逊和亥维赛关于运动中的带电粒子的质量的理论。如果假设物质是由带电粒子集合而成，那么看来力学的基本原理就要从根本上加以修正。

对化学来说，认识放射性物质的特性，意义或许更为重大，它使我们认识了一种维持着放射现象的能源。

在开始研究的时候，居里夫人和我就认为，此现象可用两种不同的一般假设来解释。关于这些假设，居里夫人在1899年和1900年作过阐述。

第一种假设：放射性物质从外界摄取能量并加以释放，因此这种放射是二次辐射。

第二种假设：放射性物质释放的能量出自物质本身，因此放射性物质处在变化当中，它们缓慢地逐渐衰变，尽管某些物质的状态在表面上是不变的。镭在数年中释放出的热量如果与相同重量的物质在化学反应中释放的热量相比，那是非常巨大的。然而，释放出的这些热量只不过是少量的镭在衰变中放出的能量，这些镭少得甚至衰变数年后还察觉不出。这就使我们得出一种假设：放射性物质的衰变要比普通的化学变化深刻得多，原子的存在可能要成为问题，因为放射性衰变是元素的转化。

放射性现象对地质学也有意想不到的重大意义。例如，人们发现在矿物中镭总是与铀伴生，甚至还发现，在所有的矿物中镭和铀的比例是一个常数（鲍特伍德的发现）。这就证实了镭是从铀中产生的想法，这一理论也可以推广去解释在矿物中经常存在的其他元素共存的现象。可以想象到，某些元素是在地球表面的一定区域形成的，它们是在一定时间内由其他元素产生的，这个时间可能就是地质年代的标志。这是一个新的观点，地质学家们将会加以考虑。

最后，在生物科学方面，镭射线和镭射气产生了令人感兴趣的效应，目前正在被人们研究着。镭的射线已用于治疗某些疾病（狼疮、癌症和神经方面的疾病）。在某些情况下射线的作用可能会有危险性：如果一个人把装有数十毫克镭盐的小玻璃瓶放在一个木盒或纸盒中放在口袋里几个小时，这个人绝不会有任何的感觉，但是经过15天以后，他的皮肤就会发红，然后是疼痛，再想治愈是很困难的。如果受放射作用的时间再长，人就会瘫痪和死去。镭必须封在厚的铅盒中传送。

可以想象到，如果镭落到恶人的手中，它就会变成非常危险的东西。这里可能产生这样一个问题：知晓了大自然的奥秘是否有益于人类？从新发现中得到的是裨益呢，还是它将有害于人类？诺贝尔的发明就是一个典型的事例：烈性炸药可以使人们创造奇迹，然而它在那些把人民推向战争的罪魁们的手中就成了可怕的破坏手段。我是信仰诺贝尔的人们当中的一个，我相信，人类从新的发现中获得的将是更美好的东西，而不是危害。

演讲背景

由于对放射能的研究，皮埃尔·居里与玛丽·居里于1903年12月10日获得了诺贝尔物理学奖。本文是居里代表他和居里夫人在获得诺贝尔奖后所作演讲的一部分。他介绍了镭的发现过程，以及镭的发现在化学、医学等领域所产生的革命性变化。在演讲结尾，他指出："如果镭落在恶人的手中，它就会变成非常危险的东西。"表露了科学成果可能为坏人所用的担忧，从而体现了居里夫妇高度的社会责任心和科学的远见。

最后的演说

让·饶勒斯

■ 公元 1914 年 7 月 29 日

让·饶勒斯（1859—1914），法国和国际社会主义运动活动家、历史学家、哲学家。1881年毕业于巴黎高等师范学院，曾任教师。1885年当选议员。1905年成为法国统一社会党领袖。曾在议会内外积极反对帝国主义战争，反对军国主义和殖民主义。

外交官们在进行谈判了。他们对于要塞尔维亚稍稍流点血，似乎感到很满意，因此，我们也可以稍稍休息，以确保安宁。但是欧洲能得到什么教训呢？基督教已经历了20个世纪，人权获得胜利已有100多年，世界上怎么竟然还会有数百万人毫无理由地相互残杀呢？

德国又怎么样呢？如果德国知道奥地利的照会，那么它允许采取这一举动就是不可宽恕的；如果德国政府不知道，那么它打的是什么主意呢？你与别人签了条约，这个条约管束着你并将你拖入战争，而你居然不知道为何被拖入战争？请问，是谁树立了这样一个混乱政府的榜样呢？

然而，各国当局却犹豫不决，我们应当利用这个机会组织起来。我们法国社会党人的任务很简单，我们无须把和平政策强加于政府，因为政府已经在实行这一政策。我一直毫不犹豫地担当起沙文主义者强加给我的罪名，因为我坚决主张并十分希望法德两国握手言和，因此，我有权说法国政府是渴望和平的。

法国政府是英国政府争取和平的最好同盟。英国政府在调解中采取了主动态度，并告诫俄国要慎重耐心。对我们来说,我们的任务是坚持要求政府强硬地对俄国说话,从而使俄国有所收敛。如果很遗憾,俄国并不予理会,那么我们的职责就是声明:"我们只知道一个条约,这个条约把我们同全人类联系在一起。"

这就是我们的职责。在表达这一职责时,我们发现我们与德国同志是一致的,他们要求本国政府务必使奥地利政府节制其行为。我提到这份电报,可能部分要归功于德国工人的愿望。任何人都不能违抗400万有知识、有良心的人的愿望。

你们知道无产者是什么样的人吗?他们是热爱和平而痛恨战争的集体。而沙文主义者、民族主义者,则是嗜好战争和嗜好屠杀之流。然而,一旦当他们感到,那些可能会断送资本主义的冲突和战争威胁已迫在眉睫时,他们便会想到,他们还有一些试图降服这一风暴的朋友。但是,对那些控制局势的高层人士来说,大地上已遍布饵雷。在战争初期的令人陶醉的气氛中,沙文主义者和民族主义者还能笼络住群众,可是渐渐地,当疾病完成了枪弹的职能,当死亡和痛苦袭来,这些人便转向德国、法国、俄国、奥地利和意大利当局,询问他们如何对所有的死难者作出解释。于是,突然爆发的革命将会宣告:"向上帝和人乞求慈悲吧。"

演讲背景

1914年7月28日,在第一次世界大战阴云笼罩欧洲的时刻,饶勒斯去布鲁塞尔参加社会党国际局为拯救和平而召开的一次大会,29日在皇家马戏场作了生平最精彩的也是最后一次讲演,几千名听众不时报以热烈的掌声。

他的演说如号角,激励人民为反对战争、保卫和平而斗争,具有难以想象的号召力。就在发表演说的两天后,他遭到了反动势力的暗杀。他的被害被称为"全世界的灾难"。

一张废纸

劳合·乔治

▣ 公元1914年9月2日

劳合·乔治（1863—1945），英国自由党领袖。1890年当选为英国下议院议员。1916年12月7日出任首相，他任职时对内扩大政府对经济的控制，在战争中主张加强协约国的合作，主张使用护航舰对付德国的潜艇战。战争结束后，在英国保守党和英国自由党联合政府中，劳合·乔治仍任首相。1919年他出席巴黎和会，签署了《凡尔赛和约》。1921年给爱尔兰以自治领地位，并于次年允许埃及独立。同年3月同苏联签订贸易协定。劳合·乔治的政策引起保守党人的反对，被迫于1922年10月19日辞职。劳合·乔治内阁是最后一届自由党人起主导作用的内阁。

在座诸位没有人比我更不情愿、更反感地看到我们被卷入一场大战的前景了。在我的一生政治生涯中，我一直抱着上述的态度。没有人会比我更坚信，我们不可能既避免这场战争的发生，又不使我国荣誉受到损害。我完全清楚，历来一个国家如卷入战争，就必然要乞灵于荣誉这个堂而皇之的名义。

不少罪行都是在荣誉的名义下犯的，现在就有些犯罪活动正在进行。然而，国家的荣誉毕竟是一个客观存在的现实，任何国家无视这个现实，都是注定要灭亡的。为什么这场战争牵涉到我国的荣誉问题？这是因为我们承担着光荣的责任，要保卫一个弱小邻国（指比利时）的独立、自由与领土完整。这国家很弱小，不可能强迫我们这样做，但是如果有人因债权人太穷，无力强迫他还债，便拒绝清偿债务，此人便是一个卑鄙的恶棍。

我们郑重地签订过一项保卫比利时的条约，但是在条约上签字的不仅是我们。为什么奥地利和德国不履行条约规定他们应守的义务？有人提出我国引用这项条约纯粹是借口，说我们施诡计、耍手腕，有意掩饰我们对更为文明发达的国家的妒忌心,我们正企图摧毁这个国家。我们对此的回答是我们在1870年的行动。当时我们也曾呼吁法国和普鲁士遵守这项条约。那时比利时的最大威胁来自法国而不是德国,我们要求德、法两个交战大国同时声明他们无意侵占比利时领土。俾斯麦怎样回答呢?他说,既然有生效的条约,向普鲁士提出这样一个问题,便是多此

1914年6月28日,奥地利皇储弗兰茨·斐迪南大公携妻索菲亚在萨拉热窝市区时,被塞尔维亚青年普林西普击中毙命。这就是著名的萨拉热窝事件。德、奥匈帝国立即以此作为发动战争的借口,挑起了第一次世界大战,这一事件遂成为第一次世界大战的导火线。

一举。法国也作出了类似的回答。在布鲁塞尔市政府给维多利亚女王的一份著名文件中,比利时人民对我们干预此事表示了感谢。1870年,法国军队在比利时边境受到普鲁士炮火的严密封锁,断绝了一切突围的出路,唯一的办法是破坏比利时的中立,进入比利时国境。但当时法国人情愿灭亡与屈辱,也不愿破坏条约;当时法国皇帝和将军们以及成千上万英勇的法国人宁愿被俘,也不愿国家声誉受损。在撕毁条约有利于法国的时候,法国没有这样做。但今天,撕毁条约有利于德国,德国却这样做了!

她以一种侮慢的态度公开承认这一点,她说条约只是在有利于你时才对你有约束力。德国首相说,条约不就是一张废纸吗?你们身上有没有带着5磅的

纸币？带着印刷精美的小张1镑纸币？要是有的话，烧了它吧。还不是几张废纸！它们是用什么造成的？残片碎布罢了！可是它们价值几何？价值不列颠帝国的全部信誉啊！几张废纸！这几个星期我一直在和几张废纸打交道。我们发现全世界的商业突然停顿下来，机器停止了运转。为什么？因为商业机构是由汇票来推动运转的。我也见过一些汇票，破破烂烂，皱皱巴巴，上面乱涂乱画，斑斑点点，肮脏不堪。但是这些废纸却开动了载满千万吨珍贵货物的巨大海轮，往返航行于世界各地。这些废纸后面的动力是商人的信誉。

　　条约是代表国际政治家信誉的货币，德国商人和世界上任何其他国家的商人一样有着同样诚实正直的名誉。但是如果德国货币贬值到和她的政治家的信誉一样的水平，那么从上海到瓦尔帕莱索，再也没有一个商人会对德国商人的签字看上一眼了。这就是所谓一张废纸的理论，这就是伯恩哈迪公开宣扬的理论：条约只在有利该国时才有其约束力。这关系到一切公共法律的根本问题。这样走下去，就直通野蛮时代了。正如你嫌地球的磁极妨碍了一艘德国巡洋舰，便把它除去一样，各个海洋的航行就会变得危险、困难，甚至不能航行。如果在这次战争中，这种主张占上风，整个文明世界的机制便要土崩瓦解。我们正在同野蛮作战。只有一个办法能扭转这种情况：如果有哪些国家说他们只在条约对他们有利时才守约，我们就不得不使局势变得只有守约才对他们有利。

演讲背景

　　1914年9月2日英德两方谈判时，德国首相提出："你们是否要为一张废纸（指保证比利时中立的条约）和我们开战？"本文是乔治的回应讲话。

李大钊（1889—1927），河北省乐亭县人，是马克思主义在中国最早的传播者之一，也是中国共产党的创始者和早期优秀领导者之一。1926年3月12日，奉系军阀张作霖在帝国主义的支持下，把军舰驶入大沽口，以武力威胁正在胜利北伐的国民革命军。帝国主义的严重挑衅，激起了中国人民的无比愤怒。3月18日，十余万群众在天安门前举行了反对帝国主义的示威集会。会上，李大钊发表了慷慨激昂的演说。会后组织了群众请愿。反动军警进行了血腥屠杀，这就是历史上著名的"三一八"惨案。第二天，反动军阀通缉李大钊，1927年4月6日，李大钊被捕，同年4月28日被害。

庶民的胜利

李大钊

■ 公元1918年11月15日

我们这几天庆祝战胜，实在是热闹得很。可是战胜的，究竟是哪一个？我们庆祝，究竟是为哪个庆祝？我老老实实讲一句话，这回战胜的，不是联合国的武力，是世界人类的新精神；不是哪一国的军阀或资本家的政府，是全世界的庶民。我们庆祝，不是为哪一国或哪一国的一部分人庆祝，是为全世界的庶民庆祝；不是为打败德国人庆祝，是为打败世界的军国主义庆祝。

这回大战，有两个结果：一个是政治的，一个是社会的。

政治的结果，是"大……主义"失败，民主主义战胜。我们记得这回战争的起因，全在"大……主义"的冲突。当时我们所听见的，有什么"大日耳曼主义"咧，"大斯拉夫主义"咧，"大塞尔维主义"咧，"大……主义"咧。我们东方，也有"大亚细亚主义""大日本主义"等等名词出现。我们中国也有"大北方主义""大西南主义"等等名词出现。"大北方主义"、"大西南主义"的范围以内，又都有"大……主义"等等名词出现。这样推演下去，人之欲大，谁不如我？于是两大的中间有了冲突，于是一大与众小的中间有了冲突，所以境内境外战争迭起，连年不休。

"大……主义"就是专制的隐语，就是仗着自己的强力蹂躏他人欺压他人的主义。有了这种主义，人类社会就不安宁了。大家为抵抗这种强

1926年3月18日，北京民众和学生在天安门举行"反对八国最后通牒国民大会"，段祺瑞政府的军警竟开枪射击，打死47人，伤200余人，制造了震惊中外的"三一八"惨案。

暴势力的横行，乃靠着互助的精神，提倡一种平等自由的道理。这等道理，表现在政治上，叫做民主主义，恰恰与"大……主义"相反。欧洲的战争，是"大……主义"与民主主义的战争。我们国内的战争，也是"大……主义"与民主主义的战争。结果都是民主主义战胜，"大……主义"失败。民主主义战胜，就是庶民的胜利。社会的结果，是资本主义失败，劳工主义战胜。原来这回战争的真因，乃在资本主义的发展。国家的界限以内，不能涵容他的生产力，所以资本家的政府想靠着大战，把国家界限打破，拿自己的国家做中心，建一个世界的大帝国，成一个经济组织，为自己国内资本家一阶级谋利益。俄、德等国的劳工社会，首先看破他们的野心，不惜在大战的时候，起了社会革命，防遏这资本家政府的战争。联合国的劳工社会，也都要求和平，渐有和他们的异国的同胞取同一行动的趋势。这亘古未有的大战，就是这样告终。

这新纪元的世界改造，就是这样开始。资本主义就是这样失败，劳工主义就是这样战胜。世间资本家占最少数，从事劳工的人占最多数。因为资本家的资产，不是靠着家族制度的继袭，就是靠着资本主义经济组织的垄断，才能据有。这劳工的能力，是人人都有的，劳工的事情，是人人都可以做的，所以劳工主义的战胜，也是庶民的胜利。

民主主义、劳工主义既然占了胜利，今后的世界人人都成了庶民，也就都

成了工人。我们对于这等世界的新潮流,应该有几个觉悟:第一,须知一个新生命的诞生,必经一番苦痛,必冒许多危险。有了母亲诞孕的劳苦痛楚,才能有儿子的生命。这新纪元的创造,也是一样的艰难。这等艰难,是进化途中所必须经过的,不要恐怕,不要逃避的。第二,须知这种潮流,是只能迎,不可拒的。我们应该准备怎么能适应这个潮流,不可抵抗这个潮流。人类的历史,是共同心理表现的记录。一个人心的变动,是全世界人心变动的征兆;一个事件的发生,是世界风云发生的先兆。1789年的法国革命,是19世纪中各国革命的先声;1917年的俄国革命,是20世纪中世界革命的先声。第三,须知此次和平会议中,断不许持"大……主义"的阴谋政治家在那里发言,断不许有带"大……主义"臭味,或伏"大……主义"根蒂的条件成立。即或有之,那种人的提议和那种条件,断归无效。这场会议恐怕必须有主张公道破除国界的人士占列席的多数,才开得成。第四,须知今后的世界,就成劳工的世界。我们应该用此潮流为使一切人人变成工人的机会,不该用此潮流为使一切人人变成强盗的机会。凡是不做工吃干饭的人,都是强盗。强盗和强盗夺不正的资产,也是一种的强盗,没有什么差异。我们中国人贪惰性成,不是强盗,便是乞丐,总是希图自己不做工,抢人家的饭吃,讨人家的饭吃。到了世界成一大工厂,有工大家做,有饭大家吃的时候,如何能有我们这样贪惰的民族立足之地呢?照此说来,我们要想在世界上当一个庶民,应该在世界上当一个工人。诸位呀!快去工作呵!

演讲背景

1918年11月11日,帝国主义两大军事集团——同盟国和协约国,为了争夺世界霸权进行的第一次世界大战,最后以协约国的胜利宣告结束。中国曾作为协约国的一方"参战",便成了"战胜国"的一员。由于帝国主义和当时政府的欺骗宣传,使得许多中国人对帝国主义充满了天真的幻想,一时间,整个北京城旌旗飘扬,锣鼓喧天,鞭炮齐鸣,热烈庆祝协约国的胜利。北京大学在天安门广场举行庆祝胜利演讲大会,吸引了许多听众。11月15日,演讲大会开始,"公理战胜强权"成了演讲的主题,演讲者纷纷上台,大肆宣讲"正义""人道"的公理在协约国一方,协约国的胜利就是"公理的胜利"。这时,李大钊阔步登上讲台,发表了本篇著名的演说。

共和的真谛

—— 孙中山

■ 公元1917年

孙中山（1866—1925），广东香山县人。早年行医，1894年创立兴中会决心从事革命运动。1905年提出民族、民权、民生三大主义。1911年武昌起义推翻帝制，被推选为"中华民国"大总统，颁布临时约法。隔年被迫辞职，后改组同盟会为国民党，发动二次革命和护法战争。1924年确立联俄、联共、扶助农工政策，发表新三民主义，创立黄埔军校，年底抱病到达北京共商国是。1925年3月12日病逝北京。

我知道诸位议员急什么。张勋复辟了，国会又开不成了。可我急的不是这个。我这些日子想的是，咱们本来是共和国啊，可怎么一次又一次地出现封建主义、专制主义的东西？这个问题不解决，复辟就是必然的，共和国就永远是一个泡影！

共和的观念是平等、自由、博爱——共和国是平等之国，人们在法律面前一律平等。可民国六年来我们看到的是什么？是各级行政官员都视法律为粪土，人民仍被奴役着、被压迫着；共和国是自由之国，自由是人民的天赋人权。可民国六年来我们看到的是什么？是只有当权者的自由，权力大的有大的自由，权力小的有小的自由，人民没有权力、没有自由！

共和国是博爱之国，人人为我，我为人人。可民国六年来我们看到的是什么？是只有人民对当权者恐惧的"爱"，当权者对人民口头上的虚伪的"爱"，那种真诚的真挚的博爱我们看不到！

共和国是法制之国——立法者是国会。可民国六年来，我们看到的却是行政权力一次又一次肆无忌惮地干涉立法，你不听话，我就收买你，逮捕你，甚至暗杀你。立法者成了行政官员可任意蹂躏的妓女！行政是大总统和他统领的文官制度。可民国六年来，我们看到的却是一个打着共和旗帜的"家天下"；在行政中，我们看不到透明的程序，看不到监督系统，人民不知道他们如何花掉了人民的血汗钱，人民不知道他们把多少钱装进了自己的腰包。共和国的行政应该暴露在阳光下，可我们看到的却是暗箱操作，漆黑一团！司法是裁判，它在立法和行政之间，谁犯规，他就亮谁的黄牌、红牌，甚至罚下场去。而裁判的原则是什么？是一部主权在民的共和国宪法！可民国六年来，我们根本没有看到这样一部宪法，就那部不成熟的临时约法也一次又一次地被强奸，被当权者玩弄于股掌之上。

女士们先生们，我们的民主共和国成立整整六年了，可真正的共和国，她还没有开始！她一次又一次地被各种东西所击败。

有人说，哦，不是一个人，是许多人，他们说，你说的这些个东西，太虚幻，太遥远，可望而不可即，不符合国情；是个气泡，看着很美丽，一飞上天，嘭，破灭了！这还是好听的。难听的说我是"孙大炮"，就会放空炮，嘭——响声很大，可什么也没有！他们说，共和国其实就是个称号，还是别说她了，我们想要点实际的东西。

那我想问问大家，我们到底想要什么？就要这样一个假共和吗？

如果共和是假的，那我们有的就永远是真专制；

如果共和是假的，那我们有的就永远是真复辟；

如果共和是假的，那我们有的就永远是被奴役！

如果共和错了，那自由就是错的；

如果共和错了，那平等就是错的；

如果共和错了，那博爱就是错的！

不，共和没有错，我追求共和没有错，你们追求共和也没有错，她只是还不完善。美国的共和制不完善，瑞士的共和制也不完善，咱们中华民国新生的共和制更不完善。我们要做的，是一点一滴地完善她，让她更美丽！

我想到的是什么呢？还是民权。我刚才说了，三权分立那是西方的制度，很不完善，他们的立法、司法、行政都是高高在上的权力，很难直接体现民权。所以我想在宪法中规定人民有参政议政的权力。如何体现呢？

一个是考试权。我们中国有考试的传统，可我们把科举制废除了，这对大

位于南京的中山陵

兴新学有好处，是好的；可当官不再考试了，这不好，这叫倒脏水把孩子也倒出去了！这就为任人唯亲、任人唯钱开了一个口子。大家看民国这六年来行政上用的都是什么人？都是袁世凯北洋的人，至今还是如此！所以我们要把考试权还给人民！今后用人行政，凡是我们的公仆都要经过考试。不管是谁，都有机会成为行政官员。

还有一个就是监察权，这也是我们中国古代就有的。就是皇上有错，御史也可以冒死直谏，风骨凛然。现在，我们应该把这个权力让人民掌管。共和国的人民要人人都是御史，只要发现行政官员有错，就有权力弹劾！对你们国会的某项立法不满，也有权力弹劾。

所以，过去你们制定的共和国宪法，那是学西洋的，叫"三权宪法"，我今天发明一个新词，叫做"五权宪法"，就是在立法权、行政权、司法权之外，再加上考试权和监察权。大家不要小看这两项权力，如果"老三权"不过是代议制度下的间接民权的话，那么我所说的这考试权和监察权就是直接民权！所以真正的"主权在民"不是西方的"三权宪法"，而是我发明的这个"五权宪法"，（他一指自己穿的"中山装")也就是我设计的这件服装,有人就用我的名字来称呼它,叫"中山装"。

大家还不明白,是吧?我告诉你们——这本来是个秘密,连裁缝我都没告诉他——这衣服就是按照我们共和国的理念,按照"五权宪法"的理念设计出来的。

这里(指右臂的袖口),我设计了三个扣子,这是让人们记住,共和国的理念就是"自由、平等、博爱"。(指左臂的袖口)这里也有三个扣子,这是让人们记住,永远不要忘记人民,就是我们的"民族、民权、民生"——就是三民主义。(拍着衣服的四个口袋)这些口袋里装的,就是"五权宪法",这里装着立法权,这里装着行政权,这里装着司法权,这里装着考试权,哦,没了?别急……(撩开衣服,露出里面暗兜)监察权在这里装着!这个监察权为什么要藏在里面呢?因为它是人民的杀手锏啊!当权者永远不知道人民什么时候就"杀"过来弹劾他,所以他要战战兢兢地当官,老老实实地为人民做事!

大家以为我是个疯子是吧?至少是个政治动物。穿衣吃饭都是政治,走路也是政治,开口就是政治。有点傻是吧?不好玩,一点也不好玩!没错。我不要求你们都跟我一样。更不能要求我们的人民天天过我这样的日子。我只是希望,让我们的共和国不是一个词语,不是一个形式,她要成为我们实实在在的生活方式,成为我们牢不可破的信念!因为,历史不是巧合,历史是选择,只有信仰坚定才能创造历史!

演讲背景

袁世凯死后,黎元洪继任总统,北京政府的实权被国务总理段祺瑞操纵,二人发生了分歧。安徽督军张勋以调停黎段争执为借口,1917年6月带领五千"辫子军"进入北京,逼迫黎元洪解散国会,黎元洪被逼出走。7月,张勋和康有为等拥立溥仪,复辟帝制。以孙中山为代表的国民党人在上海集会,孙先生发表了本篇演讲。

探索的动机

— 爱因斯坦

■ 公元1918年

爱因斯坦（1879—1955），德裔美国科学家，理论物理学家，相对论的创立者。生于德国乌耳姆镇的一个小业主家庭。1900年毕业于苏黎世联邦工业大学并取得瑞士籍。1909年首次在学术界任职，出任苏黎世大学理论物理学副教授。1914年，应普朗克和能斯脱的邀请，回德国任威廉皇家物理研究所所长兼柏林大学教授。1933年希特勒上台，爱因斯坦因为是犹太人，又坚决捍卫民主，首遭迫害，被迫移居美国的普林斯顿。1940年入美国籍。1945年退休。1955年4月18日卒于美国普林斯顿。

在科学的庙堂里有许多房舍，住在里面的人真是各式各样，而引导他们到那里去的动机也实在各不相同。有许多人所以爱好科学，是因为科学给他们以超乎常人的智力上的快感，科学是他们自己的特殊娱乐，他们在这种娱乐中寻求生动活泼的经验和对他们自己雄心壮志的满足；在这座庙堂里，另外还有许多人所以把他们的脑力产物奉献在祭坛上，为的是纯粹功利的目的。如果上帝有位天使跑来把所有属于这两类的人都赶出庙堂，那么聚集在那里的人就会大大减少，但是，仍然还有一些人留在里面，其中有古人，也有今人。我们的普朗克就是其中之一，这也就是我们所以爱戴他的原因。

我很明白，我们刚才在想象随便驱逐许多卓越的人物，他们对建筑科学庙堂有过很大的也许是主要的贡献；在许多情况下，我们的天使也会觉得难于作出决定。但有一点我可以肯定，如果庙堂里只有被驱逐的那两类人，那么这座庙堂绝不会存在，正如只有蔓草就不成其为森林一样。因为，对于这些人来说，只要有机会，人类活动的任何领域都会去做；他们究竟成为工程师、官吏、商人还是科学家，完全取决于环境。现在让我们再来看看那些为天使所宠爱的人吧。

他们大多数是相当怪癖、沉默寡言和孤独的人，但尽管有这些共同特点，实际上他们彼此之间很不一样，不像被赶走的那许多人那样彼此相似。究竟是什么把他们引到这座庙堂里来的呢？这是一个难题，不能笼统地用一句话来回答。首先我同意叔本华所说的，把人们引向艺术和科学的最强烈的动机之一，是要逃避日常生活中令人厌恶的粗俗和使人绝望的沉闷，是要摆脱人们自己反复无常的欲望的桎梏。一个修养有素的人总是渴望逃避个人生活而进入客观知觉和思维的世界；这种愿望好比城市里的人渴望逃避喧嚣拥挤的环境，而到高山上去享受幽静的生活，在那里透过清寂而纯洁的空气，可以自由地眺望，陶醉于那似乎是为永恒而设计的宁静景色。

除了这种消极的动机以外，还有一种积极的动机。人们总想以最适当的方式画出一幅简化的和易领悟的世界图像；于是他就试图用他的这种世界体系来代替经验的世界，并来征服它。这就是画家、诗人、思辨哲学家和自然科学家所做的，他们都按自己的方式去做。各人把世界体系及其构成作为他的感情生活的支点，以便由此找到他在个人经验的狭小范围里所不能找到的宁静和安定。

理论物理学家的世界图像在所有这些可能的图像中占有什么地位呢？它在描述各种关系时要求尽可能达到最高的标准的严格精密性，这样的标准只有用数学语言才能达到。另一方面，物理学家对于他的主题必须极其严格地加以控制：他必须满足于描述我们的经验领域里的最简单事件。企图以理论物理学家所要求的精密性和逻辑上的完备性来重现一切比较复杂的事件，这不是人类智力所能及的。高度的纯粹性、明晰性和确定性要以完整性为代价。但是当人们畏缩而胆怯地不去管一切不可捉摸和比较复杂的东西时，那么能吸引我们去认识自然界的这一渺小部分的究竟又是什么呢？难道这种谨小慎微的努力结果也够得上宇宙理论的美名吗？

我认为，是够得上的。因为，作为理论物理学结构基础的普遍定律，应当对任何自然现象都有效。有了它们，就有可能借助于单纯的演绎得出一切自然过程（包括生命）的描述，也就是说得出关于这些过程的理论，只要这种演绎过程并不太多地超出人类理智能力。因此，物理学家放弃他的世界体系的完整性，倒不是一个什么根本原则性的问题。

物理学家的最高使命是要得到那些普遍的基本定律，由此世界体系就能用单纯的演绎法建立起来。要通向这些定律，没有逻辑的道路，只有通过那种以对经验的共鸣的理解为依据的直觉，才能得到这些定律。由于有这种方法论上的不确定性，人们可以假定，会有许多个同样站得住脚的理论物理体系；这个看法在理论上无疑是正确的。但是，物理学的发展表明，在某一时期，在所有可想到的构造中，总有一个显得比别的都高明得多。凡是真正深入研究过这问题的人，都不会否认唯一的决定理论体系的，实际上是现象世界，尽管在现象和它们的理论原理之间并没有逻辑的桥梁；这就是莱布尼兹非常中肯地表述过的"先定的和谐"。物理学家往往责备研究认识论者没有给予足够的注意。我认为，几年前马赫和普朗克之间所进行的论战的根源就在于此。

渴望看到这种和谐，是无穷的毅力和耐心的源泉。我们看到，普朗克就是因此而专心致志于这门科学中的最普遍的问题，而不是使自己分心于比较愉快的和容易达到的目标上去。我常常听到同事们试图把他的这种态度归因于非凡的意志力和修养，但我认为这是错误的。促使人们去做这种工作的精神状态是同信仰宗教的人或谈恋爱的人的精神状态相类似的——他们每天的努力并非来自深思熟虑的意向或计划，而是直接来自激情。我们敬爱的普朗克就坐在这里，内心在笑我像孩子一样提着第欧根尼的灯笼闹着玩。我们对他的爱戴不需要作老生常谈的说明，祝愿他对科学的热爱继续照亮他未来的道路，并引导他去解决今天物理学的最重要的问题。这问题是他自己提出来的，并且为了解决这问题他已经做了很多工作。祝他成功地把量子论同电动力学、力学统一于一个单一的逻辑体系里。

演讲背景

这是爱因斯坦于1918年4月在柏林物理学会举办的麦克斯·普朗克六十岁生日庆祝会上的讲话。讲稿最初发表在1918年出版的《庆祝麦克斯·普朗克60寿辰：德国物理学会演讲集》。1932年爱因斯坦将此文略加修改，作为普朗克文集《科学往何处去》的序言。

论不合作

——甘地

■ 公元1920年8月12日

甘地（1869—1948），印度民族独立运动著名领袖，有"圣雄"之称。生于印度一个土邦的贵族家庭，毕业于伦敦大学。1893年在南非任一印度商业公司法律顾问，旋即投入反对种族歧视的斗争。1915年回国，节欲苦行，将家财尽数捐为慈善费。鉴于英国未履行让印度自治的诺言，遂发起非暴力抵抗运动，并于1920年倡导不合作运动。长期任国大党主席，把毕生精力奉献给了印度独立事业。1948年1月在制止教派纠纷时被一狂热分子刺死。

有关不合作这个问题，你们已经颇有所闻。那么，什么叫不合作，我们为什么要提出不合作？借此，我愿直抒己见。我们这个国家面临着两个问题：首先是基拉法问题，印度的穆斯林为此心如刀割。英国首相经过深思熟虑的、以英国名义许下的诺言已陷入泥淖。由于印度穆斯林的努力，并经英国政府斟酌再三后作出的许诺，现已化为乌有，伟大的伊斯兰宗教正处于危险之中。穆斯林教徒们坚持认为——我敢相信他们是正确的——只要不列颠不履行诺言，他们对不列颠应当不可能有真心实意和忠诚。如果让一位虔诚的穆斯林在忠诚于与不列颠的关系还是忠诚于他的信仰和穆罕默德之间作出抉择，他会不假思索地作出抉择——他已经宣布了自己的抉择。穆斯林们直言不讳地、公开而又体面地向全世界声明，如果不列颠的部长们和不列颠民族违背诺言，不想尊重居住在印度、信奉伊斯兰教的7000万臣民的感情，就可能失去穆斯林对他们的忠诚。然而，这对其他印度人来说也是一个值得考虑的问题，即是否要与穆斯林同胞一起履行自己的义务。如果你们这样做，你们便抓住了向穆斯林同胞表达友好亲善和深情厚谊的一个千载难逢的机会，并证明你们多来年所说的话：穆斯林是印度教的兄弟。如果印度教徒认为，你们同穆斯林的兄弟般的血肉情谊胜于同英国人的关系；如果你们发现穆斯林的要求是公正的，是出自真挚的感情的，是伟大的宗教情感，那么我要提醒你们，只要他们的事业依然是正义的，为达到最终目标而做的一切是正义的、体面的、无损于印度的，你们就要对穆斯林帮助到底，别无选择！印度的穆斯林已经接受了这些简单的条例，这是在他们发现，他们可以接受印度教徒提供援助，可以永远在全世界面前证明他们的事业和他们所做的一切是正义的时候，才决定接受同伴伸出的援助之手的。然后，印度教和伊斯兰教将以联合阵线的面貌出现在欧洲所有基督教列强面前，并向后者表明，尽管印度还很懦弱，但她还是有能力维护自己的自尊，并知道如何为自己的信仰和自尊而献身。

基拉法问题的核心就在于此。还有一个旁遮普问题，在过去的一个世纪里，没有任何问题像旁遮普问题那样令印度心碎。我并非没有考虑1857年暴动。印度在暴动期间曾蒙受极大的痛苦，然而，在通过《罗拉特法案》期间和此后所遭受的凌辱，在印度史上却是空前的。因为，在同旁遮普暴力事件有关的问题上，你要求从英国那里得到公正，但你不得不寻求得到这种公正的途径和方法。无论是上议院、下议院，还是担任印度总督的蒙塔古先生，谁不知道印度在基拉法和旁遮普问题上的感情，但在议会两院的辩论中，蒙塔古先生和总督大人的所作所为淋漓尽致地向你证实，他们谁愿意给予属于印度并为印度所急需的公正呢？我建议，我们的领导人必须设法摆脱这一困境。除非我们使自己同印度的英国统治者平起平坐，除非我们从他们手中获得自尊，否则我们同他们之间就根本不可能有互相联系和友好交往。因而，我敢于提出这个绝妙的而又无可辩驳的不合作办法。

有人告诉我，不合作违反宪法。我敢否认这是违反宪法的。相反，我确信，不合作是正义的，是一条宗教原则，是每一个人的天赋权力，它完全符合宪法。一位不列颠帝国的狂热推崇者曾说过的，在不列颠的宪法里，甚至连一场成功的叛乱也是全然合法的。他还列举了一些令我无法否认的历史事件以证明自己的观点。只要叛乱就其通常的含意是指用暴力手段夺取公正，我认为无论成败都是不合法的。相反，我反复向我的同胞言明，暴力行为不管能给欧洲带来什么，绝不适合印度。

我的兄弟和朋友肖卡特·阿里相信暴力方法。如果他要行使自己的权利，抽出利剑去反击不列颠帝国，我知道他有男子汉的勇气，他能够看清应该向不列颠帝国宣战。然而，作为一个名副其实的勇士，他认识到暴力手段不适合于印度，于是他站到我一边，接受了我的微薄援助并保证：只要与我在一起，只要相信这个道理，他就永远不会对任何一个英国人，甚至对地球上任何人施行暴力的念头。此时此刻我要告诉你们，他言必信，行必果，始终虔诚地信守诺言。在此我能作证，他不折不扣地执行了这个非暴力的不合作计划，同时，我要求印度接受这一计划。我告诉你们，在我们这个英属印度的战士行列中，没有哪个人胜过肖卡特·阿里。当剑出鞘的一刻来临，如果确实来临的话，你们会发现他会抽出利剑，而我就会隐退到印度斯坦的丛林深处。一旦印度利剑的信条得以推广，我将结束作为印度人的生命。因为我相信印度肩负着独特的使命，因为我相信几百年的历史教训已经告诉印度先辈们，人类的公正不是建立在暴力的基础上，真正的公正是建立在自我牺牲、道义和无私奉献的基础上。我对此忠贞不渝，我将一如既往地坚持这一信念。为此，我告诉你们，我的朋友在相信暴力的同时，也相信非暴力是弱者的一种武器，而我却相信非暴力这种武器属于最强者。我相信，一个最坚强的战士才敢于手无寸铁，赤裸着胸膛面对敌人而死，这就是不合作的非暴力的关键所在。因而，我敢向睿智的同胞们说，只要坚持非暴力的不合作主义，这种不合作主义就没有什么违反宪法之处。

请问，我对不列颠政府说"我拒绝为你服务"，难道这违反宪法？难道我们受人尊敬的主席先生恭敬地辞去所有政府授予的官衔也违反宪法？难道家长从公立学校或政府资助的学校领回自己的孩子违反宪法？难道一个律师说"只要法律非但没有提高反而降低我的地位，我就不再拥护法律"违反宪法？难道一个文职人员或法官指出："我拒绝为一个强奸民意的政府服务"也违反宪法？再请问，如果一位警察或一位士兵，当他知道自己是被征来效忠于迫害自己的同胞的政府时，提出辞呈也违反宪法？如果我到克里希纳河畔对一位农民说："假如政府不是用你的税款来提高你的地位，相反的在削弱你的地位，你交税是不明智的。"难道这也违反宪法？我确信并敢于指出，这没有违反宪法，根本没有！况且，我一生就是这样做的，并没有人提出过疑义。在盖拉，我曾在70万农民中间工作过，他们停止了交税，整个印度都支持我，没有谁认为这是违反宪法的。在我提出的一整套不合作计划中，无一是违反宪法的。但是，我敢说，在这个违反宪法的政府中间，在这个已经庄严地制定了宪法的国度里确有严重地违反宪法行为——使印度成为一个懦弱的民族，只得在地上爬行，让印度人民忍受强加于她的侮辱才是严重地违反宪法；让7000万印度穆斯林屈从于对他们的宗教施行不道德的暴力才是不折不扣的违反宪法；让整个印度麻木不仁地同一个践踏旁遮普尊严的非正义的政府合作才是真正的违反宪法！同胞们，只要你们还有一点尊严，只要你们承认自己是世代相传的高尚传统的后裔和维护者，你们不支持不合作立场就是违反宪法，同这样一个变得如此非正义的政府合作就是违反宪法。我不是一个反英主义者，不是一个反不列颠主义者，更不是一个反政府主义者。但是，我反对虚伪，反对欺骗，反对不公。这个政府坚持非正义一天，就会视我为敌一天——把我视为敌在阿姆利则的国会上——我对你们开诚布公，我曾跪在你们中的一些人面前，恳求你们同这个政府合作。我曾信心满怀地希望那些通常被认为是英明的不列颠部长们会安抚穆斯林的感情，他们会在旁遮普暴行事件中完全主持公道。因此我当时说，让我们与他们重归于好吧，握住伸向我们的友谊之手吧，因为我认为这是通过皇家宣言给我们传递友谊。正因为如此，我当时才保证给予合作。但是今天，这种信念已烟消云散，这要归咎于不列颠部长先生们的所作所为。现在我请求，不要在立法委员会内设置无为的障碍，而要采取真正的、名副其实的不合作立场，这样就会使这个世界上最强大的政府瘫痪，这就是我今天的立场。只有当政府保护你们自尊心的时候，合作才是你们唯一的职责；同样，当政府不但不保护你，反而剥夺你的尊严时，不合作就是你的天职。这就是不合作之真谛。

演讲背景

1919年4月殖民地当局制造的阿姆利则大屠杀导致反英大起义，次年9月国大党通过"非暴力，不合作"方案。《论不合作》就是这次会议之前向马德拉斯的5万多名听众发表的一次讲演。

我们不向别人借贷历史

——泰戈尔

■ 公元1925年

泰戈尔（1861—1941），印度作家、诗人、社会活动家，出生于地主家庭，曾留学英国，所作歌曲《人民的意志》，1950年被定为印度国歌。1921年在桑地尼克创办国际大学，一生著作丰厚，作品对英帝国主义统治下的下层人民的悲惨生活和妇女的痛苦处境表示同情；谴责封建和种族制度，描写帝国主义官僚的专横。他的创作对印度文学的发展影响很大，1913年获诺贝尔文学奖。

印度从无任何真正的国家主义意识存在，即使我自孩童时代就被教导要崇拜国家胜于尊敬上帝和人类，但是长大后我又不再相信这种说法。我相信我的同胞若能摒弃"国家重于人类理想"的教育主张，将更能维护他们的祖国。

现在的印度知识分子都试着接受一些违反祖先遗训的历史教训，事实上，所有的东方国家都企图承认非其本身生存奋斗结果的历史，譬如日本认为她因西化而日渐强大，但是当她耗尽其本身的文化遗产，而只余下那些借来的文化武器时，她发现已无法自行发展了。

因为欧洲拥有属于她自己的过去，所以她的力量就蕴藏在她的历史中。我们印度必须坚定地不向别人借贷历史，假如我们抹杀自己的历史，就无异于自杀，你所借来不属于自己的东西只会摧毁你的生命。

所以我认为印度在自己本土上竞相仿效西洋文明，是有百害而无一利的，假如我们能遵循自己的道路，无惧外来的侮辱，开创自己的命运，将来必然是受益无穷的。

我们必须确信我们的前途是光明的，正等待那些有抱负有理想的人去开创。为崇高的目

1924年泰戈尔访问北京时与辜鸿铭（右二）徐志摩（左二）等人合影

标努力工作以改善现有的生活是每一个人的特权，我们不应一味盲从顺应别人成功的实例，或固守成规，滞泥不变，我们应该满怀理想，大步迈向无可限量的未来。

我们必须承认西方人来到印度是不可改变的事实，但是我们更应该将东方文化展现给西方人看，让他们知道东方人对世界文明是卓有贡献的。印度人不会向西方人乞讨，虽然西方人可能是如此想。我并非有意排斥西方文化，欲采取闭关自守政策，我只希望东西方能密切合作。假如上帝是派英国来此地充任东西方合作的桥梁，我会十分乐意地接受，我相信人性天良会促使西方人体现他们所承担的真正使命，但当我发觉他们的所作所为有辱其信誉及使命时，我不禁对西方文明有所微词了，西方人不应为了满足其个人私欲，仗其强大国力嫁祸于世界，他们应该扶助贫弱，教导无知，使这个世界免受更严酷的灾难，消除侵略和不平等现象，同时他们不应以追求物质繁荣为目的，而应深深体现他们正在为拯救道德世界免受物质凌虐而努力。

我并非特别反对某一个国家，我只是不同意许多国家对"国家"一词所持的一般观念。国家是什么？国家是集合整个民族力量的组织，它不断地力求殖民扩张，以提高效率厚植国力。但是这种夜以继日追求强盛和效率的努力使人们筋疲力尽，反而丧失了他原有的自我牺牲，努力创造的高尚本能。人类不再为追求道德，转而维持为国家这个机器组织牺牲自己，他自觉已经满足道德良知，所以形成人类世界的新威胁。当他向其以智慧创造而非完整人格促成的国家尽责时，他的良心不再感到沉重的压力。因此，热爱自由的人们仍在许多地方保留奴役制度，并以完成国家责任自慰；本性正直的人却容许残酷不义的思想和行为，还误以为自己在代天行道，赏罚严明；诚实的人却不断地奴役低能者，剥夺人权以求自我扩张。我们日常生活中已经看到许多本性善良的人因经商营利而日趋冷酷无情，我们就可以想象"国家"这个组织已使人们争权夺利，在世界上造成一片道德混乱。

几年来我们一直由态度绝对政治化的统治者支配，因此国家主义已构成印度的一大威胁，并且成为印度问题的症结所在。尽管我们已继承了自己的文化遗产，试着自我发展，却不知将来国家的命运如何，我相信印度最需要的是自我发愤图强，努力建设。为此，我们必须历尽风险，坚守岗位，维持正义，不屈不挠地赢得道德上的胜利；我们应该向那些支配我们的人显示我们具有道德勇气及力量，有为真理正义受苦受难的耐力。

演讲背景

这是泰戈尔于1925年在美国发表的演说，他以"我们不向别人借贷历史"为题，阐明了一个国家和一个民族只有立足本国，发展自己的文化，才能带来光明，才能开创未来的深刻道理；控诉了殖民统治使人们丧失良知，泯灭道德，甘为奴隶的异化现象。他从个人讲到国家，从民族讲到人类，句句带有理性的剖析，字字闪着哲理的光辉。

无声的中国

鲁迅

■ 公元1927年2月18日

鲁迅（1881—1936），中国伟大的文学家、思想家、革命家。原名周树人。浙江绍兴人，生于破落封建士大夫家庭。1902年留学日本，弃医从文，以期改造中国。回国后曾在杭州、绍兴、南京、北京、厦门、广州等地任教。其间积极支持学生爱国运动。1930年和其他左翼作家在上海成立中国左翼作家联盟。1931年和宋庆龄、蔡元培等发起组织中国民权保障同盟。

以我这样没有什么可听的无聊的讲演，又在这样大雨的时候，竟还有这许多来听的诸君，我首先应当声明我的郑重的感谢。我现在所讲的题目是：《无声的中国》。

现在，浙江、陕西都在打仗，那里的人民哭着呢还是笑着呢，我们不知道；香港似乎很太平，住在这里的中国人，舒服呢还是不很舒服呢，别人也不知道。

发表自己的思想、感情给大家，知道的是要用文章的，然而拿文章来达意，现在一般的中国人还做不到。这也怪不得我们，因为那文字，先就是我们的祖先留传给我们的可怕的遗产。人们费了多年的工夫，还是难于运用。因为难，许多人便不理它了，甚至于连自己的姓也写不清是张还是章，或者简直不会写，或者说道：Zhang。虽然能说话，而只有几个人听到，远处的人们便不知道，结果也等于无声。又因为难，有些人便当做宝贝，像玩把戏似的，之乎者也，只有几个人懂——其实是不知道可真懂，而大多数的人们却不懂得，结果也等于无声。

文明人和野蛮人的分别，其一，是文明人有文字，能够把他们的思想、感情、借此传给大众、传给将来。中国虽然有文字，现在却已经和大家不相干，用的是难懂的古文，讲的是陈旧的古意思，所有的声音，都是过去的，都就是只等于零的。所以，大家不能互相了解，正像一大盘散沙。将文章当做古董，以不能使人认识，使人懂得为好，也许是有趣的事罢。但是，结果怎样呢？是我们已经不能将我们想说的话说出来。我们受了损害，受了侮辱，总是不能说出些应说的话。拿最近的事情来说，如中日战争，"拳匪"事件，民国革命这些大事件，一直到现在，我们可有一部像样的著作？民国以来，也不是谁也不作声，反而在外国，倒常有说起中国的，但那都不是中国人自己的声音，是别人的声音。

这不能说话的毛病，在明朝是还没有这样厉害的，他们还比较地能够说些要说的话。待到满洲人以异族侵入中国，讲历史的，尤其是讲宋末的事情的人被杀害了，讲时事的自然也被杀害了。所以，到乾隆年间，人民大家便更不敢用文章来说话了，所谓读书人，便只好躲起来读经、校刊古书，做些古时的文章，和当时毫无关系的文章。有些新意，也还是不行的；不是学韩，便是学苏。韩愈苏轼他们，用他们自己的文章来说当时要说的话，那当然可以的。我们却并非唐宋时人，怎么做和我们毫无关系的时候的文章呢？即使做得像，也是唐宋时代的声音，韩愈苏轼的声音，而不是我们现代的声音。

然而直到现在，中国人却还耍着这样的旧戏法。人是有的，没有声音，寂寞得很。——人会没有声音的么？没有，可以说：是死了。倘要说得客气一点，那就是：已经哑了。要恢复这多年无声的中国，是不容易的，正如命令一个死掉的人道："你活过来！"我虽然并不懂得宗教，但我以为正如想出现一个宗教上之所谓"奇迹"一样。

首先来尝试这工作的是"五四运动"前一年，胡适之先生所提倡的"文学革命"。"革命"这两个字，在这里不知道可害怕，有些地方是一听到就害怕的。但这和文学两字连起来的"革命"，却没有法国革命的"革命"那么可怕，不过是革新，改换一个字，就很平和了，我们就称为"文学革新"罢。中国文字上，这样的花样是很多的。那大意也并不可怕，不过说：我们不必再去费尽心机，学说古代的死人的话，要说现代的活人的话；不要将文章看做古董，要做容易懂得的白话的文章。然而，单是文学革新是不够的，因为腐败思想能用古文做，也能用白话做。所以后来就有人提倡思想革新。思想革新的结果，是发生社会革新运动。这运动一发生，自然一面就发生反动，于是便酿成战斗。

但是，在中国，刚刚提起文学革新，就有反动了。不过白话文却渐渐风行起来，不大受阻碍。这是怎么一回事呢？这因为当时又有钱玄同先生提倡废止汉字，用罗马字母来替代。这本也不过是一种文字革新，很平常的，但被不喜欢改革的中国人听见，就大不得了了，于是便放过了比较的平和的文学革命，而竭力来骂钱玄同。白话乘了这一个机会，居然减去了许多敌人，反而没有阻碍，能够流行了。

中国人的性情总是喜欢调和、折中的。譬如你说，这屋子太暗，须在这里开一个窗，大家一定不允许的，但如果你主张拆掉屋顶，他们就会来调和，愿意开窗了。没有更激烈的主张，他们总连平和的改革也不肯行。那时白话文之得以通行，就因为有废掉中国字而用罗马字母的议论的缘故。

其实，文言和白话的优劣的讨论，本该早已过去了，但中国是总不肯早早解决的，到现在还有许多无谓的议论。例如，有的说：古文各省人都能懂，白话就各处不同，反而不能互相了解了。殊不知这只要教育普及和交通发达就好，那时就人人都能懂较为易解的白话文；至于古文，何尝各省人都能懂，便是一省里，也没有许多人懂得的。有的说：如果都用白话文，人们便不能看古书，中国的文化就灭亡了。其实呢，现在的人们大可以不必看古书，即使古书里真有好东西，也可以用白话来译出的，用不着那么心惊胆战。他们又有人说，外国尚且译中国书，足见其好，我们自己倒不看么？殊不知埃及的古书，外国人也译，非洲黑人的神话，外国人也译，他们别有用意，即使译出，也算不了怎样光荣的事的。

近来还有一种说话，是思想革新紧要，文字改革倒在其次，所以不如用浅显的文言来做新思想的文章，可以少招一重反对。这话似乎也有理。然而我们知道，连他长指甲都不肯剪去的人，是决不肯剪去他的辫子的。因为我们说着古代的话，说着大家不明白，不听见的话，已经弄得像一盘散沙，痛痒不相关了。我们要活过来，首先就须由青年们不再说孔子孟子和韩愈柳宗元们的话。时代不同，情形也两样，孔子时代的香港不这样，孔子口调的"香港论"是无从做起的，"吁嗟阔哉香港也"，不过是笑话。

我们要说现代的，自己的话；用活着的白话，将自己的思想，感情直白地说出来。但是，这也要受前辈先生嘲笑的。他们说白话文卑鄙，没有价值；他们说年青人作品幼稚，贻笑大方。我们中国能做文言的有多少呢，其余的都只能说白话，难道这许多中国人，就都是卑鄙，没有价值的么？至于幼稚，尤其没有什么可羞，正如孩子对于老人，毫没有什么可羞一样。幼稚是会生长，会成熟的，只不要衰老、腐败就好。倘说待到纯熟了才可以动手，那是虽是村妇也不至于这样蠢。她的孩子学习走路，即使跌倒了，她决不至于叫孩子从此躺在床上，待到学会了走法再下地面来的。

青年们先可以将中国变成一个有声的中国：大胆地说话，勇敢地进行，忘掉了一切利害，推开了古人，将自己的真心话发表出来。——真，自然是不容易的。譬如态度，就不容易真，讲演时候就不是我的真态度，因为我对朋友、孩子说话时候的态度是不这样的。——但总可以说些较真的话，发些较真的声音。只有真的声音，才能感动中国的人和世界的人；必须有了真的声音，才能和世界的人同在世界上生活。

我们试想现在没有声音的民族是哪几种民族。我们可听到埃及人的声音？可听到安南、朝鲜的声音？印度除了泰戈尔，别的声音可还有？我们此后实在只有两条路：一是抱着古文而死掉，一是舍掉古文而生存。

演讲背景

1927年2月，正值北伐军进逼宁、沪之际，鲁迅应香港青年会之邀发表了这篇演说，无情地鞭挞使亿万中国人变成活"死人"，把偌大一个中国变成"无声的中国"的封建文化，并号召青年向封建专制文化进攻，"将中国变成一个有声的中国"。对于生活在"无声的中国"和殖民统治下的香港听众来说，这篇演说无疑能引起最强烈的共鸣。

论北大之精神
——在北大建校29周年纪念大会上的讲话

马寅初

■ 公元1927年

马寅初(1882—1982),字元善,嵊县人,是我国著名爱国人士、经济学家、教育家。新中国成立后,历任浙江大学、北京大学等校校长和许多重要公职。著作有《中国经济改造》《经济学概论》《通货新论》《马寅初经济论文集》等。

今日为母校29周年纪念。令人发生深切之印象。现学校既受军阀之摧残而暂时消灭,但今天之纪念会,仍能在杭州举行,聚昔日师友同学至二百数十人之多,可见吾北大形质暂时虽去,而北大之精神则依然存在。

回忆母校自蔡先生执掌校务以来,力图改革,五四运动,打倒卖国贼,作人民思想之先导。此种虽斧钺加身而毫无顾忌之精神,国家可灭亡,而此精神当永久不死。然既有精神,必有主义,所谓北大主义者,即牺牲主义也。服务于国家社会,不顾一己之私利,勇敢直前,以达其至高之鹄。

苟有北大之精神,无论举办何事,则结果之良好,俱可期而待。今以浙江一省而论之,如以北大牺牲精神,移办政府与党务,则不出一年,必可为全国之模范省。盖浙江现时之地位,较他省优良之点甚多。财政之统一也:浙江之财政厅,尚能统辖全省财政,较之安徽、江苏、福建等省,俱远过之。安徽在数月前虽征收税吏,俱归二三军队首领所委派。江苏因为孙传芳战事未了,所统一者仅长江以南之一部分。福建即菜担妓女,亦俱贴印花,其财政上之紊乱,

　　北京大学，创立于1898年，初名京师大学堂，是我国中心政府设立的第一所大学，为中国近代正式设大学之始，其成立标志着中国近现代高等教育的开端，并开创了中国的现代学制。作为新文化运动的中心和"五四"运动的策源地，作为中国最早传播马克思主义和民主科学思想的发祥地，作为中国共产党最早的活动基地，北京大学为民族的振兴和解放、国家的建设和发展、社会的文明和进步作出了不可代替的贡献，在中国走向现代化的进程中起到了重要的先锋作用。爱国、进步、民主、科学的传统精神和勤奋、严谨、求实、创新的学风在这里生生不息、代代相传。

　　可以想见。至湘广江西等省，更无须深论矣。金融之平稳二也。全省无滥发纸币，引起金融之紊乱。军队之统一三也。教育之优良完全四也。此次革命军兴，全省所受损失不大五也。既具此五种优点，苟政治能上轨道，办事人员俱抱北大精神而徐图改革，则将来之浙江，必较今日可以远胜万倍。

　　虽然，欲图改革，必须自环境之改造入手。重心不在表面，而在人心。今日国家社会之所以每况愈下，根本原因，在于吏治之不良，道德之堕落。如寅初回浙未久，而请寅初代谋统捐局长者，不知凡几。且有欲寅初推荐往禁烟局者，彼辈之心理，以为寅初现正在反对禁烟局，则寅初推荐之人员，禁烟局不敢不留用。际此生活困难之时，在政谋事，果属生活问题，情尚可原。然来寅初处谋事之人，甚至预先说价，必须月薪若干元以上，或有其他不正当收益者而后可。是故中国大半人民，虽其私人道德，亦有甚好者，但脑筋中实无一"公"字之印象。

故公家观念之薄弱,已达极点。而对一己之升官发财,譬诸厕所之苍蝇,群相鹜集。故无论何界,苟有一人稍有地位,则其亲戚朋友,全体连带而为其属下,家庭观念之深切,世无其右。当知吾人对于国家社会之义务,应以人民之幸福为前提,不当以个人弥补亏空或物质享受为目的。北大昔日既为群众之导师,今而后当如何引导人民,打破家庭观念,而易以团体观念,打破家庭主义,而易以国家主义,恢复人生固有之牺牲精神。否则,若仅有表面之革命,恐虽经千百次,于国家于社会仍无补于事也。

且中国人民之心理,对公家事,若不相干,可以不负责任。如寅初此次反对鸦片,时有人以"在此种社会何心做恶人"之语,来相劝勉,若寅初家中妇女,如作此语,寅初本可不加深责。然此种浅薄之语,竟发诸现在之官吏与夫东西留学生之口。呜呼!一人公正之勇气能有几何,今不以努力助鼓励,而反以冷水浇头,人心至此,可深浩叹!中国人以"不"字为道德,然缺乏相当之努力,与夫牺牲之精神,以尽人生应有之义务。虽方趾圆颅,实类似腐尸,西人谓 life is activity,否则,反不如截发入山,做和尚之为愈,何必在世上优游哉。

是故以北大之精神,牺牲于社会,对于全国,或以范围过大,尚需相当时日。若仅浙江一省,则改造之目的,诚可立而待也。欲使人民养成国家观念,牺牲个人而尽力于公,此北大之使命,亦即吾人之使命也。举凡战胜环境,改造人心,驱除此等奄奄待毙不负责任之习俗,诸君当与寅初共勉之!

演讲背景

本篇演讲发表于北大建校 29 周年之际的纪念大会上,全文围绕弘扬"北大精神"这一中心进行论述,并采用副标题的形式来突出主题,其语言流畅,感情丰富,具有极强的鼓动性和号召力。

公学十八年级毕业赠言

—— 胡适

■ 公元 1929 年

胡适（1891—1962），原名胡洪，字适之，安徽绩溪人。1910 年留学美国，1917 年初在《新青年》上发表了《文学改良刍议》。1917 年获哲学博士学位，同年回国，任北京大学教授。参加编辑《新青年》，成为新文化运动中很有影响的人物。1938 年任国民政府驻美国大使。1946 年任北京大学校长。1948 年离开北平，后转赴美国。胡适一生在哲学、文学、史学、古典文学考证诸方面都有成就，并有一定的代表性。1962 年在台北病逝。

诸位毕业同学：

你们现在要离开母校了，我没有什么礼物送给你们，只好送你们一句话罢。这一句话是："不要抛弃学问"。以前的功课也许有一大部分是为了这张毕业文凭，不得已而做的，从今以后，你们可以依自己的心愿去自由研究了。趁现在年富力强的时候，努力做一种专门学问。少年是一去不复返的，等到精力衰疲时，要做学问也来不及了。即为吃饭计，学问决不会辜负人的。吃饭而不求学问，三年五年之后，你们都要被后进少年淘汰掉的，到那时再想做点学问来补救，恐怕已太晚了。

有人说："出去做事之后，生活问题急需解决，哪有工夫去读书？即使要做学问，既没有图书馆，又没有实验室，哪能做学问？"

我要对你们说：凡是要等到有了图书馆方才读书的，有了图书馆也不肯读书。凡是要等到有了实验室方才做研究的，有了实验室也不肯做研究。你有了决心要研究一个问题，自然会撙衣节食去买书，自然会想出法子来设置仪器。至于时间，更不成问题。达尔文一生多病，不能多做工，每天只能做一点钟的工作。你们

位于安徽绩溪县上庄村胡适故居内景

看他的成绩！每天花一点钟看十页有用的书，每年可看三千六百多页书；三十年读十一万页书。

诸位，十一万页书可以使你成一个学者了。可是，每天看三种小报也得费你一点钟的工夫；四圈麻将也得费你一点半钟的光阴。看小报呢？还是打麻将呢？还是努力做一个学者呢？全靠你们自己的选择！

易卜生说："你的最大责任是把你这块材料铸造成器。"

学问便是铸器的工具。抛弃了学问便是毁了你们自己。

再会了！你们的母校眼睁睁地要看你们十年之后成什么器。

演讲背景

1906年2月，因大批留日学生返抵上海，没有着落，留学生中的姚洪业、孙镜清等各方奔走，募集经费，在上海北四川路横浜桥租民房为校舍，筹办中国公学。1906年4月10日，中国公学在上海正式开学。上海中国公学是胡适的母校，并且他还在那里教过书、当过校长。本文是他在1929年身为上海中国公学校长在18年级毕业典礼上做的演讲。

我们唯一不得不害怕的就是害怕本身

——富兰克林·罗斯福

■ 公元1933年3月4日

富兰克林·罗斯福（1882—1945），美国第32任总统，民主党人，具有远见的政治家。生于名门望族。毕业于哈佛大学。1910年步入政界，历任州参议员、海军助理部长、纽约州州长。1933年当选美国总统，后连选连任，成为美国历史上唯一连任四届的总统。

我肯定，同胞们都期待我在就任总统时，会像我国目前形势所要求的那样，坦率而果断地向他们讲话。现在正是坦白、勇敢地说出实话，说出全部实话的最好时刻。我们不必畏首畏尾，不敢去老实实地面对我国今天的情况，这个伟大的国家会一如既往地坚持下去，它会复兴和繁荣起来。因此，让我首先表明我的坚定信念：我们唯一不得不害怕的就是害怕本身——一种莫名其妙的、丧失理智的、毫无根据的恐惧，它会把转退为进所需的种种努力化为泡影。凡在我国生活阴云密布的时刻，坦率而有活力的领导都得到过人民的理解和支持，从而为胜利准备了必不可少的条件。我相信，在目前危急时刻，大家会再次给予同样的支持。我和你们都要以这种精神，来面对我们共同的困难。感谢上帝，这些困难只是物质方面的。价值难以想象地贬缩了；课税增加了，我们的支付能力下降了；各级政府面临着严重的收入短缺；交换手段在贸易过程中遭到了冻结；工业企业枯萎的落叶到处可见；农场主的产品找不到销路；千家万户多年的积蓄付之东流。

更重要的是，大批失业公民正面临严峻的

生育问题，还有大批公民正以艰辛的劳动换取微薄的报酬。只有愚蠢的乐天派会否认当前这些阴暗的现实。但是，我们的苦恼绝不是因为缺乏物资。我们没有遭到什么蝗虫灾害，我们的先辈曾以信念和无畏一次次转危为安，比起他们经历过的险阻，我们仍大可感到欣慰。大自然仍在给予我们恩惠，人类的努力已使之倍增，富足的情景近在咫尺，但就在我们见到这种情景的时候，宽裕的生活却悄然离去。这主要是因为主宰人类物资交换的统治者们失败了，他们固执己见而又无能为力，因而已经认定失败，并撒手不管了，贪得无厌的货币兑换商的种种行径，将受到舆论法庭的起诉，将受到人类心灵和理智的唾弃！

幸福并不在于单纯地占有金钱；幸福还在于取得成就后的喜悦，在于创造性努力时的激情。务必不能再忘记劳动带来的喜悦和激励，而去疯狂地追逐那转瞬即逝的利润。如果这些暗淡的时光能使我们认识到，我们真正的使命不是要别人侍奉，而是为自己和同胞们服务，那么，我们付出的代价就完全是值得的。认识到把物质财富当做成功的标准是错误的，我们就会抛弃以地位尊严和个人收益为唯一标准。来衡量公职和高级政治地位的错误信念，我们必须制止银行界和企业界的一种行为，它常常使神圣的委托混同于无情和自私的不正当行为，难怪信心在减弱，因为增强信心只有靠诚实、荣誉感、神圣的责任感，忠实地加以维护和无私地履行职责，而没有这些，就不可能有信心。

但是，复兴不仅仅要求改变伦理观念，这个国家要求行动起来，现在就行动起来。

1933年大萧条时，纽约，一个男人在摆摊贩卖他的家当。

根据宪法赋予我的职责,我准备提出一些措施,而一个受灾世界上的受灾国家也许需要这些措施。对于这些措施,以及国会根据本身的经验和智慧可能制订的其他类似措施,我将在宪法赋予我的权限内,设法迅速地予以采纳。

但是,如果国会拒不采纳这两条路线中的一条,如果国家紧急情况依然如故,我将不回避我所面临的明确的尽责方向,我将要求国会准许我使用唯一剩下的手段来应付危机——向非常情况开战的广泛的行政权,就像我们真的遭到外敌入侵时授予我那样的广泛权力。

对大家寄予我的信任,我一定报以时代所要求的勇气和献身精神,我会竭尽全力。

让我们正视面前的严峻岁月,怀着举国一致给我们带来的热情和勇气,怀着寻求传统的、珍贵的道德观念的明确意识,怀着老老少少都能通过恪尽职守而得到的问心无愧的满足。我们的目标是要保证国民生活的圆满和长治久安。

我们并不怀疑基本民主制度的未来。合众国人民并没有失败,他们在困难中表达了自己的委托,即要求采取直接而有力的行动。他们要求有领导的纪律和方向,他们现在选择了我作为实现他们的愿望的工具。我接受这份厚赠!

在此举国奉献之际,我们谦卑地请求上帝赐福。愿上帝保佑我们大家和每一个人,愿上帝在未来的日子里指引我。

演讲背景

本文为罗斯福就任总统时的就职演讲。当罗斯福1933年3月4日就任总统职务时,美国正遭受一场严重的经济萧条的折磨,数百万人失业,人们对未来缺乏信心。他在本次演说中呼吁美国人摆脱恐惧心理,迅速行动起来应付危机,并要求国会授予他广泛的行政权力。

人类的基本自由

富兰克林·罗斯福

■ 公元1941年1月6日

美国人民正在开始体会到各民主国家的沦陷对我们美国的民主制度会意味着什么。每一个现实主义者都知道，民主的生活方式目前正在世界各地遭到直接的进攻——或者是武力的进攻，或者是秘密散布的恶毒宣传的进攻。16个月来，这种进攻已在数目惊人的一批大小独立国家中毁掉了整个民主生活方式。进攻者仍在步步进逼，威胁着大大小小的其他国家。作为你们的总统，我认为必须向你们报告：我们国家和我们民主政治的前途与安全，已经和远离我们国境的许多事件不可抗拒地牵连在一起了。

以武力保卫民主生存的战争，现正在四大洲英勇地进行。

任何现实的美国人都不能期望从一个独裁者"恩赐"的和平中获得真正的独立或言论自由，或宗教信仰自由，或者甚至公平的贸易。这样的和平决不会给我们或者我们的邻国带来任何安全。那些宁愿放弃基本自由以求一时安全的人既不该享有自由，也不该得到安全！

我最近曾指出，现代战争可以多么迅速地将武力攻击带到我们的身旁，如果独裁国家打赢这场战争，我们就必须预计到这种攻击的到来。

当务之急是，我们的行动和我们的政策都应首先针对（几乎是专门针对）如何对付这种来自国外的危险。

我们的国策是：

第一，在明确表达公众意愿以及排除党派偏见的情况下，我们致力于全面的国防。

第二，在明确表达公众意愿以及排除党派偏见的情况下，我们决定对于任何地方反抗侵略的所有英勇民族，予以全力支持。我们用这种支持，来表示我们对民主事业必胜的决心。

第三，在明确表达公众意愿以及排除党派偏见的情况下，我们决定声明，道德的基本原则和我们对本身安全的考虑，将永不容许我们默认由侵略者所支配和"和平"主义者所赞许的和平。我们知道，持久和平是不能以他人的自由为代价买来的。新情况不断为我们的安全带来新的需要，我将要求国会大量增加新的拨款并授权继续进行我们已开始的工作。

我也要求本届国会授予足够的权力与经费，以便制造多种多样的额外军需品与战争装备，供给那些现已与侵略国实际作战的国家。我们不能也不会因为他们无力偿付他们必须拥有的武器的金钱，便告诉他们必须投降。

让我们对民主国家申明：我们美国人极为关怀你们保卫自由的战争。我们正使用我们的实力、我们的资源和我们的组织力量，使你们有能力恢复和维系一个自由的世界。这是我们的目标，也是我们的誓言。为了实现这个目标，我们不会因独裁者的威胁而退缩不前。

未来几代美国人的幸福，可能要看我们如何有效而迅速地使我们的支持产生影响而定。没有人知道，我们要面对的紧急处境会有多么严峻。在国家面临生死存亡的时刻，国家的双手绝对不能受缚，我们全体都必须准备作出牺牲！任何阻碍迅速而有效地进行防卫准备的事，都必须为国家的需要让路！

如同人们并非单靠面包生活一样，他们也并非单靠武器来作战。那些坚守我们防御工事的人以及在他们后面建立防御工事的人必须具有耐力和勇气，而所有这些均来自对他们正在保卫的生活方式所抱的不可动摇的信念。我们所号召的伟大行动，是不可能以忽视所有值得奋斗的东西为基础的。

美国民主生活的保持是与个人利害攸关的，举国上下都明白这一点，并从中汲取了巨大力量。这使我们的人民坚强起来，重建了他们的信心，也增强了他们对准备保卫的民主制度的忠诚。

一个健全巩固的民主政治的基础并不神秘。我们的人民对政治和经济制度所抱的基本期望十分简单，它们是：给青年和其他人以均等机会；给能工作的人以工作；给需要保障的人以保障；终止少数人享有的特权；保护所有人的公民自由权；在生活水平普遍和不断提高的情况下，享受科学进步的成果。

遗臭万年之日

富兰克林·罗斯福

■ 公元1941年12月8日

副总统先生、议长先生、参众两院各位议员：

昨天，1941年12月7日——一个遗臭万年的日子——美利坚合众国遭到日本帝国海空军部队蓄谋已久的突然进攻。

合众国当时应该同处于和平状态，而且，根据日本的请求，当时仍在同该国政府和该国天皇进行着对话，对于维持太平洋的和平有所期待。实际上，就在日本空军中队已经开始轰炸美国瓦胡岛之后一小时，日本驻合众国大使及其同事还向我们国务卿提交了对美国最近致日方的信函的正式答复。虽然复函声言继续现行外交谈判似已无用。它并未包含有关战争或武装进攻的威胁或暗示。

应该记录在案的是，由于夏威夷同日本的距离，这次进攻显然是许多天乃至若干星期以前就已蓄意策划好了的。在策划过程中，日本政府通过虚伪的声明和表示希望维系和平而蓄意欺骗了合众国。

昨天对夏威夷群岛的进攻，给美国海陆军部队造成了严重的损害，我遗憾地告诉各位，很多美国人丧失了生命。此外，据报，美国船只在旧金山和火奴鲁鲁之间的公海上也遭到了鱼雷袭击。

昨天，日本政府已发动了对马来亚的进攻。

昨夜，日本军队进攻了香港。

昨夜，日本军队进攻了关岛。

昨夜，日本军队进攻了菲律宾群岛。

昨夜，日本人进攻了威克岛。

今晨，日本人进攻了中途岛。

因此，日本在整个太平洋区域采取了突然的攻势，昨天和今天的事实不言而喻。合众国的人民已经形成了自己的见解，并且十分清楚这关系到我们国家的安全和生存本身。作为陆海军总司令，我已指示为我们的防务采取一切措施。但是，我们整个国家部将永远记住这次对于我们进攻的性质。不论要用多长的时间才能战胜这次预谋的入侵，美国人民以自己的正义力量一定要赢得绝对的胜利。

我现在断言，我们不仅要作出最大的努力来保卫我们自己，我们还将确保这种形式的背信弃义永远不会再危及我们。我这样说，相信是表达了国会和人民的意志。敌对行动已经存在，毋庸讳言，我国人民，我国领土和我国利益都处于严重危险之中。

信赖我们的武装部队——依靠我国人民的坚定决心——我们将取得必然的胜利——上帝助我！

我要求国会宣布：自1941年12月7日——星期日，日本进行无缘无故和卑鄙怯懦的进攻时起，合众国和日本帝国之间已处于战争状态。

演讲背景

上一篇，由于战争逼近，在1941年1月6日致国会的咨文中，富兰克林·罗斯福总统要求国会根据租借法案，把必要的武器装备提供给那些总统认为其防御对美国利益至关重要的国家。他宣布了四项"人类的基本自由"这项宣布，被认为是关于美国人民准备为之奋斗的原则的最简要声明。

本篇，1941年12月7日，日本海空军部队对美国夏威夷珍珠港海军基地进行了突然和蓄谋的狂轰滥炸，导致了美国太平洋舰队的毁灭。

美国总统罗斯福获得消息后，1941年12月8日，在参众两院联席会议上发表了本篇著名的演讲。这篇仅用了6分半钟的简明有力的演讲，既陈述了事实真相，又分析了战争性质及胜负条件，把激昂愤懑之情融于冷静的分析和判断之中，句句都是有力的论据，句句都是炙人的烈火，产生了巨大的反响。随后，参众两院分别以绝对多数票通过了美国和日本之间存在战争状态的联合决议。

论读书

林语堂

■ 公元1934年

林语堂（1912—1976），原名和乐，后改为玉堂，1912年进上海圣约翰大学修语言学，1919年秋赴美国入哈佛大学比较文学研究所学习。1932年创办《论语》半月刊，提倡"幽默文学"。1934年办《人间世》，次年办《宇宙风》，并提倡半文半白的"语录体"。1935年用英文撰写的文化著作《吾国与吾民》在美国出版并畅销，1936年携全家赴美。出版了介绍中国文化的《生活的艺术》一书，并编译出版了中国的古典著作如《孔子的智慧》《庄子》等。同时还进行了多部长篇小说的创作，尤以《京华烟云》最为著名。1967年受聘香港中文大学研究教授，负责主编《当代汉英词典》。1976年3月26日在香港逝世，葬于台北阳明山。

本篇演讲只是谈谈本人对于读书的意见，并不是要训勉青年，亦非敢指导青年。所以不敢训勉青年有两种理由：第一，因为近来常听见贪官污吏到学校致训词，叫学生须有志操，有气节，有廉耻；也有卖国官僚到大学演讲，劝学生要坚忍卓绝，做富贵不能淫，威武不能屈的大丈夫。暗讽时事。不幸的是这样的事如今也一样发生。孟子曰，人之患在好为人师，料想战国的土豪劣绅亦必好训勉当时的青年，所以激起孟子这样不平的话。第二，读书没有什么可以训勉。世上会读书的人，都是书拿起来自己会读。不会读书的人，亦不会因为指导而变为会读。譬如数学，出五个问题叫学生去做，会做的人是自己脑里做出来的，并非教员教他做出，不会做的人经教员指导，这一题虽然做出，下一题仍旧非指导不可，数学并不会因此高明起来。我所要讲的话于你们本会读书的人，没有什么补助，于你们不会读书的人，也不会使你们变为善读书。所以今日谈谈，亦只是谈谈而已。

读书本是一种心灵的活动，向来算为清高。说破读书本质，"心灵"而已。"万般皆下品，惟有读书高。"所以读书向称为雅事乐事。但是现在雅事乐事已经不雅不乐了。今天读书，或为取资格，得学位，在男为娶美女，在女为嫁贤婿；或为做老爷，踢屁股；或为求爵禄，刮地皮；或为做走狗，拟宣言；或为写讣闻，做贺联；或为当文牍，抄账簿；或为做相士，占八卦；或为做塾师，骗小孩……诸如此类，都是借读书之名，取利禄之实，皆非读书本旨。亦有人拿父母的钱，上大学，跑百米，拿一块大银盾回家，在我是看不起的，因为这似乎亦非读书的本旨。读书本旨湮没于求名利之心中，可悲。可惜现在也一样。

今日所谈，亦非指学堂中的读书，亦非指读教授所指定的功课，在学校读书有四不可。（一）所读非书。学校专读教科书，而教科书并不是真正的书。今日大学毕业的人所读的书极其有限。然而读一部小说概论，到底不如读《三国》、《水浒》；读一部历史教科书，不如读《史记》。（二）无书可读。因为图书馆存书不多，可读的书极有限。（三）不许读书。因为在课室看书，有犯校规，例所不许。倘是一人自晨至晚上课，则等于自晨至晚被监禁起来，不许读书。（四）书读不好。因为处处受训导处干涉，毛孔骨节，皆不爽快。且学校所教非慎思明辨之学，乃记问之学。记问之学不足为人师，礼记早已说过。书上怎样说，你便怎样答，一字不错，叫做记问之学。倘是你能猜中教员心中要你如何答法，照样答出，便得一百分，于是沾沾自喜，自以为西洋历史你知道一百分，其实西洋历史你何尝知道百分之一。学堂所以非注重记问之学不可，是因为便于考试。如拿破仑生卒年月，形容词共有几种，这些不必用头脑，只需强记，然学校考试极其便当，差一年可扣一分；然而事实上与学问无补，你们的教员，也都记不得。要用时自可在百科全书上去查。又如罗马帝国之亡，三大原因，书上这样讲，你们照样记，然而事实上问题极复杂。有人说罗马帝国之亡，是亡于蚊子（传布寒热疟），这是书上所无的。在学校读过书者，皆当会心而笑。然想到教科书规范头脑，湮塞性灵，却又堪哭。

今日所谈的是自由的看书读书，无论是在校、离校、做教员、做学生、做商人、做政客有闲必读书。这种的读书，所以开茅塞，除鄙见，得新知，增学问，广识见，养性灵。人之初生，都是好学好问，及其长成，受种种的俗见俗闻所蔽，毛孔骨节，如有一层包膜，失了聪明，逐渐顽腐。读书便是将此层蔽塞聪明的包膜剥下。能将此层剥下，才是读书人。点明读书要能破俗见陋习，复人之灵性。对死读书本固持陈念之人一段讥讽，令人心惊警惕。盖我们也未尝不有鄙俗之时。

并且要时时读书，不然便会鄙吝复萌，顽见俗见生满身上，一人的落伍、迂腐、冬烘，就是不肯时时读书所致。所以读书的意义，是使人较虚心，较通达，不固陋，不偏执。一人在世上，对于学问是这样的：幼时认为什么都不懂，大学时自认为什么都懂，毕业后才知道什么都不懂，中年又以为什么都懂，到晚年才觉悟一切都不懂。大学生自以为心理学他也念过，历史地理他亦念过，经济科学也都念过，世界文学艺术声光化电，他也念过，所以什么都懂，毕业以后，人家问他国际联盟在哪里，他说"我书上未念过"，人家又问法西斯蒂在意大利成绩如何，他也说"我书上未念过"，所以觉得什么都不懂。到了中年，许多人娶妻生子，造洋楼，有身分，做名流，戴眼镜，留胡子，拿洋棍，沾沾自喜，那时他的世界已经固定了：女子放胸是不道德，剪发亦不道德，读《马氏文通》是反动，节制生育是亡种逆天，提倡白话是亡国之先兆，《孝经》是孔子写的，大禹必有其人，……意见非常之多而且确定不移，所以又是什么都懂。其实是此种人久不读书，鄙吝复萌所致。此种人不可与深谈。但亦有常读书的人，老当益壮，其思想每每比青年急进，就是能时时读书所以心灵不曾化石，变为古董。

　　读书的主旨在于排脱俗气。黄山谷谓人不读书便语言无味，面目可憎。须知世上语言无味面目可憎的人很多，不但商界政界如此，学府中亦颇多此种人。然语言无味，面目可憎在官僚商贾则无妨，在读书人是不合理的。所谓面目可憎，不可作面孔不漂亮解，因为并非不能奉承人家，排出笑脸，所以"可憎"；胁肩谄笑，面孔漂亮，便是"可爱"。若欲求美男子小白脸，尽可于跑狗场、跳舞场，及政府衙门中求之。有漂亮脸孔，说漂亮话的政客，未必便面目不可憎。读书与面孔漂亮没有关系，因为书籍并不是雪花膏，读了便会增加你的容辉。所以面目可憎不可憎，在你如何看法。有人看美人专看脸蛋，凡有鹅脸柳眉皓齿朱唇都叫做美人。但是识趣的人若李笠翁看美人专看风韵，笠翁所谓三分容貌有姿态等于六七分，六七分容貌乏姿态等于三四分。有人面目平常，然而谈起话来，使你觉得可爱；也有满脸脂粉的摩登伽，洋囡囡，做花瓶，做客厅装饰甚好，但一与交谈，风韵全无，便觉得索然无味。"风韵"二字读书而来。性灵可决定面目，此处也说的这个道理。黄山谷所谓面目可憎不可憎亦只是指读书人之议论风采说法。若浮生六记的芸，虽非西施面目，并且前齿微露，我却觉得是中国第一美人。男子也是如是看法。章太炎脸孔虽不漂亮，王国维虽有一条辫子，但是他们是有风韵的，不是语言无味面目可憎的。简直可认为可爱。

亦有漂亮政客，做武人的兔子姨太太，说话虽漂亮，听了却令人作呕三日。

至于语言无味（著重"味"字），都全看你所读是什么书及读书的方法。读书读出味来，语言自然有味，语言有味，做出文章亦必有味。有人读书读了半世，亦读不出什么味儿来，都是因为读不合的书，及不得其读法。读书须先知味。读书知味。世上多少强读人，听到此语否？这味字，是读书的关键。所谓味，是不可捉摸的，一人有一人胃口，各不相同，所好的味亦异，所以必先知其所好，始能读出味来。有人自幼嚼书本，老大不能通一经，便是食古不化勉强读书所致。袁中郎所谓读所好之书，所不好之书可让他人读之，这是知味的读法。若必强读，消化不来，必生疳积胃滞诸病。

口之于味，不可强同，不能因我的所嗜好以强人。先生不能以其所好强学生去读。父亲亦不得以其所好强儿子去读。所以书不可强读，强读必无效，反而有害，这是读书之第一义。有愚人请人开一张必读书目，硬着头皮咬着牙根去读，殊不知读书须求气质相合。人之气质各有不同，英人俗语所谓"在一人吃来是补品，在他人吃来是毒质"。因为听说某书是名著，因为，要做通人，硬着头皮去读，结果必毫无所得。过后思之，如做一场恶梦。甚且终身视读书为畏途，提起书名来便头痛。小时候若非有随时扔掉不喜之书之权，亦几乎堕入此道矣！萧伯纳说许多英国人终身不看莎士比亚，就是因为幼年塾师强迫背诵种下的果。许多人离校以后，终身不再看诗，不看历史，亦是旨趣未到学校迫其必修所致。

所以读书不可勉强，因为学问思想是慢慢胚胎滋长出来。其滋长自有滋长的道理，如草木之荣枯，河流之转向，各有其自然之势。逆势必无成就。树木的南枝遮荫，自会向北枝发展，否则枯槁以待毙。河流遇了矶石悬崖，也会转向，不是硬冲，只要顺势流下，总有流入东海之一日。世上无人人必读之书，只有在某时某地某种心境不得不读之书。警句。有你所应读，我所万不可读，有此时可读，彼时不可读，即使有必读之书，亦决非此时此刻所必读。见解未到，必不可读，思想发育程度未到，亦不可读。孔子说五十可以学易，便是说四十五岁时尚不可读《易经》。刘知几少读古文《尚书》，挨打亦读不来，后听同学读《左传》，甚好之，求授《左传》，乃易成诵。《庄子》本是必读之书，然假使读《庄子》觉得索然无味，只好放弃，过了几年再读。对庄子感觉兴味，然后读庄子，对马克思感觉兴味，然后读马克思。读书要等兴味来。若有不喜欢之书，搁下几年，未尝不变做喜欢，于我心有戚戚焉。

且同一本书，同一读者，一时可读出一时之味道出来。其景况适如看一名人相片，或读名人文章，未见面时，是一种味道，见了面交谈之后，再看其相片，或读其文章，自有另外一层深切的理会。或是与其人绝交以后，看其照片，读其文章，亦另有一番味道。四十学《易》是一种味道，五十而学《易》，又是一种味道。所以凡是好书都值得重读的。自己见解愈深，学问愈进，愈读得出味道来。譬如我此时重读 Lamb 的论文，比幼时所读全然不同，幼时虽觉其文章有趣，没有真正魂灵的接触，未深知其文之佳境所在。一人背痈，再去读范增的传，始觉趣味。

由是可知读书有二方面，一是作者，一是读者。程子谓《论语》读者有此等人与彼等人。有读了全然无事者；亦有读了不知手之舞足之蹈之者。所以读书必以气质相近，而凡人读书必找一位同调的先贤，一位气质与你相近的作家，作为老师，这是所谓读书必须得力一家。若单就读书，得力一家，失之于简率。然林语堂意思是要人找到师法对象，全心投入、气质浸润。此即读书以"情"读和以"智"读之区别。不可昏头昏脑，听人戏弄，庄子亦好，荀子亦好，苏东坡亦好，程伊川亦好。一人同时爱庄荀，或同时爱苏程是不可能的事。找到思想相近之作家，找到文学上之情人，心胸中感觉万分痛快，而魂灵上发生猛烈影响，如春雷一鸣，蚕卵孵出，得一新生命，入一新世界。George Eliot 自叙读卢梭自传，如触电一般。尼采师叔本华、萧伯纳师易卜生，虽皆非及门弟子，而思想相承，影响极大。当二子读叔本华、易卜生时，思想上起了大影响，是其思想萌芽学问生根之始。因为气质性灵相近，所以乐此不疲，流连忘返，流连忘返，始可深入，深入后，如受春风化雨之赐，欣欣向荣，学业大进。

谁是气质与你相近的先贤，只有你知道，也无需人家指导，更无人能勉强，你找到这样一位作家，自会一见如故，苏东坡初读庄子，如有胸中久积的话，被他说出，袁中郎夜读徐文长诗，叫唤起来，叫复读，读复叫，便是此理。这与"一见倾心"之性爱同一道理。你遇到这样作家，自会恨相见太晚。一人必有一人中意的作家，各人自己去找去，找到了文学上的爱人，"文学上的爱人"，奇语，但极有道理。读书若无爱情，如强迫婚姻，终究无效。他自会有魔力吸引你，而你也乐自为所吸，甚至声音相貌，一颦一笑，亦渐与相似，这样浸润其中，自然获益不少，将来年事渐长，厌此情人，再找别的情人，到了经过两三个情人，或是四五个情人，大概你自己也已受了熏陶不浅，思想已经成熟，自己也就成了一位作家。若找不到情人，东览西阅，所读的未必能沁入魂灵深处，便是逢场作戏，逢场作戏，不会有心得，学问不会有成就。

知道情人滋味便知道苦学二字是骗人的话。苦学误人！警句。只可惜读教科书，却非苦学不可。然如能从浸润各色奇书来长己之才智，未必不能过考卷关。学者每为"苦学"或"困学"二字所误。读书成名的人，只有乐，没有苦。据说古人读书有追月法、刺股法、又丫头监读法。其实都是很笨。读书无兴味，昏昏欲睡，始拿锥子在股上刺一下，这是愚不可当。一人书本摆在面前，有中外贤人向你说极精彩的话，尚且想睡觉，便应当去睡觉，刺股亦无益。叫丫头陪读，等打盹时唤醒你，已是下流，亦应去睡觉，不应读书。而且此法极不卫生，不睡觉，只有读坏身体，不会读出书的精彩来。若已读出书的精彩来，便不想睡觉，故无丫头唤醒之必要。刻苦耐劳，淬励奋勉是应该的，但不应视读书为苦。视读书为苦，第一着已走了错路。天下读书成名的人皆以读书为乐；汝以为苦，彼却沉湎以为至乐。比如一人打麻将，或如人挟妓冶游，流连忘返，寝食俱废，始读出书来。以我所知国文好的学生，都是偷看几百万言的三国水浒而来，决不是一学年读五十六页文选，国文会读好的。试问在偷读三国水浒之人，读书有什么苦处？何尝算页数？好学的人，是书无所不窥，窥就是偷看。于书无所不偷看的人，大概学会成名。

有人读书必装腔作势，或嫌板凳太硬，或嫌光线太弱，这都是读书未入门路，未觉兴味所致。有人做不出文章，怪房间冷，恐蚊子多，怪稿纸发光，怪马路上电车声音太嘈杂，其实都是因为文思不来，写一句，停一句。一人不好读书，总有种种理由。"春天不是读书天，夏日炎炎最好眠，等到秋来冬又至，不知等待到来年。"其实读书是四季咸宜。古所谓"书淫"之人，无论何时何地可读书皆手不释卷，这样才成读书人样子。读书要为书而读，不是为读而读。顾千里裸体读经，便是一例，即使暑气炎热，至非裸体不可，亦要读经。欧阳修在马上厕上皆可做文章，因为文思一来，非做不可，非必正襟危坐明窗净几才可做文章。一人要读书则澡堂、马路、洋车上、厕上、图书馆、理发室，皆可读。而且必办到洋车上、理发室都必读书，才可以读成书。

读书须有胆识，有眼光，有毅力。说回前面论点，最后一点，也即读书全部之主旨，读出自己性灵来。胆识二字拆不开，要有识，必敢有自己意见，即使一时与前人不同亦不妨。前人能说得我服，是前人是，前人不能服我，是前人非。人心之不同如其面，要脚踏实地，不可舍己耘人。诗或好李，或好杜，文或好苏，或好韩，各人要凭良知，读其所好，然后所谓好，说得好的道理出来。或竟苏韩皆不好，亦不必惭愧，亦须说出不好的理由来，或某名人文集，众人所称而你独恶之，则或系汝自己学力见识未到，或果然汝是而人非。学力未到，等过几年再读，若学力已到而汝是人非，则将来必发现与汝同情之人。刘知几少时读前后汉书，怪前书不应有古今人表，后书宜为更始立纪，当时闻者责以童子轻议前哲，乃"赧然自失，无辞以对"，后来偏偏发见张衡、范晔等，持见与之相同，此乃刘知几之读书胆识。因其读书皆得之襟腑，非人云亦云，所以能著成《史通》一书。如此读书，处处有我的真知灼见，得一分见解是一分学问，除一种俗见，算一分进步，才不会落入圈套，满口烂调，一知半解，似是而非。

演讲背景

本篇是林语堂在复旦大学的演讲，文章以人在各阶段的形象化的典型细节活灵活现地阐述了否定之否定的规律，从而揭示了读书无止境的哲理。通过轻松、风趣的娓娓而谈使得听众在自由愉快的气氛中获得了智慧的启迪。

法兰西不会灭亡

— 保罗·雷诺

■ 公元 1940 年 6 月 13 日

保罗·雷诺（1878—1966），法国总理（1940 年）。1919 年起为议员。历任财政部长、殖民部长、司法部长和副总理等职。曾支持戴高乐提出的发展装甲部队的计划。第二次世界大战爆发后，1940 年 3 月 20 日任总理，在法国危急的时刻主张转到北非继续进行抵抗，6 月 16 日辞职，后被囚禁于德国。战后获释回国。1948 年任财政部长，1953 年任副总理。

在祖国大难临头之际，首先必须讲一件事：在这命运使人们不知所措的时刻，我要向全世界大声宣扬法国军队的英雄主义，我们士兵的英雄主义以及我们统帅的英雄主义。

我看到从战场上下来的人，他们由于敌机的骚扰，由于长途行军和激烈的战斗已经 5 天没合眼了。这些被敌人认为神经已经崩溃的人对战争的最后结果没有丝毫怀疑，他们对祖国的未来没有丝毫怀疑。从海岸到阿尔贡的战斗已经超过了敦刻尔克军队的英雄主义。法国的灵魂并没有消失！

我们的民族是不为入侵者所屈服的民族。几个世纪以来，我们所生存的土地遭受过多少次入侵，然而我们的民族总是击退或战胜了入侵者。世界应该知道法国所遭受的苦难，世界应该知道它对法国欠下了债务。

现在是偿还债务的时候了！法国军队是民主国家军队的先锋队，它牺牲了自己，但是尽管在这场战斗中失败了，它给予共同敌人以致命的打击。敌人的数百辆坦克被摧毁、飞机被击落、人员遭伤亡、综合汽油工厂和飞机遭损失，这一切都说明德国人目前的精神状态，尽管他们取得了胜利。

法国受到了创伤，她有权求助于别的民主国家，对她们说："我们有权向你们提出要求。"她们要是有正义感的话，没有一个国家会对此拒绝。但是同意是一回事，付诸行动是另一回事。我们知道，理想在伟大美国人民的生活中占有多么崇高的地位，难道他们宣告反对纳粹德国还要犹豫吗？

你们知道，我已经向罗斯福总统要求援助。我今晚已向他发出新的也是最后的呼吁。每次我要求美国总统增加美国法律所允许的各种形式的援助，他都慷慨地应允了，他的人民赞成这种援助。但是我们今天的情况更为严重。今天，法国的生命，至少法国生命的精华处于危险之中。我们的战斗一天比一天艰苦，如果一直看不到共同胜利的遥远希望，那么我们继续打下去没有多大意义。

英国飞机的优势更大了，质量更高了。必须派遣大批战机越过大西洋，去击垮统治欧洲的邪恶军队。尽管我们遭到了挫折，民主国家的力量依然强大。我们有权希望，这整个力量发挥作用的日子就要到来了。这就是我们心中保持希望的原因，这也是我们希望法国保持一个自由政府离开巴黎的原因。必须防止希特勒镇压合法政府，防止希特勒向世界宣告法国仅有一个受他雇佣的傀儡政府，就像他企图在各地建立的傀儡政府一样。

在伟大的历史考验中，我们的人民经历了受失败主义情绪折磨的岁月。这是因为他们一向认为他们是伟大的人民。不管将来发生什么情况，法国人民准备遭受痛苦。愿他们无愧于他们国家的历史，愿他们成为兄弟，愿他们团结在遭受创伤的祖国周围。

复兴的日子必将到来！

演讲背景

本文是雷诺于1940年6月在法国遭法西斯德国入侵的紧急关头向全国人民发表的广播讲话。全篇通过分析国际形势，号召人民坚定必胜的信心，去迎接法兰西复兴最后胜利的到来。

谁说败局已定

— 夏尔·戴高乐

■ 公元1940年6月16日

夏尔·戴高乐（1890—1970），法兰西第五共和国总统（1959—1969）。法国现代史上著名的反法西斯和维护法兰西民族独立的战士。执政期间，他积极维护法国的独立自主，并在西方国家中，率先与中国建立了外交关系。第二次世界大战期间先后任第四装甲师师长，雷诺政府国防部次长。

　　那些多年身居军界要职的将领们已经组成了一个政府。这个政府以我们的军队吃了败仗为由，同敌人接触，意在谋取停战。毫无疑问，我们确是吃了败仗，我们陷于敌陆军、空军的机械化部队的围困之中。我们之所以受挫，不仅是因德军人数众多，更重要的是他们的飞机、坦克和战略。正是德军的坦克、飞机和战略使我们的将领们不知所措，置他们于今天的境地。

　　但是难道已一锤定音、胜利无望、败局已定吗？不，绝不如此！请相信我，因为我对自己说的话胸有成竹。我告诉你们，法兰西并没有失败。我们完全可以以其人之道，还治其人之身，并有朝一日扭转乾坤、取得胜利。因为法兰西并不孤立，她不是在孤军作战！她绝不孤立！她有一个幅员辽阔的帝国作后盾。她可以同控制着海域并继续在战斗着的不列颠帝国结盟。同英国一样，她可以得到美国雄厚工业力量的取之不尽、用之不竭的资源。

　　这场战争不仅限于在我们这块不幸的土地上，战争的胜败不取决于法国战场的局势。这是一场世界大战，所有的过失、延误和磨难都不会改变一个事实，即世界上仍有种种锦囊妙计，能够最终置我们的敌人于死地。我们今天虽然受挫于机械化部队，将来，我们却可用更高级的机械化部队制胜。世界的命运正系于此。

我，戴高乐将军，现在在伦敦向法国的官兵发出请求，不管你们现在还是将来踏上英国的国土，不管是否持有武器，都同我联系；我请求具有制造武器技能的工程师和技术工人，不管你们现在或是将来踏上英国的国土，都和我联系。不管风云如何变幻，法兰西的抗战烽火都不会被扑灭，法兰西的抗战烽火也绝不可能被扑灭！

明天，我还会像今天一样继续在伦敦发表广播演讲。

戴高乐将军高扬"自由法国"的旗帜，以顽强的毅力进行拯救法国的斗争，图中他正在检阅部队。

演讲背景

1940年6月18日，即法国贝当元帅向希特勒投降的次日，戴高乐在伦敦布什大厦的播音室里，向法国人民发表了这篇著名演说，举起了"争取民族独立"的大旗，领导法国人民开展抵抗运动，使法国人民在黑暗中看到了一线光明，重新点燃了希望之光。他从此成为法国人民心目中的"六一八"英雄。

没有胜利就没有一切

温斯顿·丘吉尔

■ 公元 1940 年 5 月 14 日

温斯顿·丘吉尔（1874—1965），英国首相，保守党领袖。生于贵族家庭。毕业于皇家军事学院。先后当选为自由党、保守党议员，历任贸易、内政、海军、军需、陆军、空军、财政大臣等职，两度出任首相。

星期五晚上，我奉陛下之命，组织新的一届政府。按国会和国民的意愿，新政府显然应该考虑建立在尽可能广泛的基础上，应该兼容所有的党派。我已经完成了这项任务的最主要的部分。战时内阁已由五人组成，包括工党、反对党和自由党，这体现了举国团结一致。

由于事态的极端紧急和严峻，新一届政府须于一天之内组成，其他的关键岗位也于昨日安排就绪。今晚还要向国王呈报一份名单，我希望明天就能完成几位主要大臣的任命。

其余大臣们的任命照例得晚一些。我相信，在国会下一次召开时，任命将告完成，臻于完善。

为公众利益着想，我建议议长今天就召开国会。今天的议程结束时，建议休会到 5 月 21 日，并准备在必要时提前开会。有关事项当会及早通知各位议员。

现在我请求国会作出决议，批准我所采取的各项步骤、请启示记录在案，并且声明信任新政府。决议如下：

"本国会欢迎新政府的组成，她体现了举国一致的坚定不移的决心：对德作战，直到最后胜利。"

组织如此规模和如此复杂的政府原本是一项重大的任务，但是我们正处于历史上罕见的一场大战的初始阶段。我们在其他许多地点作战——在挪威、在荷兰，我们还必须在地中海做好准备。空战正在继续，而且在本土也必须做好许多准备工作。

值此危急关头，我想，即使我今天向国会的报告过于简略，也当能见谅。我还希望所有在这次改组中受到影响的朋友、同僚和旧日的同僚们对必要的礼仪方面的任何不周之处能毫不介意。

我向国会表明，一如我向入阁的大臣们所表明的，我所能奉献的唯有热血、辛劳、眼泪和汗水。我们所面临的将是一场极其严酷的考验，将是旷日持久的斗争和苦难。

若问我们的政策是什么？我的回答是：在陆上、海上、空中作战；尽我们的全力，尽上帝赋予我们的全部力量去作战；对人类黑暗、可悲的罪恶史上空前凶残的暴政作战。这就是我们的政策。

若问我们的目标是什么？我可以用一个词来回答，那就是胜利。不惜一切代价，去夺取胜利；不惧一切恐怖，去夺取胜利；不论前路如何漫长、如何艰苦，去夺取胜利。因为没有胜利就不能生存。

我们务必认识到，没有胜利就不复有大英帝国，没有胜利就不复有大英帝国所象征的一切，没有胜利就不复有多少世纪以来的强烈要求和冲动：人类应当向自己的目标迈进。

我精神振奋、满怀信心地承担起我的任务。我确信，大家联合起来，我们的事业就不会遭到挫败。

在此时此刻的危急关头，我觉得我有权要求各方面的支持。我要说："来吧，让我们群策群力，并肩前进！"

演讲背景

1940年5月，英国下院议员们在1940年5月对张伯伦政府提出不信任动议案。5月8日，张伯伦政府仅以81票获得信任案，于是张伯伦只得向国王提出辞呈，并建议由丘吉尔组阁。1940年5月10日下午6时，国王召见丘吉尔，令其组阁；3天后丘吉尔首次以首相身份出席下议院会议，并发表了此次著名的演讲。

关于希特勒入侵苏联的广播演说

温斯顿·丘吉尔

■ 公元1941年6月22日

今晚,我要借此机会向大家发表演说,因为我们已经来到了战争的关键时刻。今天凌晨4时,希特勒已进攻并入侵俄国。既没有宣战,也没有最后通牒;但德国炸弹却突然在俄国城市上空像雨点般地落下,德国军队大举侵犯俄国边界,一小时后,德国大使拜见俄国外交部长,称两国已处于战争状态。但正是这位大使,昨夜却喋喋不休地向俄国人保证两国是朋友,而且几乎是盟友。

希特勒是个十恶不赦、杀人如麻、欲壑难填的魔鬼;而纳粹制度除了贪得无厌和种族统治外,别无主旨和原则。它横暴凶悍,野蛮侵略,为人类一切形式的卑劣行径所不及。过去的一切,连同它的罪恶、它的愚蠢和悲剧,都一闪而逝了。

我看见俄国士兵站在祖国的大门口,守卫着他们的祖先自远古以来劳作的土地;我看见他们守卫着自己的家园,他们的母亲和妻子在祈祷——呵,是的,有时人人都要祈祷,祝愿亲人平安,祝愿他们的赡养者、战斗者和保护者回归;我看见俄国数以万计的村庄正在耕种土地,正在艰难地获取生活资料,那儿依然有着人类的基本乐趣,少女在欢笑,儿童在玩耍;我看见纳粹的战争机器向他们碾压过去,穷凶极恶地展开了屠杀;我看见全副戎装、佩剑、马刀和鞋链叮当作响的普鲁士军官,以及刚刚威吓、压制过十多个国家的、奸诈无比的特工高手;我还看见大批愚笨迟钝、受过训练、唯命是从、凶残暴戾的德国士兵,像一大群爬行的蝗虫正在蹒跚行进。我看见德国轰炸机和战斗机在天空盘旋,它们依然因英国人的多次鞭挞而心有余悸,却在为找一个自以为唾手可得的猎物而得意忘形。在这番嚣张气焰的背后,在这场突然袭击的背后,我看到了那一小撮策划、组织并向人类发动这场恐怖战争的恶棍。于是,我的思绪回到了若干年前。那时,俄国军队是我们抗击同一不共戴天的敌人的盟军。他们坚韧

1941年6月22日,纳粹德国撕毁《苏德互不侵犯条约》,大举入侵苏联,苏德战争爆发。图为德军机械化装甲部队开进中。

不拔、英勇善战,帮助我们赢得了胜利,但后来,他们却完全同这一切隔绝开了——虽然这并非我们的过错。

我亲身经历了所有这一切。如果我直抒胸臆,感怀旧事,你们是会原谅我的,即便现在我必须宣布国王陛下政府的决定。我确信伟大的自治领地在适当时候会一致同意这项决定。然而我们必须现在,必须立即宣布这项决定,一天也不能耽搁!我必须发表这项声明,我相信,你们绝不会怀疑我们将要采取的政策。

我们只有一个目标,一个唯一的、不可变更的目标。我们决心要消灭希特勒,肃清纳粹制度的一切痕迹。什么也不能使我们改变这个决心,什么也不能!我们绝不谈判,我们绝不同希特勒或他的任何党羽进行谈判!我们将在陆地同他作战;我们将在海洋同他作战;我们将在天空同他作战;直至邀天之助,在地球上肃清他的阴影,并把地球上的人民从他的枷锁下解放出来。任何一个同纳粹主义作斗争的人或国家,都将得到我们的援助;任何一个与希特勒同流合污的人或国家,都是我们的敌人。这一点不仅适用于国家,而且适用于所有那些卑劣的、吉斯林之流的代表人物,他们充当了纳粹制度的工具和代理人,反对自己的同胞,反对自己的故土。这些吉斯林们,就像纳粹头目自身一样,如果没有被自己的同胞干掉(干掉就会省下很多麻烦)就将在胜利的翌日被我们送交同盟国法庭审判。这就是我们的政策，这就是我们的声明。

因此，我们将尽力给俄国和俄国人民提供一切援助，我们将呼吁世界各地的朋友和盟友采取同样的方针，并且同我们一样，忠诚不渝地推行到底。我们已经向苏俄政府提供了力所能及的、可能对他们有用的技术援助和经济援助。我们夜以继日地、越来越大规模地轰炸德国，月复一月地向它大量投掷炸弹，使它每一个月都尝到并吞下比它倾洒给人类的更加深重的苦难。

值得指出的是，仅仅在昨天，皇家空军曾深入法国腹地，以极小损失击落了28架侵犯、玷污并扬言要控制法兰西领空的德国战机。然而，这仅仅是一个开端。从现在起，我国空军的扩充将加速进行。在今后6个月，我们从美国那儿得到的援助，包括各种战争物资，尤其是重型轰炸机，将开始展示出重要意义。这不是阶级战争，这是一场整个大英帝国和英联邦不分种族、不分信仰、不分党派、全都投入进去的战争。

希特勒侵略俄国仅仅是蓄谋侵略不列颠诸岛的前奏。毫无疑问，他指望在冬季到来之前结束这一切，并在美国海军和空军进行干涉之前击溃英国。他指望更大规模地重演故伎，各个击破——他一直是凭借这种伎俩得逞的。那时，他就可以为最后行动清除障碍了，也就是说，他就要迫使西半球屈服于他的意志和他的制度了，而如果做不到这一点，他的一切征服都将落空。因此，俄国的危险就是我国的危险，就是美国的危险；俄国人民为保卫家园而战的事业就是世界各地自由人民和自由民族的事业。让我们从如此残酷的经验中吸取教训吧！在这生命尚存、力量还在之际，让我们加倍努力，合力奋战吧！

演讲背景

1941年6月22日，德国撕毁《苏德互不侵犯条约》，分三路对苏联发动突然袭击，使苏联国土成为世界反法西斯战争的欧洲主战场，英国首相丘吉尔于当晚对英国民众发表了这篇著名的广播演说。丘吉尔开门见山地向英国人民发布了德国入侵苏联的消息，表明了消灭希特勒、肃清纳粹制度的决心，指出了苏联与英美之间休戚与共的战略关系，并号召全世界人民投身到这场争取正义和民主的战斗中去。

告别军队的演说
—— 贝纳德·洛·蒙哥马利

■ 公元1943年

贝纳德·洛·蒙哥马利（1887—1976），英国陆军元帅。生于伦敦。1908年毕业于桑赫斯特皇家军事学院。第一次世界大战中战功卓著。第二次世界大战中历任第3军军长、第8集团军司令、欧洲盟军集团司令等职。在阿拉曼一役中，挫败德军名将隆美尔，建立奇功；后又成功地指挥诺曼底登陆战。1944年晋升元帅。战后历任英国驻德占领军总司令和盟国对德管制委员会英国代表、帝国总参谋长、西欧总司令委员会主席、北约最高司令部副总司令等职。1958年退役。1976年病逝。

我不得不遗憾地告诉你们，我离开第八集团军的时刻来到了。我受命去指挥在英国的英国军队，他们将在最高统帅艾森豪威尔的领导下作战。

我实在很难把离别之情适当地向你们表达出来。我就要离开曾经和我一起战斗的战友。在艰苦作战与赢得胜利的岁月中，你们忠于职守的勇敢与献身精神，永远令我钦佩。我觉得，在这支伟大的军队中，我有许多朋友。我不知道你们是否会想念我，但我对你们的思念，特别是回忆起那些个人的接触，以及路上相遇时愉快致意的光景，实非言语所能表达。

我们共同作战，从未失败过；我们共同所做的每件事，总是成功的。我知道，这是由于每个官兵忠于职守、全心全意合作的结果，而不是我一人之力所能做到的。正因为这样，你们和我彼此建立了信任。司令与他的部队之间的相互信任是无价之宝。与沙漠空军部队告别，我也依依不舍。在第八集团军整个胜利作战的过程中，这支出色的空中打击力量一直同我们并肩作战。第八集团军的每名士兵引以为荣地承认，这支强有力的空军的支援是取得胜利的极其重要的因素。对于盟国空军,尤其是对于沙漠空军的大力支援,我们将永志不忘。

临别依依,我要向你们说些什么呢?我激动得说不出话,但我还是同你们说:第八集团军之所以有今天,是你们的功劳,是你们,使得它在全世界家喻户晓。因此,你们一定要维护它的良好名声和它的传统。请你们以对我一贯的忠诚和献身精神同样地对待我的接任者。再见吧!

希望不久又再见面,希望在这次大战的最后阶段,会再次并肩作战。

诺曼底登陆战役发生在1944年6月6日6时30分,是第二次世界大战中盟军在欧洲西线战场发起的一场大规模攻势。这次作战行动的代号"霸王"。这场战役盟军计划在1944年6月6日展开,8月19日渡过塞纳—马恩省河后结束。诺曼底战役是目前为止世界上最大的一次海上登陆作战,牵涉接近三百万士兵渡过英吉利海峡前往法国诺曼底。

演讲背景

1943年底,身为第八集团军司令的蒙哥马利在意大利前线突然接到回国命令,要他准备实施横渡海峡、进军西欧大陆的军事行动。仓促离别之际,他在司令部所在地瓦斯托城的歌剧院举行了告别会,向官兵作了这篇简短的演说。

真正的男子汉都喜欢打仗

——乔治·S. 巴顿

■ 公元1944年6月5日

乔治·S. 巴顿（1885—1945），美国陆军四星上将。生于加利福尼亚州。1944年1月在英国就任美国第三集团军司令。1945年3—5月率军突破齐格菲防线，强渡莱茵河，突入德国腹地，占领捷克斯洛伐克西部，进抵捷奥边境。德国投降后任巴伐利亚军事长官。同年10月转任第十五集团军司令，12月因车祸丧生。

弟兄们：

最近有些小道消息，说我们美国人对这次战争想置身事外，缺乏斗志。那全是一堆臭狗屎！美国人从来就喜欢打仗。真正的美国人喜欢战场上的刀光剑影。你们今天在这里，有三个原因：一，你们来这，是为了保卫家乡和亲人。二，你们来这，是为了荣誉，因为你此时不想在其他任何地方。三，你们来这，是因为你们是真正的男子汉，真正的男子汉都喜欢打仗。

当今天在座的各位还都是孩子的时候，大家就崇拜弹球冠军、短跑健将、拳击好手和职业球员。美国人热爱胜利者；美国人对失败者从不宽恕；美国人蔑视懦夫；美国人既然参赛，就要赢。我对那种输了还笑的人嗤之以鼻，正因如此，美国人迄今尚未打输过一场战争，将来也不会输。一个真正的美国人，连失败的念头，都会恨之入骨。

你们不会全部牺牲。每次主要战斗下来，你们当中只可能牺牲百分之二。不要怕死。每个人终究都会死。没错，第一次上战场，每个人都会胆怯，如果有人说他不害怕，那是撒谎。有的人胆小，但这并不妨碍他们像勇士一样战斗，因为如果其他同样胆怯的战友在那奋勇作战，而他们袖手旁观的话，他们将无地自容。

真正的英雄，是即使胆怯，照样还能勇敢作战的男子汉。有的战士在火线上不到一分钟，便会克服恐惧，有的要一小时，还有的，大概要几天工夫。但是，真正的男子汉，不会让对死亡的恐惧战胜荣誉感、责任感和雄风。战斗是不甘居人下的男子汉最能表现自己胆量的竞争；战斗会逼出伟大，剔除渺小。美国人以能成为雄中之雄而自豪，而且他们也正是雄中之雄。

大家要记住，敌人和你们一样害怕，很可能更害怕。他们不是刀枪不入。在大家的军旅生涯中，你们称演习训练为"鸡屎"，经常怨声载道。这些训练演习，如军中其他条条框框一样，自有它们的目的。训练演习的目的，就是培养大家的警惕性。警惕性必须渗透到每个战士的血管中去。对放松警惕的人，我决不手软。你们大家都是枪林弹雨里冲杀出来的，不然你们今天也不会在这儿。你们对将要到来的厮杀，都会有所准备。谁要是想活着回来，就必须每时每刻保持警惕。只要你有哪怕是一点点的疏忽，就会有个狗娘养的德国鬼子悄悄溜到你的背后，用一坨屎置你于死地！

在西西里的某个地方，有一块墓碑码得整整齐齐的墓地，里面埋了四百具阵亡将士的尸体。那四百条汉子升天，只因一名哨兵打了个盹。令人欣慰的是，他们都是德国军人——我们先于那些狗杂种发现了他们的哨兵打盹。一个战斗队是个集体，大家在那集体里一起吃饭，一起睡觉，一起战斗。所谓的个人英雄主义是一堆马粪。那些胆汁过剩、整日在星期六晚间邮报上拉马粪的家伙，对真正战斗的了解，并不比他们搞女人的知识多。

我们有世界上最好的给养、最好的武器设备、最旺盛的斗志和最棒的战士。说实在的，我真可怜那些将和我们作战的狗杂种们，真的！我麾下的将士从不投降。我不想听到我手下的任何战士被俘的消息，除非他们先受了伤。即便受了伤，你同样可以还击，这不是吹大牛。我愿我的部下，都像在利比亚作战时的一位我军少尉。当时一个德国鬼子用手枪顶着他胸膛，他甩下钢盔，一只手拨开手枪，另只手抓住钢盔，把那鬼子打得七窍流血。然后，他拾起手枪，在其他鬼子反应过来之前，击毙了另一个鬼子。在此之前，他的一侧肺叶已被一颗子弹洞穿。这，才是一个真正的男子汉！

不是所有的英雄都像传奇故事里描述的那样，军中每个战士都扮演一个重要角色。千万不要吊儿郎当，以为自己的任务无足轻重。每个人都有自己的任务，而且必须做好。每个人都是一条长链上的必不可少的环节。大家可以设想一下，如果每个卡车司机都突然决定，不愿再忍受头顶呼啸的炮弹的威胁，胆怯起来，跳下车去，一头栽到路旁的水沟中躲起来，那会产生什么样的后果？这个懦弱的狗杂种可以给自己找借口："管他娘的，没我地球照样转，我不过是千万分之一。"但如果每个人都这样想呢？到那时，我们怎么办？我们的国家、亲人甚至整个世界会是怎么一个样子？不，他奶奶的，美国人不那样想。每个人都应完成他的任务。每个人都应对集体负责。每个部门，每个战斗队，对整个战争的宏伟篇章，都是重要的。

弹药武器人员让我们枪有所发，炮有所射。没有后勤人员给我们送衣送饭，我们就会饥寒交迫，因为在我们要去作战的地方，已经无可偷抢。指挥部的所有人员，都各有所用——即使是个只管烧水帮我们洗去征尘的勤务兵。每个战士不能只想着自己，也要想着身边一起出生入死的战友。我们军队容不得胆小鬼，所有的胆小鬼都应像耗子一样被斩尽杀绝。否则，战后他们就会溜回家去，生出更多的胆小鬼来。老子英雄儿好汉，老子懦夫儿软蛋。干掉所有狗日的胆小鬼，我们的国家将是勇士的天下。

我所见过的最勇敢的好汉，是在突尼斯一次激烈的战斗中，爬到电话杆上的一个通信兵。我正好路过，便停下问他，在这样危险的时候爬到那么高的地方瞎折腾什么？他答道："在修理线路，将军。"我问："这个时候不是太危险了吗？"他答道："是危险，将军，但线路不修不行啊。"我问："敌机低空扫射，不打扰你吗？"他答："敌机不怎么打扰，将军，你倒是打扰得我一塌糊涂。"弟兄们，那才是真正的男子汉，真正的战士！他全心全意地履行自己的职责，不管那职责当时看起来多么的不起眼，不管情况有多危险。还有那些通往突尼斯的路上的卡车司机们，他们真了不起。他们没日没夜，行驶在那狗娘养的破路上，从不停歇，从不偏向，把四处开花的炮弹当成伴奏。我们能顺利前进，全靠这些天不怕地不怕的美国硬汉。这些司机中，有人连续开车已经超过四十小时。他们不属战斗部队，但他们同样是军人，有重要的任务要完成。任务他们是完成了，而且完成得真他娘的棒！他们是大集体的一部分。如果没有大家的共同努力，没有他们，那场战斗可能就输掉了。只因所有环节都各司其职，各尽其责，整个链条才坚不可破。

大家要记住，就当我没来过这里，千万不要在信件里提及我。按理说，我是死是活，对外界要保密，我既不统率第三集团军，更不在英国。让那些狗日的德国佬第一个发现吧！我希望有一天看到，那些狗杂种们屁滚尿流，哀鸣道："我的天哪！又是那挨千刀的第三集团军！又是那狗娘养的巴顿！"我们已经迫不及待了。早一日收拾掉万恶的德国鬼子，我们就能早一日掉转枪口，去端日本鬼子的老巢。如果我们不抓紧，功劳就会全让狗娘养的海军陆战队抢去了。是的，我们是想早日回家。我们想让这场战争早日结束，最快的办法，就是干掉燃起这场战争的狗杂种们。早一日把他们消灭干净，我们就可以早一日凯旋。

回家的捷径，要通过柏林和东京。到了柏林，我要亲手干掉那个纸老虎、狗杂种希特勒，就像干掉一条蛇！

谁要想在炮弹坑里蹲上一天，就让他见鬼去吧！德国鬼子迟早会找到他的头上。我的手下不挖猫耳洞，我也不希望他们挖。猫耳洞只会使进攻放缓。我们要持续进攻，不给敌人挖猫耳洞的时间。我们迟早会胜利，但我们只有不停地战斗，比敌人勇敢，胜利才会到来。我们不仅要击毙那些狗杂种们，而且要把他们的五脏六腑掏出来润滑我们的坦克履带。我们要让那些狗日的德国鬼子尸积成山，血流成河。战争本来就是血腥野蛮残酷的，你不让敌人流血，他们就会让你流。挑开他们的肚子，给他们的胸膛上来上一枪。如果一颗炮弹在你身旁爆炸，炸了你一脸灰土，你一抹，发现那竟是你最好伙伴的模糊血肉时，你就知道该怎么办了！我不想听到报告说，"我们在坚守阵地。"我们不坚守任何见鬼的阵地。让德国鬼子坚守去吧。我们要一刻不停地进攻，除了敌人的卵子，我们对其他任何目标都不感兴趣。我们要扭住敌人的卵子不放，打得他们魂魄离窍。我们的基本作战计划，是前进前进再前进，不管要从敌人身上身下爬过去，还是要从他们身体中钻过去。我们要像挤出鹅肠或小号的屎那样执著，那样无孔不入！

有时免不了有人会抱怨，说我们对战士要求太严，太不近情理。让那些抱怨见鬼去吧！我坚信一条金玉良言，就是"一杯汗水，会挽救一桶鲜血。"我们进攻得越坚决，就会消灭越多的德国鬼子。我们消灭的德国鬼子越多，我们自己人死得就会越少。进攻意味着更少的伤亡。我希望大家牢牢记住这一点。

凯旋回家后，今天在座的弟兄们都会获得一种值得夸耀的资格。二十年后，你会庆幸自己参加了此次世界大战。到那时，当你在壁炉边，孙子坐在你的膝盖上，问你："爷爷，你在第二次世界大战时干什么呢？"你不用尴尬地干咳一声，把孙子移到另一个膝盖上，吞吞吐吐地说："啊……爷爷我当时在路易斯安那铲粪。"与此相反，弟兄们，你可以直盯着他的眼睛，理直气壮地说："孙子，爷爷我当年在第三集团军和那个狗娘养的乔治·巴顿并肩作战！"

演讲背景

巴顿1944年任第三集团军司令，作为第二梯队参加诺曼底登陆，并率军横扫欧陆，直至奥地利。9个月间，所部歼敌140万，解放大小城镇13000座，且相对伤亡最小。战后擢升四星上将，本篇是诺曼底登陆前，巴顿向他的第三集团军作战争动员的演讲。

在日本投降时发表的广播演说

哈里·S. 杜鲁门

■ 公元1945年9月2日

哈里·S.杜鲁门（1884—1972），美国第33任总统，生于密苏里州。1945年4月罗斯福总统病逝后，在美国历史的重大时刻，杜鲁门接任总统。作为总统，他上台不久即对制定联合国宪章作出安排。部署接受德国无条件投降事宜；参加波茨坦会议；签署命令在长崎、广岛投放原子弹；提出遏制政策，与苏进行冷战；提出并推行杜鲁门主义；批准并推行"马歇尔计划"；订立北大西洋公约；建立中央情报局；发动侵朝战争。1953年1月，杜鲁门离开白宫过起退休生活。于1972年12月26日逝世，终年88岁。

全国同胞们：

全美国的心思和希望——事实上整个文明世界的心思和希望——今天晚上都集中在密苏里号军舰上。在这停泊于东京港口的一小块美国领土上，日本人刚刚正式放下武器，签署了无条件投降书。

四年前，整个文明世界的心思与恐惧集中在美国另一块土地上——珍珠港。那里曾发生的对文明的巨大威胁，现在已经解除了。从那里通到东京的是一条漫长的、洒满鲜血的道路。

我们不会忘记珍珠港，日本军国主义者也不会忘记美国军舰密苏里号。日本军阀犯下的罪行是无法弥补，也无法忘却的。但是他们的破坏和屠杀力量已经被剥夺了。现在他们的陆军以及剩下的海军已经毫不足惧了。

……

当然，我们首先怀着深深感激之情想到的，是在这场可怕的战争中牺牲或受到伤残的亲人们。在陆地、海洋和天空，无数美国男女公民奉献出他们的生命，换来今日的最后胜利，使世界文明得以保存。但是，无论多么巨大的胜利都无法弥补他们的损失。

我们想到那些在战争中忍受亲人死亡的悲痛的人们，死亡夺去了他们挚爱的丈夫、儿子、兄弟和姐妹。无论多么巨大的胜利也不能使他们和亲人重聚了。只有当他们知道亲人流血牺牲换来的胜利会被明智地运用时，他们才会稍感安慰。我们活着的人们，有责任保证使这次胜利成为一座纪念碑，以纪念那些为此牺牲的烈士。

……

这次胜利不仅是军事上的胜利，也是自由对暴政的胜利。我们的兵工厂源源生产出坦克、飞机，直捣敌人的心脏；我们的船坞源源制造出战舰来沟通世界各大洋，供应武器与装备；我们的农场生产出食物、纤维，供应我们的海、陆军以及世界各地的盟国；我们的矿山与工厂生产出各种原料与成品，装备我们，战胜敌人，然而，这一切的后盾是一个自由民族的意志、精神与决心。这个民族知道自由意味着什么，他们知道为了保持自由，值得付出任何代价。正是这种自由精神给予我们以武装力量，使士兵在战场上战无不胜。现在，我们知道，这种自由的精神、个人的自由以及人类的个人尊严是世界上最强大、最坚韧、最持久的力量。

胜利是值得欢庆的，同时有其负担和责任。但是，我们以极大的信心与希望面对未来及其一切艰险。美国能够为自己造就一个得到充分就业与安全的未来。同联合国一起，美国能够建立一个以正义、公平交往与忍让为基础的和平世界。

我以美国总统的身份宣布1945年9月2日星期日——日本正式投降的日子——为太平洋战场胜利纪念日。这一天还不是正式停战和停止敌对行为的日子，但是我们美国人将永远记住，这是报仇雪耻的一天，正如我们将永远记住另一天是国耻日一样。

从这一天开始，我们将走向一个国内安全的新时期，我们将和其他国家一同走向一个国与国之间和平、友善和合作的更美好的新世界。

上帝帮助我们取得了今天的胜利。在未来的年月，我们仍将在上帝的帮助下得到我们以及全世界的和平与繁荣。

演讲背景

1945年8月15日，日本宣布无条件投降。9月2日晨（美国的时间是晚上），日本代表团登上美国密苏里号战列舰，在由美国起草，经杜鲁门总统批准的正式投降文件上签字。西南太平洋战区总司令麦克阿瑟签字代表美国、中国、英国和苏联及与日本作战的其他国家接受了日本的投降。杜鲁门总统为此向全美国人民发表了这次广播演说。

最后一次讲演

闻一多

■ 公元1946年7月15日

闻一多（1899—1946），现代诗人、学者、民主战士，字三友，号友山，原名闻家骅，笔名闻亦多、闻一多，湖北浠水人，出身"世家望族、书香门第"，曾著有诗集《红烛》《死水》，诗论《新诗格律》及学术著作《唐诗杂论》《楚辞校补》等。1946年7月15日被国民党特务杀害。

这几天，大家晓得，在昆明出现了历史上最卑劣、最无耻的事情！李先生究竟犯了什么罪，竟遭此毒手？他只不过用笔写写文章，用嘴说说话，而他所写的、所说的，都无非是一个没有失掉良心的中国人的话！大家都有一支笔，有一张嘴，有什么理由拿出来讲啊！有事实拿出来说啊！为什么要打要杀，而且又不敢光明正大地来打来杀，而偷偷摸摸地来暗杀，这成什么话？

今天，这里有没有特务？你站出来！是好汉的站出来！你出来讲！凭什么要杀死李先生？杀死了人，又不敢承认，还要诬蔑人，说什么"桃色事件"，说什么共产党杀共产党，无耻啊！无耻啊！这是某集团的无耻，恰是李先生的光荣！李先生在昆明被暗杀，是李先生留给昆明的光荣！也是昆明人的光荣！

去年"一二·一"昆明青年学生为了反对内战，遭受屠杀，那算是青年的一代献出了他们最宝贵的生命！现在李先生为了争取民主和平而遭受了反动派的暗杀，我们骄傲一点说，这算是像我这样大年纪的一代，我们的老战友，献出了最宝贵的生命。这两桩事发生在昆明，这算是昆明无限的光荣！

反动派暗杀李先生的消息传出后，大家听了都悲愤痛恨。我心里想，这些无耻的东西，不知他们是怎么想法？他们的心里是什么状态？他们的心怎样长的？其实很简单，他们这样疯狂地来制造恐怖，正是他们自己在发慌啊！在害怕啊！所以他们制造恐怖，其实是他们自己在恐怖啊！特务们，

著名爱国人士——李公朴

你们想想，你们还有几天，你们完了，快完了！你们以为打伤几个，杀死几个，就可以了事，就可以把人民吓倒了吗？其实广大的人民是打不尽的、杀不尽的，要是这样可以的话，世界上早没有人了。你们杀死一个李公朴，会有千百万个李公朴站起来！你们将失去千百万的人民！你们看着我们人少，没有力量。告诉你们，我们的力量大得很！多得很！看今天来的这些人，都是我们的人，都是我们的力量！此外还有广大的市民！我们有这个信心：人民的力量是要胜利的，真理是永远存在的。历史上没有一个反人民的势力不被人民毁灭的！希特勒、墨索里尼不都在人民之前倒下去了吗？翻开历史看看，你还站得住几天！你完了，快完了！我们的光明就要出现了。我们看，光明就在我们眼前，而现在正是黎明之前那个最黑暗的时候。我们有力量打破这个黑暗，争取到光明！我们的光明，就是反动派的末日！

反动派故意挑拨美苏的矛盾，想利用这矛盾来打内战。任你们怎么样挑拨，

怎么样离间，美苏不一定打呀！现在四国外长会议已经圆满闭幕了。这不是说美苏间已没有矛盾，但是可以让步、可以妥协，事情是曲折的，不是直线的。

李先生的血，不会白流的！李先生赔上了这条性命，我们要换来一个代价。"一二·一"烈士倒下了，年轻的战士们的血，换来了政治协商会议的重开！我们有这个信心！

"一二·一"是昆明的光荣，是云南人民的光荣，云南有光荣的历史，远的如护国，这不用说了，近的如"一二·一"，都是属于云南人民的，我们要发扬云南光荣的历史！

反动派挑拨离间，卑鄙无耻！你们看见联大走了，学生放暑假了，便以为我们没有力量了吗？特务们！你们错了！你们看见今天到会的一千多青年，又握起手来了，我们昆明的青年决不会让你们这样蛮横下去的！

反动派，你看见了一个倒下去，可也看得见千百个继起的！

正义是杀不完的，因为真理永远存在！

历史赋予昆明的任务是争取民主和平，我们昆明的青年必须完成这任务！

我们不怕死，我们有牺牲的精神，我们随时准备像李先生一样，前脚跨出大门，后脚就不准备再跨进大门！

演讲背景

1945年12月1日，国民党当局出动大批军警和武装特务到昆明各学校杀害青年，制造了震惊中外的"一二·一"血案。闻一多大义凛然地亲自撰写了《"一二·一"运动始末记》，支持学生运动。1946年7月11日，著名爱国人士李公朴在昆明被国民党特务暗杀，闻一多闻讯后，义愤填膺。15日在李公朴追悼会上，他发表了本篇演讲，痛斥反动派的可耻行动。当天下午为李公朴受害举行记者招待会，他再次揭露敌人的丑恶面目。晚上返家途中遭国民党特务暗杀。

接受诺贝尔文学奖时的演说

威廉·福克纳

■ 公元 1950 年 12 月 10 日

威廉·福克纳（1897—1962），美国小说家、诗人。生于美国南部。1918 年在加拿大受训成为英国皇家空军飞行员。1919—1920 年进密西西比大学学习。1925 年曾短期旅居巴黎，后长期居住在美国。1924 年发表首部作品诗集《大理石的牧神》。1926 年发表第一部长篇小说《士兵的报酬》。此后作品多以南部生活为背景，揭示南方种植园主的没落腐朽生活。主要作品有《喧嚣与狂怒》《当我垂死的时候》《圣殿》《城镇》《大厦》以及一些短篇故事。1949 年获诺贝尔文学奖。

我感到，这个奖金不是授予我个人的，而是授予我的工作的——一生献身于表现人类的精神痛苦和不安，不求荣耀，更不为牟利，只求以人类精神为原料、创造出一些前所未有的东西来。因此，对这项奖，我谨代为保管。

至于奖金，不难找到一个与设奖的本来目的和意义相称的捐赠机会。此刻，我站在一个顶点，或许有些已同样献身于表现人类精神痛苦的男女青年在倾听我的演说。他们当中有人将在某一天站到我现在站的位置上，所以我也趁此机会为他们喝彩。

我们今天的悲剧，是普遍存在着对实际问题的担心。到现在它已持续很久，我们甚至能够泰然处之。精神问题不复存在，只有一个问题：我何时会倒大霉？因此，现在从事写作的青年，忘掉了人类内心在天人交战时闪现的各种问题。但只有这些问题能够产生优秀作品，因为只有它们才值得写，才值得称为人类的痛苦和不安。

他必须重新认识它们。他必须告诫自己：一切事物中最卑劣的是胆怯，还要告诫自己永远忘掉它。他的创作室应该不容其他任何东西存在，只留下内心亘古长存的真情与真理——

爱和荣誉感、怜悯和自豪、同情和奉献精神。缺少这些古老而普遍存在的真实性，任何故事或小说都注定只能是昙花一现、没有生命力的东西。在他这样做之前，他写的东西应该受到诅咒，因为他描写的不是爱，而是淫欲，他描写的是打败，但是人们在失败中所丧失的都是毫无价值的东西；他描写的是胜利，但获胜者没有希望、甚至没有怜悯和同情心；他为世上无一具尸体不留下伤疤而感到悲痛。他描写的不是心灵，而是腺体。

　　他在重新认识那些问题之前，就像身处人类末日的前夕，看着它的到来而写作。我拒绝接受人类末日的说法。有人可以很随便地说，人类由于忍耐，所以将永存，即使在最后那个血红的、逐渐消逝的黄昏中，世界末日的钟声从退潮后突出的岩石那边响起并消失时，还会有一点声响，是他那微弱的、不绝的声音还在说话。我不能接受这些。我深信，人类不仅会忍耐，而且会获胜。人类之所以永存，不在于万物之中唯有他能连绵不绝地出声音，而在于他有灵魂，有一种会同情、奉献和忍耐的精神。诗人和作家的责任就是描写这些东西，他的殊荣就是去鼓舞人心，唤起人类过去引以为荣的勇气、荣誉感、希望、自豪、同情、怜悯与奉献精神，以增强其忍耐力。诗人的声音应该不仅记录人类的活动，也应该是帮助人类忍耐和获胜的后盾和支柱。

演讲背景

　　本篇是福克纳于1950年12月在斯德哥尔摩授奖会上发表的著名演说。在这篇演说中，福克纳首先表明自己矢志献身于表现人类的精神痛苦和不安，不求名利。他呼吁作家应该只有人类心灵永恒的真情。通篇演说简短质朴，充满了历史使命感和责任感。

就职演说

— 约翰·肯尼迪

■ 公元1961年1月20日

约翰·肯尼迪（1917—1963），美国第35任总统，民主党人。生于马萨诸塞州一个富豪世家。毕业于哈佛大学。1946年当选众议员，1952年当选参议员。1961年当选为总统，时年43岁，为美国历史上经选举产生的最年轻的总统。1963年在得克萨斯州达拉斯遇刺身亡。

首席法官先生、艾森豪威尔总统、尼克松副总统、杜鲁门总统、尊敬的牧师、各位公民：

今天我们不是要庆祝政党的胜利，而是要庆祝自由的胜利。这象征着一个结束，也象征着一个开端，表示了一种更新，也表示了一种变革。因为我已在你们和全能的上帝面前，宣读了我们的先辈在将近170年以前拟定的庄严的誓言。

现在的世界已大不相同了，因为人类的巨手掌握着既能消灭人间的各种贫困，又能毁灭人间的各种生活的力量。但我们的先辈为之奋斗的那种革命信念，在世界各地仍然有着争论。这个信念就是：人的权利并非来自国家的慷慨，而是来自上帝恩赐。

今天，我们不敢忘记我们是第一次革命的继承者。让我们的朋友和敌人都同样听见我此时此地的讲话：火炬已经传给新一代美国人，这一代人在本世纪诞生，在战争时期经受过锻炼，在艰难痛苦的和平时期经受过陶冶，他们为我国悠长的传统感到自豪，他们不愿目睹或听任我国一向保证的、今天仍在国内外作出保证的人权渐渐遭到剥夺。

让每个国家都知道——不论它希望我们繁荣还是希望我们衰落——为确保自由的存在和自由的胜利，我们将付出任何代价，承受任何负担，应付任何艰难，支持任何朋友，反抗任何敌人。

这些就是我们的保证——而且还有更多的保证。

对那些和我们有着共同文化和精神渊源的老盟友，我们保证待以诚实朋友那样的忠诚。如果我们团结一致，我们就能在许多合作事业中无往而不胜；如果我们分歧对立，我们就会一事无成，因为我们不敢在争吵不休而四分五裂时去迎接强大的挑战。

对那些我们欢迎加入到自由行列中来的新国家，我们恪守我们的誓言，绝不能让一种更为残酷的暴政来取代一种行将消失的殖民统治。我们并不总是指望他们会支持我们的观点，但我们始终希望看到他们坚强地维护他们自己的自由——而且要记住，在历史上，凡愚蠢地骑在虎背上谋求权力的人，都是以葬身虎口而告终。

对世界上身居茅舍和乡村、为摆脱普遍贫困而斗争的人们，我们保证尽最大努力帮助他们自救，不管所需要的时间要多长——之所以这样做，并不是因为共产党可能正在这样做，也不是因为我们需要他们的选票，而是因为这样做是正确的。自由社会如果不能帮助众多的穷人，也就无法保全少数富人。

对我国南面的各姐妹共和国，我们提出一项特殊的保证——在一个争取进步的新同盟中，把我们善意的话变为善意的行动，帮助自由的人们和自由的政府摆脱贫困的枷锁。但是，我们所希望的这种和平革命绝不可以成为敌对国家的牺牲品。我们要让所有邻国都知道，我们将和他们在一起，反对在美洲任何地区进行的侵略和颠覆活动，让其他国家都知道，本半球的人仍然想做自己家园的主人。

联合国是主权国家的世界性议事场所，是我们在战争手段大大超过和平手段的时代里最后的、最美好的希望所在。因此，我们重申予以支持的保证——防止它仅仅成为谩骂场所，加强它对新生国家和弱小国家的保护，并扩大它的行使法令的管束范围。

最后，对那些想与我们为敌的国家，我们提出一个要求而不是一项保证：用科学释放出可怕的破坏力量，把全人类卷入到预谋或意外的自我毁灭的深渊之前，让我们双方重新开始寻求和平。

我们不敢以怯弱来引诱他们。因为只有当我们毫无疑问地拥有足够的军备时，我们才能毫无疑问地确信永远不会使用这些军备。但是，这两个强大的国家集团都无法从目前所走的道路中得到安慰——发展现代武器所需的费用使双方负担过重，致命的原子武器不断扩散理所当然使双方忧心忡忡，但是，双方却在争着去改变那制止人类发动最后战争的不稳定的恐怖均势。因此，让我们双方重新开始——双方都要牢记，礼貌并不意味着怯弱，诚意永远有待于验证。让我们绝不要由于害怕而谈判。但我们绝不能害怕谈判。

让双方都来探讨使我们团结起来的问题，而不要操劳那些使我们分裂的问题。

让双方首次为军备检查和军备控制，制订认真而又明确的提案，把毁灭他国的绝对力量置于所有国家的绝对控制之下。

让双方寻求利用科学的奇迹，而不是乞灵于科学造成的恐怖。让我们一起去探索星球，征服沙漠，根除疾患，开发深海，并鼓励艺术和商业的发展。

让双方团结起来，在全世界各个角落倾听以赛亚的训令，"解下轭上的索，使被欺压的得自由。"

如果合作的滩头阵地能逼退猜忌的丛林，那么就让双方共同作一次新的努力，不是建立一种新的均势，而是创造一个新的法治世界。在这个世界中，强者公正待人，弱者感到安全，和平将得到维护。所有这一切不可能在第一个 100 天内完成，也不可能在第一个 1000 天或者在本届政府任期内完成，甚至也许不可能在我们居住在这个星球上的有生之年完成。但是，让我们从现在就开始吧！

公民们，我们方针的最终成败与其说掌握在我的手中，不如说掌握在你们的手中。自从合众国建立以来，每一代美国人都曾受到召唤去证明他们对国家的忠诚，响应召唤而献身的美国青年的坟墓遍及全球。

现在，号角已再次吹响。它不是召唤我们拿起武器，虽然我们需要武器；不是召唤我们去作战，虽然你们严阵以待。它召唤我们为迎接黎明而承受漫长斗争的重任，年复一年，"欣喜地满怀希望，耐心地经受考验"；去反对人类共同的敌人——专制、贫困、疾病和战争本身。

为反对这些敌人，确保人类更为丰裕的生活，我们能够组成一个包括东西南北各方的全球大联盟吗？你们愿意参加这一个历史性的努力吗？在漫长的世界史中，只有少数几代人在自由处于最危急的时刻被授予保卫自由的责任。我不会推卸这一责任，我欢迎这一责任。我不相信我们中间有人想同其他人或其他时代的人交换位置。我们为这一努力所奉献的精力、信念和忠诚，将照亮我们的国家和所有为国效劳的人，而这火焰发出的光芒定能照亮全世界！

因此，我的美国同胞们，不要问你们的国家能为你们做些什么，而要问你们能为自由的国家做些什么。

全世界的公民们，不要问美国将为你们做些什么，而要问我们共同能为人类的自由做些什么。

最后，不论你们是美国公民还是其他国家的公民，你们应要求我们献出我们同样要求于你们的高度力量和牺牲。问心无愧是我们唯一可靠的奖赏，

历史是我们行动的最终裁判，我们祈求上帝的保佑和帮助，但我们知道，上帝在这个世界上的工作确实就是我们自己的工作，因此，让我们走向前去引导我们所热爱的国家吧！

演讲背景

1961年，肯尼迪在选民投票过程中以极小的差距赢得总统的位置，击败了共和党人尼克松，成为美国历史上最年轻的总统，也是第一个罗马天主教总统。本篇是他入主白宫前的就职演说。这篇演说被认为是美国历届总统就职演说中最精彩的演说之一。

责任—荣誉—国家

道格拉斯·麦克阿瑟

■ 公元1962年5月2日

道格拉斯·麦克阿瑟（1880—1964），出生于阿肯色州小石城的陆军军营，他的父亲因参加南北战争曾获国会勋章。1903年，自西点军校以第一名的成绩毕业，成绩是西点军校创办一百年来最好的。后被任命为少尉军官。第一次世界大战时任美军第四十二师师长，1919年被任命为美国西点军校校长，是美国陆军史上最年轻的西点军校校长。1937年，从军中退役。1941年，第二次世界大战爆发时被征召回到军中，担任美国远东军总司令。1944年，因为战功卓著，晋升为五星上将。朝鲜战争中曾任"联合国军总司令"，因战败被免职。1964年4月3日，麦克阿瑟因病逝世。

今天早晨，我走出旅馆的时候，看门人问道："将军，您上哪儿去？"一听说我到西点时，他说："那是个好地方，您从前去过吗？"

这样的荣誉是没有人不深受感动的，长期以来，我从事这个职业，我又如此热爱这个民族，这样的荣誉简直使我无法表达我的感情。然而，这种奖赏主要的并不意味着尊崇个人，而是象征一个伟大的道德准则——捍卫这块可爱土地上的文化与古老传统的那些人的行为与品质的准则。这就是这个大奖章的意义。从现在以及后代看来，这是美国军人的道德标准的一种表现。我一定要遵循这种方式，结合崇高的理想，唤起自豪感，也要始终保持谦虚……

责任—荣誉—国家。这三个神圣的名词尊严地命令你应该成为怎样的人，可能成为怎样的人，一定要成为怎样的人。它们是你振奋精神的转折点，当你似乎丧失勇气时鼓起勇气；似乎没有理由相信时重建信念，几乎绝望时产生希望。遗憾得很，我既没有雄辩的辞令、诗意的想象，也没有华丽的隐喻向你们说明它们的意义。怀疑者一定要说它们只不过是几个名词。一句口号，一个浮夸的短词。每一个迂腐的学究，每一个蛊惑人心的政客，每一个玩世不恭的人，每一个伪君子，每一个惹是生非者。很遗憾，还有其他个性完全不同的人，一定企图贬低它们，甚至达到愚弄、嘲笑它们的程度。但这些名词却能完成这些事。它们能建立你的基本特性，它们能塑造你将来成为国防卫士的角色；它们使你坚强起来，认清自己的懦弱，而且，让你勇敢地面对自己的胆怯。它教导你在真正失败时要自尊，要不屈不挠；胜利时要谦和，不要以言语代替行动，不要贪图舒适；要面对重压以及困难和挑战的刺激；要学会巍然屹立于风浪之中，但是，对遇难者要寄予同情，要律人得先律己，要有纯洁的心灵，崇高的目标；要学会笑，不要忘记怎么哭；要憧憬未来，可不该忽略过去；要为人持重，但不可过于严肃；要谦逊，这样你就会记住真正伟大的纯朴，真正智慧的虚心，真正强大的温顺。它赋予你意志的韧性、想象的质量、感情的活力，从生命的深处焕发精神，以勇敢的优势克服胆怯，甘于冒险胜过贪图安逸。它们在你们心中创造奇境，意想不到的无穷无尽的希望，以及生命的灵感与欢乐。它们以这种方式教导你们成为军官或君子。

你所率领的是哪一类的士兵？他们可靠吗？勇敢吗？他们有能力赢得胜利吗？他们的故事你全都熟悉，那是美国士兵的故事。我对他的估价是多年前在战场上形成的，至今并没有改变。那时，我把他看做是世界上最高尚的人物；现在，仍然这样看待他，不仅是一个具有最优秀的军事品德的人，而且也是最纯洁的人。他的名字与威望是每一个美国公民的骄傲。在青壮年时期，他献出了一切人类所能给予的爱情与忠贞。他不需要我与其他人的颂扬，他自己用鲜血在敌人的胸前谱写自传。可是，当我想到他在灾难中的坚韧，在战火里的勇气，胜利时的谦虚，我满怀的赞美之情是无法言状的。他在历史上成为一位成功的爱国者的伟大典范；他是后代的，作为对子孙进行解放与自由主义的教导者；现在，他把美德与成就献给我们。在20次战役中，在上百个战场上，围绕着成千堆的营火，我亲眼目睹不朽的坚韧不拔的精神，爱国的自我克制以及不可战胜的决心，这些已经把他的形象铭刻在他的人民的心坎上。从世界的这一端到那一端，他已经深深地喝干勇敢的美酒。

当我听到合唱队的这些歌曲，在记忆的眼光中，我看到第一次世界大战中蹒跚的小分队，在透湿的背包的重负下，从湿淋淋的黄昏到细雨蒙蒙的黎明中，疲惫不堪地在行军，沉重的脚踝深深地踩在炮弹震撞过的泥泞路上，进行你死我活的战斗。他们嘴唇发青，浑身污泥，在风雨中哆嗦着，从家里被赶到敌人面前，而且，许多人被赶到上帝的审判席上。我不了解他们出身的高贵，可我知道他们死得光荣。他们从不犹豫，毫无怨恨，满怀信念，嘴边叨念着继续战斗直到为了胜利的希望而死。一直为了它们——责任—荣誉—国家。当我们在寻找光明与真理的道路上，他们一直流血、挥汗、洒泪。

二十年以后，在世界的另一边，又是黑黝黝的散兵坑的污物，幽灵似的壕沟的恶臭，湿淋淋的地下洞的污泥；那酷热的火辣辣的阳光，那些破坏性风暴的倾盆大雨，荒无人烟的丛林小道，与亲人长期分离的痛苦，热带疾病的猖獗蔓延，兵燹地区的恐怖情景；他们坚定果敢的防御，他们迅速准确的攻击，他们不屈不挠的目的，他们全面的决定性胜利——永远的胜利——永远通过他们最后在血泊中的攻击，那苍白憔悴的人儿的眼光庄严地跟随着你的责任—荣誉—国家的口号。

这几个名词的准则贯穿着最高的道德准则，并将经受任何为提高人类而传播的伦理或哲学的检验。它所要求的是正确的事物，它所制止的是谬误的东西。高于众人之上的战士要履行宗教修炼的最伟大行为——牺牲。在战斗中，面对着危险与死亡，他显示出造物者按照自己意愿创造人类时所赋予的品质，只有神明的援助能支持他，任何肉体的勇敢与动物的本能都代替不了。

无论战争如何恐怖，招之即来的战士准备为国捐躯是人类最崇高的进化。现在，你们面临着一个新世界——一个变革中的世界。人造卫星进入星际空间，星球与导弹标志着人类漫长的历史开始了另一个时代——太空时代的篇章。自然科学家告诉我们，在50亿年或更长的时期中，地球形成了；在30亿年或更长的时期中，人类发展了；从来没有一个更伟大的、更令人惊讶的进化。我们现在不单是从这个世界，而且要涉及不可估量的距离，还要从神秘莫测的宇宙来论述事物。我们正在伸向一个崭新的无边无际的界限。我们谈论着不可思议的话：控制宇宙的能源，让风与潮汐为我们工作，创造空前的合成物质，补充甚至代替古老的基本物质；净化海水供我们饮用，开发海底作为财富与粮食的新基地；预防疾病，延长寿命几百岁；调节空气，使冷热、晴雨分布均衡……使生命成为有史以来最扣人心弦的那些梦境与幻想。

通过所有这些巨大的变化与发展，你们的任务就是坚定与不可侵犯地赢得我们战争的胜利。你们的职业中只有这个生死攸关的献身，此外，什么也没有。其余的一切公共目的、公共计划、公共需求，无论大小，都可以寻找其他的办法去完成；而你们就是训练好参加战斗的，你们的职业就是战斗——决心取胜。在战争中明确的认识就是为了胜利，这是什么都代替不了的。

假如你失败了，国家就要遭到破坏，唯一要履行的公务就是责任—荣誉—国家。其他人将纠缠着国内外的、分散人们思想的争论，可是，你将安详、宁静地屹立在远处，作为国家的卫士，作为国际矛盾的怒潮中的救生员，作为战斗的竞技场上的格斗士。一个半世纪以来，你们曾经防御、守卫、保护着解放与自由、权利与正义的神圣传统。让老百姓的声音辩论我们政府的功过：我们的力量是否因长期的财政赤字而衰竭；是否因联邦的家长式统治力量过大，权利集团发展过于骄横自大，政治太腐败，罪犯过于猖獗，道德标准降得太低，捐税提得太高，极端分子的偏激而衰竭；我们个人的自由是否像应有的那样完全彻底。这些重大的国家问题无须你们的职业去分担或军事解决。你们的路标——责任—荣誉—国家抵得上夜里灯塔的十倍。

你们是联系我国防御系统全部机构的发酵剂，从你们的队伍中涌现出战争警钟敲响时刻手操国家命运的伟大军官。从来也没有人打败过我们。假如你这样做，100万身穿橄榄色、棕卡色、蓝色和灰色制服的灵魂将从他们的白色十字架下站起来，以雷霆般的声音响起这样神奇的词——责任—荣誉—国家。

这并不意味着你们是战争贩子。相反，高于众人之上的战士祈求和平，因为他必须忍受战争最深刻的伤痛与疮疤。可是，在我们的耳边经常响起大智的哲学之父柏拉图的不祥之话："只有死者看到战争的终结。"

我的年事渐高，已近黄昏。我的过去已经消失了音调与色彩，它们已经随着往事的梦境模模糊糊地溜走了。这些回忆是非常美好的，是以泪水洗涤，以昨天的微笑抚慰的。我以渴望的耳朵徒然聆听着微弱的起床号声的迷人旋律、远处咚咚作响的鼓声。在我的梦境里，又听到噼里啪啦的枪炮声。咯咯的步枪射击声，战场上古怪而悲伤的低语声。可是，在我记忆的黄昏，我总是来到西点。那里始终在我的耳边回响着：责任—荣誉—国家。

今天标志着我对你们的最后一次点名。但是，我希望你们知道，当我死去时，我最后自觉的思想一定是这个部队的——这个部队的——这个部队的。

我向你们告别了。

演讲背景

1962年5月2日，82岁高龄的麦克阿瑟应邀到他的母校西点军校，接受军校的最高奖励——西尔维纳斯·塞耶荣誉勋章。这是他在接受勋章后给全校师生作的一次演讲，也是他一生中最后一次也是最感人的一次演讲。

我有一个梦

马丁·路德·金

■ 公元1963年8月28日

马丁·路德·金（1929—1968），美国黑人律师，著名黑人民权运动领袖。一生曾三次被捕，三次被行刺，1964年获诺贝尔和平奖。1968年被种族主义分子枪杀。他被誉为近百年来八大最具有说服力的演说家之一。

今天，我高兴地同大家一起，参加这次将成为我国历史上为了争取自由而举行的最伟大的示威集会。

100年前，一位伟大的美国人——今天我们就站在他象征性的身影下——签署了《解放宣言》。这项重要法令的颁布，对于千百万的陷于非正义残焰中的黑奴，犹如带来希望之光的硕大灯塔，恰似结束漫漫长夜禁锢的欢畅黎明。

然而，100年后，黑人依然没有获得自由；100年后，黑人依然悲惨地蹒跚于种族隔离和种族歧视的枷锁之下；100年后，黑人依然生活在物质繁荣瀚海的贫困孤岛上；100年后，黑人依然在美国社会中向隅而泣，依然感到自己在国土家园中流离漂泊。所以，我们今天来到这里，要把这骇人听闻的情况公之于众。

从某种意义上说，我们来到国家的首都是为了兑现一张期票。我们共和国的缔造者在拟写《宪法》和《独立宣言》的辉煌篇章时，就签订了一张每一个美国人都能继承的期票。这张期票向所有人承诺——不论白人还是黑人——都享有不可剥夺的生存权、自由权和追求幸福权。然而，今天美国显然对他的有色公民拖欠兑现着这张期票。美国没有承兑这笔神圣的债务，而是开给黑人一张空头支票——一张盖着"资金不足"的印戳被退回的支票。但是，我们决不相信正义的银行会破产。我们决不相信这个国家巨大的机会宝库会资金不足，因此，我们来兑现这张支票。这张支票将给我们以宝贵的自由和正义的保障。

我们来到这块圣地还为了提醒美国：现在正是万分紧急的时刻。现在不是从容不迫悠然行事或服用渐进主义镇静剂的时候，现在是实现民主诺言的时候，现在是走出幽暗荒凉的种族隔离深谷，踏上种族平等的阳关大道的时候；现在是使我们国家走出种族不平等的流沙，踏上充满手足之情的磐石的时候；现在是使上帝的所有孩子真正享有公正的时候。忽视这一时刻的紧迫性，对于国家将会是致命的。自由平等的朗朗秋日不到来，黑人顺情合理哀怨的酷暑就不会过去。1963年不是一个结束，而是一个开端。

如果国家依然我行我素，那些希望黑人只需出出气就会心满意足的人将大失所望。在黑人得到公民权之前，美国既不会安宁，也不会平静。反抗的旋风将继续震撼我们国家的基石，直至光辉灿烂的正义之日来临。但是，对于站在通向正义之宫艰险门槛上的人们，有一些话我必须要说：在我们争取合法地位的过程中，切不要错误行事导致犯罪。我们切不要吞饮仇恨辛酸的苦酒，来解除对于自由的饥渴。

我们应该永远得体地、纪律严明地进行斗争。我们不能容许我们富有创造性的抗议沦为暴力行动。我们应该不断升华到用灵魂力量对付肉体力量的崇高境界。

席卷黑人社会的新的奇迹般的战斗精神，不应导致我们对所有白人的不信任——因为许多白人兄弟已经认识到：他们的命运同我们的命运紧密相连，他们的自由同我们的自由休戚相关。他们今天来到这里参加集会就是明证。

我们不能单独行动。当我们行动时，我们必须保证勇往直前。我们不能后退。有人问热心民权运动的人："你们什么时候会感到满意？"只要黑人依然是不堪形容的警察恐怖暴行的牺牲品，我们就决不会满意；只要我们在旅途劳顿之后，却被公路旁汽车游客旅社和城市旅馆拒之门外，我们就决不会满意；只要黑人的基本活动范围只限于从狭小的黑人居住区到较大的黑人居住区，我们就决不会满意；只要我们的孩子被"仅供白人"的牌子剥夺个性，损毁尊严，我们就决不会满意！

只要密西西比州的黑人不能参加选举，纽约州的黑人认为他们与选举毫不相干，我们就决不会满意。不，不，我们不会满意，直到公正似水奔流，正义如喷泉涌。

我并非没有注意到，你们有些人历尽艰难困苦来到这里。你们有些人刚刚走出狭小的牢房，有些人来自因追求自由而遭受迫害风暴袭击和警察暴虐狂飚摧残的地区。你们饱经风霜，历尽苦难。继续努力吧，要相信：无辜受苦终得拯救！

回到密西西比去吧！回到亚拉巴马去吧！回到南卡罗来纳去吧！回到佐治亚去吧！回到路易斯安那去吧！回到我们北方城市中的贫民窟和黑人居住区去吧！要知道，这种情况能够而且将会改变。我们切不要在绝望的深渊里沉沦。

朋友们，今天我要对你们说，尽管眼下困难重重，但我依然怀有一个梦。这个梦深深植根于美国梦之中。

我梦想有一天，这个国家将会奋起，实现其立国信条的真谛："我们认为这些真理不言而喻：人人生而平等。"

我梦想有一天，在佐治亚州的红色山冈上，昔日奴隶的儿子能够同昔日奴隶主的儿子同席而坐，亲如手足。

我梦想有一天，甚至连密西西比州——一个非正义和压迫的热浪逼人的荒漠之州，也会改造成自由和公正的青青绿洲。

我梦想有一天，我的四个小儿女将生活在一个不是以皮肤的颜色，而是以品格的优劣作为评判标准的国家里。

我今天怀有一个梦。

我梦想有一天，亚拉巴马州会有所改变——尽管该州州长现在仍滔滔不绝地说什么要对联邦法令提出异议和拒绝执行——在那里，黑人儿童能够与白人儿童兄弟姐妹般地携手并行。

我今天怀有一个梦。

我梦想有一天，深谷弥合，高山夷平，崎路化坦途，曲径成通衢，上帝的光华再现，普天下生灵共谒。

这是我们的希望。这是我将带回南方去的信念。有了这个信念，我们就能从绝望之山开采希望之石；有了这个信念，我们就能把这个国家嘈杂刺耳的争吵声，变为充满手足之情的悦耳交响曲；有了这个信念，我们就能一同工作，一同祈祷，一同斗争，一同入狱，一同维护自由。因为我们知道，我们终有一天会获得自由。

到了这一天，上帝的所有孩子都能以新的含义高唱这首歌：

我的祖国，

可爱的自由之邦,

我为您歌唱。

这是我祖先终老的地方,

这是早期移民自豪的地方,

让自由之声,

响彻每一座山岗。

如果美国要成为伟大的国家,这一点必须实现。因此,让自由之声响彻新罕布什尔州的巍峨高峰!

让自由之声响彻纽约州的崇山峻岭!

让自由之声响彻宾夕法尼亚州的阿勒格尼高峰!

让自由之声响彻科罗拉多州冰雪皑皑的落基山!

让自由之声响彻加利福尼亚州的婀娜群峰!

不,不仅如此;让自由之声响彻佐治亚州的石山!

让自由之声响彻田纳西州的瞭望山!

让自由之声响彻密西西比州的一座座山峰,一个个土丘!

让自由之声响彻每一个山冈!

当我们让自由之声轰响,当我们让自由之声响彻每一个大村小庄、每一个州府城镇,我们就能加速这一天的到来。那时,上帝的所有孩子,黑人和白人、犹太教徒和非犹太教徒、耶稣教徒和天主教徒,将能携手同唱那首古老的黑人灵歌:"终于自由了!终于自由了!感谢全能的上帝,我们终于自由了!"

演讲背景

在20世纪60年代,美国人逐渐认识到,南北战争所致力解放黑奴的运动,并没有产生使美国黑人成为完全平等公民的预期效果。在日常生活中,美国黑人常常被隔离开来,不能与白人同在一个学校上学,乘坐同一公共交通工具,同在一个地方居住。黑人不能充分参与美国社会生活,因此美国黑人的平等问题成为一个严重的社会问题。

1963年马丁·路德·金领导25万人向华盛顿进军"大游行",为黑人争取自由平等和就业。他在游行集会上发表了这篇著名演说。全文以美国宪法和《解放宣言》为依据,猛烈抨击了当时种族歧视的政策。

广播演说

—— 斯大林

■ 公元1941年7月3日

约·维·斯大林（1870—1953），曾长期担任苏共中央总书记和苏联部长会议主席。生于格鲁吉亚一个皮鞋工人家庭。1898年加入俄国社会民主工党，成为职业革命家。曾被捕7次，流放6次。1912年起先后当选为党中央委员、政治局委员。1917年参与并主持了党中央领导武装起义的总部工作。十月革命胜利后任民族事务人民委员。1922年至1952年任苏共中央总书记。

同志们！公民们！兄弟姊妹们！我们的陆海军战士们！

希特勒德国从6月22日起向我们祖国发动的背信弃义的军事进攻，正在继续着。虽然红军进行了英勇的抵抗，虽然敌人的精锐师和精锐空军部队已被击溃，被埋葬在战场上，但是敌人又向前线投入了新的兵力，继续向前进犯。希特勒军队侵占了立陶宛全境、拉脱维亚的大部地区、白俄罗斯西部地区、乌克兰西部一部分地区。法西斯空军正在扩大其轰炸区域，对摩尔曼斯克、奥尔沙、莫吉廖夫、斯摩棱斯克、基辅、敖德萨、塞瓦斯托波尔等城市大肆轰炸。我们的祖国面临着严重的危险。

我们光荣的红军怎么会让法西斯军队占领了我们的一些城市和地区呢？难道德国法西斯军队真的像法西斯的吹牛宣传家所不断吹嘘的那样，是无敌的军队吗？当然不是！历史表明，无敌的军队现在没有，过去也没有过。拿破仑的军队曾被认为是无敌的，可是这支军队却先后被俄国的、英国的和德国的军队击溃了。在第一次帝国主义大战时期，威廉的德国军队也曾被认为是无敌的军队，可是这支军队曾经数次败在俄国军队和英法军队的手中，终于被英法军队击溃了。对于现在希特勒的德国法西斯军队也应当这样说。这支军队在欧洲大陆上还没有遇到过重大的抵抗，只是在我国领土上，它才遇到了重大的抵抗。既然由于这种抵抗，德国法西斯军队的精锐师已被我们红军击溃，这就是说，正像拿破仑和威廉的军队曾经被击溃一样，希特勒法西斯军队也是能够被击溃的，而且一定会被击溃。至于说我们的一部分领土毕竟被德国法西斯军队占领了，这主要是由于法西斯德国的反苏战争是在有利于德国军队而不利于苏联军队的情况下发动的。问题就在于，德国军队是进行着战争的国家的军队，它已经全部都进行了充分的动员，德国用来进攻苏联并且集结到苏联边境的170个师已经完全处于战备状态，只等进攻的信号了；而当时苏联的军队还需要进行充分动员，还需要向边境集结。这里还有一个情况起了不小的作用，就是法西斯德国不顾它被全世界认为是进攻一方，而突然背信弃义地撕毁了它同苏联在1939年缔结的互不侵犯条约。显然，爱好和平的我国是不愿意首先破坏条约的，因此也就不能走上背信弃义的道路。

也许有人要问：苏联政府怎么会同像希特勒和里宾特洛普这样一些背信弃义的人和恶魔缔结互不侵犯条约呢？苏联政府在这方面是不是犯了错误？当然没有犯错误！互不侵犯条约是两国之间的和平条约，1939年德国向我们提出的正是这样的条约。苏联政府能不能拒绝这样的建议呢？我想，任何一个爱好和平的国家都不能拒绝同邻国缔结和平协定，即使这个国家是由像希特勒和里宾特洛普这样一些吃人魔鬼领导的。当然，这是在一个必要的条件下缔结的，即和平协定既不能直接，也不能间接触犯爱好和平国家的领土完整、独立和荣誉。大家知道，德国同苏联订立的互不侵犯条约正是这样的条约。

我们同德国缔结了互不侵犯条约，得到些什么呢？我们保证我国获得了一年半的和平，使我国有可能准备好自己的力量，在法西斯德国胆敢冒险违反条约进攻我国的情况下予以反击。这肯定是我们有所得，而法西斯德国有所失。

法西斯德国背信弃义地撕毁条约，进攻苏联，得到了些什么，又失掉了些什么呢？这使它的军队在短期内取得了某种有利的地位，可是它在政治上却输了，它在全世界面前暴露了自己是血腥的侵略者。毫无疑问，德国在军事上暂时有所得，只是偶然因素，而苏联在政治上大有所得，却是重大的长久的因素，在这个基础上，红军在反法西斯德国的战争中具有决定意义的军事胜利必将日益扩大。

正因为如此,我们全体英勇的陆军,我们全体英勇的海军,我们全体的飞行员——我们的雄鹰,我国各族人民,欧洲、美洲、亚洲所有的优秀人士,以及德国所有的优秀人士,都谴责德国法西斯分子的背信弃义行为而同情苏联政府,赞同苏联政府的行为,并且认为我们的事业是正义的,敌人一定会被击溃,我们一定会取得胜利。

由于强加于我们的战争,我国已经同最凶恶而阴险的敌人——德国法西斯主义展开了殊死的搏斗。我国军队正在同以坦克和飞机武装到牙齿的敌人英勇作战。红军和红海军正在克服重重困难,为保卫每一寸苏联国土而奋不顾身地战斗。拥有数千辆坦克和数千架飞机的红军主力正在投入战斗。红军战士的勇敢精神是举世无双的,我们对敌人的抗击日益加强。全体苏联人民都同红军一道奋起保卫祖国。为了消除我们祖国面临的危险,需要做些什么呢?为了粉碎敌人,应该采取哪项措施呢?首先必须使我们苏联人了解到威胁我国的危险的严重程度,坚决克服泰然自若、漠不关心的心理,克服和平建设的情绪,这种情绪在战前是完全可以理解的,但是现在,当战争使形势根本改变了的时候,就是十分有害的了。敌人是残酷无情的,他们的目的是要侵占我们用自己的汗水浇灌出来的土地,掠夺我们用自己的劳动获得的粮食和石油;他们的目的是要恢复地主政权,恢复沙皇制度,摧残俄罗斯人、乌克兰人、白俄罗斯人、立陶宛人、拉脱维亚人、爱沙尼亚人、乌兹别克人、鞑靼人、摩尔达维亚人、格鲁吉亚人、亚美尼亚人、阿塞拜疆人以及苏联其他各自由民族的民族文化和国家制度,把他们德意志化,把他们变成德国王公贵族的奴隶。因此,这是苏维埃国家生死存亡的问题,是苏联各族人民生死存亡的问题,是苏联各族人民享受自由还是沦为奴隶的问题。必须使苏联人了解这一点,不要再漠不关心,必须使他们动员起来,按照新的战时的方式改造自己的全部工作,拿出对敌人毫不留情的气概。

其次,必须使怨天尤人的人和怕死鬼、惊惶失措分子和逃兵在我们的队伍中毫无容身之地,使我们的人在斗争中无所畏惧,并且奋不顾身地投入我们反法西斯奴役者的卫国解放战争。我们国家的缔造者伟大的列宁曾经说过,苏联人的基本品质应当是在斗争中勇敢、大胆、不知畏惧,决心同人民一起为反对我们祖国的敌人而战斗。必须使布尔什维克的这种优良品质成为红军、红海军以及苏联各族人民中千百万人所具有的美德。

我们应当立即按照战时的方式改造我们的全部工作，使一切都服从于前线的利益，都服从于组织粉碎敌人的任务。苏联各族人民现在都看到，德国法西斯主义对保证全体劳动者享有自由劳动和美好生活的我们的祖国，是咬牙切齿、极为仇视的。苏联各族人民应当奋起反对敌人，保卫自己的权利和自己的国土。红军、红海军和苏联全体公民都应当捍卫每一寸苏联国土，应当为保卫我国的城市和乡村战斗到最后一滴血，应当表现出我国人民所固有的勇敢、主动和机智。

我们应当组织对红军的全面支援，保证大力补充红军队伍，保证供应红军一切必需品，组织军队和军用物资的迅速运输，以及广泛救护伤员。

我们应当巩固红军的后方，使全部工作都服从于这个事业的利益，做到一切企业都能加紧工作，生产更多的步枪、机枪、火炮、子弹、炮弹、飞机，组织对工厂、电站、电话和电报通讯的警卫工作，整顿地方防空事宜。

我们应当对一切扰乱后方分子、逃兵、惊惶失措分子和造谣分子进行无情的斗争，消灭间谍、破坏分子和敌人的伞兵，在这些方面及时地协助我们的锄奸。必须注意到，敌人是阴险狡猾的，善于欺骗和造谣。必须估计到这一切，不要受敌人的挑拨。凡是因惊慌失措和贪生怕死而有害防务的人，不论是谁，都应当立即交付军事法庭审判。

当红军部队不得不撤退时，必须运走全部铁路机车车辆，不给敌人留下一部机车、一节车厢，不给敌人留下一公斤粮食、一公升燃料。集体农庄庄员应当把所有的牲畜赶走，把粮食交给国家机关保管，以便运到后方。凡是不能运走的一切贵重物资，其中包括有色金属、粮食和燃料等，都应当绝对销毁。在敌占区，必须建立骑兵和步兵游击队，建立破坏小组，以便同敌军部队斗争，以便遍地燃起游击战争的烽火，以便炸毁桥梁、道路，破坏电话和电报通信设施，焚毁森林、仓库和辎重。在沦陷区，要造成使敌人及其所有走狗无法安身的条件，步步追击他们，消灭他们，破坏他们的一切活动。同法西斯德国的战争，绝不能看成普通的战争。这场战争不仅是两国军队之间的战争，它同时是全体苏联人民反德国法西斯军队的伟大战争。这场反法西斯压迫者的全民卫国战争的目的，不仅是要消除我国面临的危险，而且还要帮助那些呻吟在德国法西斯主义枷锁下的欧洲各国人民。在这场解放战争中，我们不是孤立的。在这场伟大战争中，欧洲和美洲各国人民，其中包括受希特勒头目们奴役的德国人民，将是我们可靠的同盟者。我们为了保卫我们祖国的自由而进行的战争，将同欧洲和美洲各国人民为争取他们的独立、民主自由的斗争汇合在一起，这将是各国人民争取自由、反对希特勒法西斯军队的奴役和奴役威胁而结成的统一战线。因此，英国首相丘吉尔先生关于支援苏联的历史性的演说和美国政府关于准备援助我国的宣言，就是十分明显的例证，苏联各族人民对此只能表示衷心的感谢！

同志们！我们的力量是无穷无尽的。趾高气扬的敌人很快就一定会相信这一点。同红军一道对进犯我国的敌人奋起作战的，有成千上万的工人、集体农庄庄员和知识分子。我国千百万人民群众都将奋起作战。莫斯科和列宁格勒的劳动者已经开始成立有成千上万人的民兵队伍来支援红军。在我们反对德国法西斯主义的卫国战争中，在每一个遭到敌人侵犯危险的城市里，我们都应当成立这样的民兵队伍，发动全体劳动者起来斗争，挺身捍卫自己的自由、自己的荣誉、自己的祖国。

为了迅速动员苏联各族人民的一切力量，抗击背信弃义地进犯我们祖国的敌人，国防委员会已经成立了，它现在把国家的全部权力都集中在自己手中。国防委员会已经开始工作，它号召全国人民团结在列宁、斯大林党的周围，团结在苏联政府的周围，以忘我的精神支援红军和红海军，粉碎敌人，争取胜利。用我们的一切力量来支援我们英勇的红军和我们光荣的红海军！用人民的一切力量来粉碎敌人！为争取我们的胜利，前进！

演讲背景

1941年6月22日凌晨4时30分，德军在北起波罗的海、南至黑海的1800多公里的漫长战线分为北方、中央、南方3个集团军群向苏联发动突然袭击。斯大林于7月3日发表演说，号召苏联人民不仅要消除本国面临的危险，还要帮助在德国法西斯奴役下的欧洲各国人民。本篇是斯大林在德国进攻苏联后向苏联人民和军队发出的总动员令。